ro
ro
ro

TAMAR NOORT, geboren 1976 in Göttingen, ist in den Niederlanden aufgewachsen. Sie studierte Kunst- und Medienwissenschaften sowie Anglistik in Oldenburg und Newcastle upon Tyne und hat die Masterclass Non-Fiction an der Internationalen Filmschule Köln absolviert. Seit 2009 macht sie Dokumentationen für ZDF, Arte und 3sat mit dem Schwerpunkt Wissenschaft. Für einen Auszug aus ihrem Debüt «Die Ewigkeit ist ein guter Ort» gewann sie 2019 den Hamburger Literaturpreis. Sie war Stipendiatin im Writers' Room Hamburg und in den Künstlerhäusern Worpswede. Tamar Noort lebt in der Nähe von Lüneburg.

«Tamar Noort hat sich was getraut mit diesem Debüt – und es hat sich absolut gelohnt.» *Brigitte*

«Originell erzählt, mal tragisch, mal komisch, nimmt uns dieses Buch mit auf eine sommerliche Reise.»
emotion

«Dieses Buch übers Erinnern bleibt in Erinnerung.»
NDR

TAMAR NOORT

DIE EWIGKEIT IST EIN GUTER ORT

ROMAN

Rowohlt Taschenbuch Verlag

3. Auflage September 2023

Veröffentlicht im Rowohlt Taschenbuch Verlag,
Hamburg, August 2023

Covergestaltung FAVORITBUERO, München
Coverabbildung Eric Zener
Satz aus der Dolly Pro
bei Dörlemann Satz, Lemförde
Druck und Bindung GGP Media GmbH, Pößneck
ISBN 978-3-499-00793-4

FSC
www.fsc.org
MIX
Papier | Fördert
gute Waldnutzung
FSC® C014496

DIE EWIGKEIT IST EIN GUTER ORT

1

Einmal im Jahr herrscht in Köln Schunkeldiktatur, und die Stadt verliert kollektiv ihre Würde. In der Bahn kopulieren Krankenschwestern mit Eisbären, im Supermarkt sitzt ein Hase an der Kasse, und der alte Mann von nebenan führt seinen Hund aus im Clownskostüm.

Du hast halt eine norddeutsche Seele, sagen die Rheinländer, du verstehst das nicht. Aber Karneval ist für mich mehr als eine kulturelle Meinungsverschiedenheit. Es ist eine Zeit, in der man sich auf nichts verlassen kann. Niemand ist einfach, wer er ist. Ich empfinde das als Betrug.

Das Einzige, woran man sich festhalten kann, ist der Tod. Gestorben wird immer, auch in der fünften Jahreszeit.

Ich meldete mich jedes Jahr freiwillig, um im Seniorenheim den Seelsorge-Dienst für die Karnevalstage zu übernehmen. Ich liebte dieses Ehrenamt. Während meine Kollegen mit bunten Perücken und geröteten Wangen dicht an dicht in Kneipen standen und nach Beute Ausschau hielten, die sich für eine Nacht erlegen ließ, sprach ich im Albertusstift mit Menschen, die vor ihrer letzten großen Reise standen. Wenn ich bei ihnen am Sterbebett saß, sah ich in ihren Augen etwas Wahrhaftiges, eine Ruhe, die mir imponierte.

Es war Karnevalsdienstag, das Schlimmste war vorbei, als ich zum Dienst gerufen wurde. Eine alte Dame hatte ihre letzten Stunden vor sich. Sie hieß Alma.

«Gott soll wissen, dass ich im Anmarsch bin», sagte sie,

schloss die Augen und wartete darauf, dass es losging. Ich nahm ihre Hand und sprach die ersten Zeilen des Vaterunser. Aber nach *Dein Wille geschehe* kam nichts mehr. Ich konzentrierte mich, irgendwas mit Schuld und Brot und Ewigkeit. Alma hielt die Augen geschlossen. Ich fing noch mal von vorne an, und mein Körper erinnerte sich zwar an Rhythmus und Klang, aber nicht an Sätze, die Sinn ergeben. Alma wartete, also reihte ich Brot und Schuld und Ewigkeit aneinander, ich verband sie mit Murmelphrasen, die nach Gebet klangen. Es war eine Art Sampling-Version, bei der nur noch der Beat stimmte, eine Neuinterpretation des Originals. Alma schien einverstanden, jedenfalls beschwerte sie sich nicht. Kurze Zeit später kam ihre Tochter und hielt ihre Hand, bis sie friedlich einschlief.

Ich hatte meine Mission erfüllt – aber mich ergriff Panik.

«Kann doch mal passieren, ich vergesse ständig was», sagte Jan und schenkte Kaffee ein. Jan war nicht aus der Fassung zu bringen. Niemals. Er verströmte Gleichmut wie andere einen Körpergeruch.

«Und wenn es Frühdemenz ist?», sagte ich und probierte aus, was ich noch auswendig konnte. *John Maynard war unser Steuermann. Aushielt er, bis er das Ufer gewann ...* Fontane, check. *Walle, walle, manche Strecke, dass zum Zwecke Wasser fließe, und mit reichem, vollem Schwalle ...* Goethe, check. *Einigkeit und Recht und Freiheit für das deutsche ...* Jan hob eine Augenbraue, aber: check. Und jetzt. *Vater unser im Himmel. Geheiligt werde dein Name.* Jan googelte das Vaterunser und las mit. Live-Kontrolle. *Dein Reich komme. Dein Wille geschehe ...* Jan blickte auf. Es kam nichts mehr.

Ich versuchte die Dauerbrenner meiner Jugend aus dem

Konfirmandenunterricht. *Von guten Mächten wunderbar geborgen* ... Nichts. *Danke für diesen guten Morgen* ... Funkstille. Ich probierte Taizé-Gesänge, die eh nur aus drei Zeilen bestehen. Über die erste Zeile kam ich nicht hinaus.

Gegen Abend, nach einer soliden Darbietung von Schillers *Glocke*, stand endgültig fest: Ich konnte fehlerfrei alle Gedichte und Lieder rezitieren, die ich seit meiner Kindheit auswendig gelernt hatte, aber sobald Gott involviert war, streikte mein Gehirn.

«Vielleicht ist es Gottdemenz», sagte ich.

«Was soll das denn sein?», fragte Jan.

«Einfach eine Berufskrankheit, bei der man die Dinge vergisst, die einem besonders wichtig sind.»

«Die speichert man doch doppelt und dreifach ab.»

Jan tat das tatsächlich. Ich war aber ziemlich sicher, dass das zum Berufsbild von Software-Entwicklern gehörte.

«Dann ist irgendwas mit meiner Festplatte.»

«Ausschalten, morgen wieder einschalten, funktioniert immer.» Jan trank seinen Wein aus.

Ich schlief die ganze Nacht nicht. Mir fiel diese Optimierungssoftware ein, die Daten abgleicht und löscht, wenn sie zu alt oder doppelt vorhanden sind. Ich hatte eine ähnliche Unordnung in meinen Gottesangelegenheiten und war schon länger damit beschäftigt, «den Kopf frei zu kriegen». So erklärte ich es jedenfalls meinen Eltern, und sie verstanden es, denn sie überwiesen mir immer noch monatlich etwas Geld, obwohl ich auf die dreißig zuging und mein Studium vor über einem Jahr abgeschlossen hatte.

Am Tag meiner letzten Prüfung empfingen meine Eltern mich mit Blumen und Kuchen und einem Strahlen im Gesicht. Ich konnte mich nicht erinnern, wann ich die beiden das letzte Mal so glücklich gesehen hatte, und es bereitete mir Unbehagen, dass ich diejenige sein sollte, die das verursacht hatte. Mein Vater klopfte mir auf die Schulter, eine Geste, die ganz neu war, die er offenbar aufgehoben hatte für den Moment, in dem wir nicht mehr nur Vater und Tochter sind, sondern Kollegen. Ich schüttelte seine Hand ab, denn noch war ich nichts weiter als seine Tochter, und ich fand, dass das vollkommen ausreichte.

Nach dem zweiten Glas Sekt sagte meine Mutter zu ihm, er könne nun endlich kürzertreten, und da beschlich mich das Gefühl, dass sie gar nicht nur glücklich für mich waren, sondern auch für sich.

Mein Vater war Pastor einer evangelischen Kirchengemeinde. Ich hatte schon als Kind auf der Kanzel gespielt, von der er eines Tages verkünden würde, wer ihm nachfolgen sollte. Dass ich das sein könnte, wünschten meine Eltern sich schon lange. Aber mein Vater hatte es nie offen gesagt. Es lag nur in der Luft, unsichtbar, aber deutlich zu spüren.

Mir prickelte der Sekt hinten in der Kehle.

«Ich muss erst mal den Kopf frei kriegen», sagte ich, «bevor ich gleich eine ganze Gemeinde übernehme.»

Mein Vater nickte etwas heftiger als nötig, dem Sekt geschuldet oder der Erleichterung, dass er nicht sofort in Rente gehen musste.

«Du sagst Bescheid, wenn du so weit bist.»

Ich nickte, aber das war jetzt ein Jahr her, und mein Kopf war immer noch nicht frei.

Und jetzt war der Schöpfer des Himmels und der Erden mir zuvorgekommen und hatte die Arbeit für mich erledigt. Gott hatte den Platz geräumt, den er in meinem Kopf besetzt hatte, und etwas hinterlassen, was mir größere Angst machte als alles andere:

Freier Raum.

Am nächsten Morgen fuhr ich mit dem Fahrrad zum Albertusstift. Ich mochte die Ruhe, die über der Stadt lag. Die Karnevalsflüchtlinge waren noch nicht zurück, und der Rest lag noch im Bett. An der Ampel hielt ich an. Jetzt. Ausschalten, einschalten, hatte Jan gesagt. Es fühlte sich an, als hätte ich nur den einen Versuch. Wenn das nicht klappte, war die Festplatte hin.

Vater unser im Himmel.

Auf der Gegenseite der Ampel versammelten sich ein paar Restfeiernde.

Vater unser im Himmel. Dein Reich komme.

Da fehlte doch was. Da kam was zwischen. Die Ampel sprang um, und ich fuhr los. Die Verkaterten kamen mir entgegen. Einer schwankte, er trat mir mitten vors Rad. Ich riss den Lenker um und fiel fast hin. Als ich wieder fest im Sattel saß, waren die Satzfetzen verschwunden.

Ich würde ohne Gott zum Dienst erscheinen.

Im zerknitterten Vikinger-Kostüm lag Gert auf dem kleinen Sofa in unserem Dienstbüro und bedeckte sein Gesicht mit dem Arm. Offenbar fühlte er sich der blassen Februarsonne, die hineinschien, nicht gewachsen. Mit dem anderen Arm umklammerte er eine Wasserflasche. Ein Bein stand angewinkelt auf dem Boden, gegen den Schwindel. Er war eindeutig nicht einsatzbereit, was auch gar nicht nötig war, denn er hatte sich die Karnevalstage freigenommen. Wahrscheinlich hatte er keinen anderen Ort gefunden, an dem er seinen Rausch ausschlafen konnte.

Gert war mein Chef, aber seine Autorität litt unter dem Fake-Fellumhang und dem Helm mit zwei monströsen Hörnern, der auf dem Boden lag.

«Na, brauchtest du ein Bett?» Ich stellte meine Tasche ab.

Gert schüttelte mit geschlossenen Augen den Kopf, wühlte in einem Fellbeutel herum, der an seinem Ledergurt hing, und streckte seine Faust in die Höhe. Darin hielt er sein Handy.

«Alma», brachte er hervor.

«Hat sie aus dem Jenseits angerufen?» Es klang schnippischer, als ich wollte. Gert war ein begnadeter Seelsorger, der sich hingebungsvoll um die Senioren im Albertusstift kümmerte. Er liebte Menschen, bedingungslos. Ganz gleich, ob sie gerade im Sterben lagen oder mit ihm Karnevalslieder grölten.

«Die Tochter ...» Er richtete sich langsam auf und sah mich aus halb offenen Augen an. Sie waren rot. «... hat mir eine Nachricht hinterlassen, dass ihre Mutter ...», er machte eine Pause und blickte an die Decke, als würde die Nachricht dort erscheinen, «... die nichts weiter wollte als ein letztes, ein gemeinsames Gebet ...»

Mir wurde heiß. Ich hatte Alma für diskret gehalten.

«Alma hat ihr gesagt, es gab eine Art *Gebetebrei.*» Gert saß jetzt aufrecht. Er sah genauso wach aus wie sonst. «Und die Tochter fragt sich nun, wer sich zu Karneval mit ihrer sterbenden Mutter einen Scherz erlaubt hat.»

Ich setzte mich auf den Schreibtischstuhl. Behutsam, damit die Knie nicht zu früh nachgaben.

«Oder wer betrunken zum Dienst erschienen ist.»

Gert blickte mich an. Ich spürte, wie die Röte sich in meinem ganzen Gesicht ausbreitete. Meine Wangen gaben Gert recht.

«Das war anders, Gert, wirklich.» Aber ich hörte selbst, wie kläglich das klang. «Das war kein Alkohol, ich hatte einfach ein Blackout, ich schwöre, das kommt nie wieder vor.»

«Sollte es auch nicht.» Gert stand erstaunlich behände auf und setzte sich den Vikingerhelm auf. Es sah nicht im Geringsten albern aus.

«Das war weder Alma noch Gott würdig.» Er schwang seinen Umhang um die Schultern, nickte mir zu und verließ das Büro.

Ich schaute in den Unterlagen nach, wie Almas Tochter hieß. Christa. Neben dem Namen stand die Telefonnummer. Ich tippte sie in mein Handy ein und löschte sie wieder. Was sollte ich ihr sagen? Entschuldigen Sie bitte, ich konnte nichts dafür. Ich hatte den Allerhöchsten gerade nicht parat. Ich leide unter Gottdemenz. Das klang erst recht nach Karnevalsscherz.

Ich beschloss, einen Gang durchs Haus zu machen. Vielleicht kam alles wieder, wenn ich meine Routinerunde drehte. Als ehrenamtliche Seelsorgerin machte ich meistens vier oder fünf Dienste hier im Monat.

Als Erstes steuerte ich die Kapelle an. So nannten wir den Raum, in dem wir Andachten hielten und der offen war für alle, die Gottes Nähe suchten. Es passten nur wenig Leute rein, aber die meisten sahen ohnehin vom Zimmer aus zu, wenn wir Gottesdienste feierten. Wir übertrugen den Dienst für diejenigen, die nicht gut zu Fuß waren, direkt auf den Fernseher ins Zimmer. Mir gefiel der Gedanke, an mehreren Orten gleichzeitig zu sein.

In der Kapelle saß ein Mann, den ich nicht kannte. Vielleicht ein Neuzugang.

Ich nickte ihm freundlich zu und wollte an ihm vorbeigehen, aber er winkte mich herbei.

«Sie da!»

Er hielt mir eine Bibel hin, in der er gerade geblättert hatte.

«Lesen Sie mal!»

Er schien den Altersunterschied zwischen uns als Imperativ zu empfinden.

«Kenn ich schon, danke.»

«Nein, mir! Mir sollen Sie was lesen!»

Sein Befehlston ging mir auf die Nerven. Er konnte unmöglich wissen, dass es zu meiner Jobbeschreibung gehörte, aus der Bibel vorzulesen. Genauso gut könnte ich eine trauernde Angehörige sein, von Alma zum Beispiel, die gestern unter ganz unwürdigen Umständen aus dem Leben geschieden war, begleitet von einem Gebetebrei.

«Da!» Er schlug die Bibel auf, und ich sah, was ich ihm lesen sollte. Hiob. Der Mann, dessen Glaube an Gott so unerschütterlich war, dass er jede Prüfung überstand. Noch als ihm seine Familie, sein Haus und sein Vieh genommen wurden, schmiss er sich in den Staub und betete ihn an. Der Oberfeldwebel hielt mir die Bibel jetzt unter die Nase.

«Keine Zeit.»

Ich wollte gehen, aber die Gesichtszüge des Mannes wurden ein wenig weicher.

«Ich seh doch nix mehr.»

Mir fiel Gert ein, wie er gesagt hatte, dass mein Verhalten weder Gott noch Alma würdig war. Jetzt gerade schnitt ich auch nicht gut ab. Ich seufzte.

«Geben Sie schon her.»

Ich setzte mich zu ihm und nahm die Bibel entgegen. Sie lag gut in der Hand. Das Buch der Bücher.

Wenn ich Bibeltexte vortrage, verändert sich meine Stimme. Es geschieht von selbst, sie wird lauter und bekommt mehr Farbe. Die Worte klingen länger, die Amplituden werden größer. Das ist deine Pastorenstimme, sagt mein Vater dann, um mich zu ärgern. Aber er hat recht. Die Bibel ist kein Buch für stilles Lesen. Es ist ein Buch zum Hinausposaunen. Und wann immer ich das tue, werde ich auf eigenartige Weise eins mit dem Text. Als würden die Geschichten durch mich zum Leben erweckt. Ich liebe diese altertümliche Poesie, gerade bei Hiob: *Will denn keiner meinen Kummer wiegen und dazu mein Unglück in die Waagschale werfen?*

Die Ausgabe, die der Oberfeldwebel mir in die Hand gedrückt hatte, war abgegriffen und sah zerlesen aus. Der Text auf den hauchdünnen Seiten stach scharf hervor.

Im Land Uz lebte ein Mann mit Namen Hiob. Der war fromm und führte ein vorbildliches Leben. Ich öffnete den Mund, ich formte die Worte, aber meine Stimme versagte.

«Machen Sie schon», brummte der Oberfeldwebel, und ich versuchte es erneut. *Im Land Uz lebte ein Mann mit Namen Hiob. Der war fromm und führte ein vorbildliches Leben.* Die Worte ließen sich nicht sprechen.

Ich drückte den Rücken durch und setzte mich gerade hin. Einschalten und ausschalten. Einfach noch mal von vorne. Meine Lippen bewegten sich, aber ich brachte keinen Laut hervor. Als hätte jemand den Ton abgedreht. Für den Mann neben mir musste das aussehen, als verhöhnte ich ihn.

Der Blick des Oberfeldwebels verfinsterte sich.

«Das finden Sie witzig, ja?» Er nahm mir die Bibel wieder ab, ich konnte sehen, dass seine Hand leicht zitterte. Ich zitterte jetzt auch. Und plötzlich war meine Stimme wieder da.

«Das war nicht so gemeint.»

«Ich weiß schon, wie das gemeint war.» Er stand

umständlich auf und stützte sich auf dem Stuhl, der vor ihm stand, ab. Die Bibel legte er auf den Sitz.

«Galater 6, können Sie ja mal nachlesen.» Er drängte sich an mir vorbei, mit mehr Kraft, als ich ihm zugetraut hätte.

Ich schlug Galater 6 auf und las den Text. Meine Finger waren eiskalt. Sie umklammerten die dünnen Seiten, als könnten sie ändern, was da steht. Der alte Mann hatte nicht einfach irgendeine Bibelstelle zitiert. Er hatte mir eine Prophezeiung gemacht:

Täuscht euch nicht! Gott lässt keinen Spott mit sich treiben. Denn was der Mensch sät, das wird er auch ernten.

2

Der Oberfeldwebel wusste genau, wer ich war. Er beschwerte sich mit einer Schimpftirade, die, so berichtete Gert, angeblich volle zehn Minuten dauerte. Selbst wenn man Gerts Ärger über die zweite Störung seines Karnevalsurlaubs und seinen Hang zur Übertreibung mit einrechnete, blieb immer noch eine saftige Abreibung übrig.

Ich hatte nichts zu meiner Verteidigung vorzubringen. Also schwieg ich und wartete auf Gerts Urteil. Wir saßen in der Teeküche. Er rührte in seinem Früchtetee, obwohl sich der Zucker längst aufgelöst haben dürfte. Der Löffel schabte am Porzellan und verursachte ein unangenehmes, monotones Geräusch.

Normalerweise war Gert äußerst spendabel mit seinen Emotionen, vielleicht, weil sie im Überfluss vorhanden waren. Aber heute wirkte er verschlossen. Dass er nichts sagte, beunruhigte mich. Wir lauschten beide dem Schaben des Löffels. Ich war sicher, dass es bis nach Köln-Porz zu hören war.

Gert räusperte sich.

«Elke. Wie lange bist du jetzt hier?»

Er wusste genau, seit wann ich meine Dienste machte. Er selbst hatte mich ausgebildet, noch während meines Studiums.

«Drei Jahre.»

Der Löffel hielt inne.

«Das evangelische Krankenhaus sucht eine Seelsorgerin. In Festanstellung. Vollzeit. Mit richtiger Bezahlung.

Die haben mich gefragt, ob ich jemanden wisse. Ich wollte dich empfehlen, eigentlich.»

Er probierte den Tee, schüttete Zucker nach und rührte wieder.

Ich liebte die Arbeit im Albertusstift, ganz gleich, ob ich dafür bezahlt wurde oder nicht. Aber ich konnte nicht ewig ehrenamtlich arbeiten. Gert legte mir gerade einen Sechser im Lotto auf den Tisch.

Er hatte von Anfang an etwas in mir gesehen, was ich selbst nicht sehen konnte. «Du erkennst die Menschen», sagte er nach dem ersten Ausbildungsseminar, «das ist gut.» Von da an kümmerte er sich persönlich darum, dass ich nicht aufgab. Ein paarmal war ich kurz davor, wenn die Menschen mir mehr abverlangten, als ich zu geben imstande war. Gert war dabei immer an meiner Seite. Und jetzt legte er mir sogar einen Job in den Schoß. Wobei er mir genau genommen noch nichts angeboten hatte.

«Aber vielleicht ist das alles hier nicht mehr das Richtige für dich.»

Der Löffel änderte die Richtung. Er klang jetzt anders, dunkler.

Langsam dämmerte mir, dass es nicht darum ging, ob ich einen festen Job bekam. Es lag in Gerts Hand, ob ich überhaupt wiederkommen durfte, hierher, ins Stift.

Metall schabte über Porzellan.

Ich brauchte die Menschen, die ich hier begleitete, mindestens so sehr wie sie mich. Sie waren mir in allem voraus. Sie hatten Lebenswege eingeschlagen und Entscheidungen getroffen, sie bereuten manches und anderes nicht. Alle Risiken lagen nun hinter ihnen. Sie waren nur noch einen Schritt von der Ewigkeit entfernt. Für mich lag darin etwas Tröstliches: Ihre Furchtlosigkeit stärkte mich. Im Tausch für die Sterbebegleitung bekam ich von den Menschen im Albertusstift eine Lebensbegleitung.

«Ich bin gerne Seelsorgerin», sagte ich.

«Dann zeig das auch. Mir, den Menschen hier», Gert deutete nach oben, «und Gott.»

Ich nickte.

«Das mach ich.»

«Du kannst gleich am Sonntag damit anfangen. Willst du meine Andacht übernehmen?»

«Klar», sagte ich. Wenn ich überhaupt ein Wort herausbringe, fügte ich in Gedanken hinzu.

Gert legte endlich den Löffel neben seiner Tasse ab und trank den Tee.

Den Nachmittag verbrachte ich mit einer dementen, sehr vergnügten Dame, die sich an nichts erinnerte, was ihr Leben betraf, aber problemlos sämtliche Weihnachtslieder auswendig singen konnte. Während sie von der gnadenbringenden Weihnachtszeit in *Oh du fröhliche* schmetterte, wanderten meine Gedanken zur Andacht, die ich halten sollte. Ich hatte Gert schon ein paarmal vertreten. Lampenfieber gehörte dazu. Aber diesmal hatte ich das Gefühl, es ginge um alles.

Jan überbrühte die Tomaten und häutete sie. Mit seinen langen, sauberen Fingern nahm er sie vorsichtig in die Hand und zog mit einem kleinen Messer die Haut ab. Es sah liebevoll aus, und ich verspürte Neid. Auf Jan, der in der Lage war, eine Tomate so sehr zu achten, dass er sie zärtlich häuten konnte, aber auch auf die Tomate, deren Bestimmung klar und ehrwürdig war: Sie würde aufgehen in einer fantastischen Jan-Pasta.

Das war Jans Form von Seelsorge: Seine Pasta konnte

mich über jede missliche Lage hinwegtrösten. Morgen war die Andacht, und mein Lampenfieber wuchs.

«Du hast das doch schon mal gemacht.» Jan schob mir seine Tomaten zu. Das Gericht kam sehr gut ohne meine Assistenz aus, aber Jan gab mir manchmal kleine Aufgaben, um die Illusion aufrechtzuerhalten, dass wir zusammen kochten.

«Das gibt sich von alleine, wenn du da rausgehst.»

Ich hackte Jans gehäutete Tomaten in Stücke. Mein Schneidebrett war bald ein Schlachtfeld aus rotem Saft und kleinen gelben Kernen.

Jan inspizierte mein Arbeitsergebnis.

«Ein bisschen kleiner, bitte.»

Ich sah auf das Brett, das jetzt schon einen Haufen Tomatenmatsch enthielt.

«Ist das nicht egal, wenn sie in der Soße sind?»

Jan konzentrierte sich darauf, den Knoblauch zu schneiden. «Die Soße besteht nur aus drei Zutaten. Sie lebt davon, dass das Gleichgewicht stimmt.»

Er legte den Knoblauch weg und machte mir vor, wie groß die Stücke sein sollten. Ein paar Widerworte stiegen in mir auf, aber sie hatten nichts mit den Tomaten zu tun, also schluckte ich sie runter und bemühte mich, Jans Pasta-Ordnung wiederherzustellen. Ich musste zugeben, dass die Blöckchen, die Jan geschnitten hatte, weniger matschten und appetitlicher aussahen.

Im Bett schmiegte Jan sich von hinten an mich und legte seine Hand auf meinen Bauch. Zum ersten Mal seit Tagen entspannte ich mich etwas. Ich hab Angst, wollte ich sagen, richtig Schiss, dass es nicht klappt morgen, und dann wollte ich flüstern, wenn das nicht klappt, dann fürchte ich, dass nie etwas klappen wird, und ich wollte ihm sagen, das ist sie, das ist meine größte Angst, und ich flüsterte: «Jan», aber er war schon eingeschlafen und hatte mich in seinen Armen allein zurückgelassen.

Ich schloss die Augen und versuchte, Ruhe zu finden. In meinem Kopf hallten die Wortfetzen wider, die nicht mehr in Ordnung waren, *Vater unser, Im Land Uz, da lebte ... da lebte ...* Die Wörter wiederholten sich in Endlosschleife, wie ein Ohrwurm, der sich festsetzt, weil man nicht auf die nächste Zeile kommt. Ich suchte nach den Bruchstücken, die eigentlich Teil meiner DNA sind. Worte, die mir Wärme geben. Sie fehlten mir, als hätte jemand mir lebenswichtige Organe entfernt.

Stattdessen fand ich eine Art Vulkanwüste vor. Eine grobe, dunkle Ödnis. Ich versuchte, einen Horizont auszumachen, aber dieser Ort hatte keine Grenzen. Es gab nichts, woran man sich orientieren konnte, kein Oben, kein Unten, kein Links, kein Rechts, kein Vorn und kein Hinten. Das Einzige, was die stille Landschaft unterbrach, waren schwarze Löcher, schwelend, als brennten sie noch. Sie riefen mich, versuchten, mich in sich hineinzuziehen. Ich ahnte, dass sie die Fehlstellen waren, die Teile meines Geistes, die plötzlich nicht mehr existierten. Ich rannte, weg von den Brandlöchern, so weit wie möglich, und kam doch keinen Meter voran.

Am nächsten Morgen fühlte ich mich schlecht vorbereitet auf den Gottesdienst, obwohl ich alles aufgeschrieben hatte, was ich sagen wollte. Ich hatte die Predigt ordentlich ausgedruckt und in einer Mappe abgeheftet und trug sie fest unter dem Arm.

Die Kapelle im Albertusstift war ein ganz gewöhnlicher Raum. Es gab weder eine Kanzel noch einen Altar, und die Orgel kam vom Band. Wir hatten Kerzen aufgestellt, damit es etwas feierlicher aussah, aber es konnte genauso gut ein Wartezimmer sein. Heute Morgen saßen vier Wartende da. Magda, die demente Dame, ganz vorne, in der ersten Reihe, außerdem Frau Weber mit den freundlichen Augen, und zwei Herren waren gekommen, die ich nur vom Sehen kannte. Ich ging an den wenigen Reihen entlang und nickte ihnen freundlich zu.

Ich schlug die Mappe auf und begrüßte die Gemeinde, auch jene, die vom Zimmer aus zusahen.

In der letzten Reihe nahm Gert Platz. Das war ungewöhnlich, denn meist nutzte er die Dienste, die ich übernahm, für einen freien Sonntag.

Es war still im Raum. Die kleine Versammlung schaute mich erwartungsvoll an. Ich blickte auf das abgeheftete Papier in meiner Hand.

Begrüßung der Gemeinde, stand da als erster Punkt. Hatte ich das jetzt schon gemacht? Oder musste ich noch?

«Herzlich willkommen zu unserer Andacht, hier in der Kapelle und an Ihren Bildschirmen auf den Zimmern», begann ich, aber sobald ich es ausgesprochen hatte, wusste ich, dass ich das bereits gesagt hatte.

Ich fing an zu blättern, wie weit war ich denn gekommen? Alles kam mir bekannt vor und zugleich fremd. Die Buchstaben gehörten nicht zusammen, sie standen einfach nur gemeinsam auf dem Papier.

Meine Haut juckte.

Noch einmal blätterte ich durch die Seiten, aber mir sprangen Worte entgegen, die mir nichts sagten. Die wilde Anordnung von Buchstaben machte sich lustig über mich.

Ich schaute in die wartenden Gesichter, Magda nickte mir zu, voller Freundlichkeit, aber ich konnte einfach nicht, ich fand keinen Anfang, und wo kein Anfang ist, da ist auch keine Mitte und erst recht kein Ende, dann ist alles grenzenlos und leer, und dann hat man nichts, wirklich nichts mehr zu geben.

Ich hatte hier vor allem nichts mehr zu suchen. Langsam ging ich in Richtung Ausgang, und als ich an Gert vorbeikam, der mich fragend ansah, beschleunigte ich und rannte hinaus.

Gert stellte mich am Fahrradstand. Ich stopfte gerade meine Mappe mit der zerknüllten Predigt in die Fahrradtasche, als er neben mir auftauchte. «Was war denn das?»

Ich umklammerte den Griff meines Lenkers. Der schwarze Kunststoff hatte Risse. Ich musste an meinen Traum denken, an die dunkle Ödnis, die in mir war.

«Das war ... ich hab Gottdemenz.»

«Wie bitte?»

«Ich erinner mich nicht.» Ich knibbelte ein Stückchen vom Griff ab. Darunter schimmerte Metall. «... an Gott. Gottdemenz halt.»

«Gottdemenz.» Gerts Gesicht verriet nichts.

Ich nickte und knibbelte weiter.

Gert packte mich am Arm. Ich zuckte wegen der plötzlichen Berührung.

«Soll das ein Scherz sein?»

Ich lehnte mich an mein Fahrrad. Der Lenker bohrte sich in meine Seite.

«Nein! Ich kann da nichts für! Ich will das doch selber nicht. Das ist wirklich eine ... Krankheit oder so was.»

«Dann solltest du wohl erst mal nicht mehr herkommen.» Er ließ mich los. «Bis du dich ... auskuriert hast.»

Ich spürte den Fahrradlenker in meinen Rippen, es schmerzte, aber ich war unfähig, mich zu bewegen.

«Es tut mir leid», sagte ich, aber Gert entfernte sich schon, er brachte drei Meter zwischen uns, dann sechs, dann neun, immer schneller wurde er. Als könnte er der Enttäuschung davonlaufen.

Als ich nach Hause kam, räumte Jan die Küche auf. Er hatte gerade einen Obstsalat gemacht. Ich schwoll an von innen. Während ich meine Zukunft verspielte, stand Jan in der Küche und schnitt Obst. In bunte Blöckchen.

Das wäre alles nicht passiert, wenn Jan einfach mitgekommen wäre. Wenn er neben Magda gesessen und mir zwischendurch mal zugelächelt hätte. Dann hätte ich Lampenfieber gehabt und keine Gottdemenz.

Aber Jan kam nicht mit, nie.

Jan hielt Kirchgänger für Naivlinge. Das sagte er nicht, aber ich spürte es.

Für ihn war mein Job im Albertusstift eine Art Freizeitbeschäftigung, bis ich raushatte, was ich mit meinem Leben anstellen wollte. Es erschütterte ihn entsprechend wenig, dass Gert mich suspendiert hatte. Ich könne das doch als Ansporn nehmen, jetzt etwas zu finden, was mir Spaß mache. «Du kannst überall arbeiten», sagte er, «du findest schon was, sogar mit Theologie.»

Jan glaubte an die Liebe, an das Leben und an einen wirklich gut gemixten Drink. Das sagte er jedenfalls. Tatsächlich glaubte er an Klarheit, Ordnung und Stabilität. Das eine ist mit dem anderen nicht unbedingt vereinbar, denn in der Liebe ist selten etwas klar, Ordnung ist nur das halbe Leben, und seine Gin Tonics gehen definitiv auf Kosten der Stabilität.

Ich habe ihn kennengelernt im Bolscha Wika, der Bar, in der er jobbte und wo ich regelmäßig an der Theke herumhing, um mich über mein Dasein zu beschweren und seine Locken zu bestaunen. Ich studierte Theologie und wusste nicht, wo ich mich festhalten sollte. Die Theke war robust und bot für alle Lebenslagen Halt.

Ich will deine verdammten Haare haben, soll der erste Satz gewesen sein, den ich an Jan richtete. Das weiß ich nicht mehr, denn ich hatte mir zuvor mit perfekt gemischten Gin Tonics Mut gemacht. Aber es ist nicht unwahrscheinlich, denn heute noch finde ich es ungerecht, dass sein Haar so verdammt vollkommen ist. Ein Mann mit göttlichen Locken, der mich zum Fluchen brachte, flößte mir Respekt ein. Er gab mir das Gefühl, dass es ausreichte, einfach ich zu sein. Solange ich nur diesen in sich ruhenden Atheisten mit dem wallenden Haar an meiner Seite haben könnte.

Seine Locken waren seitdem gewachsen. Sie waren pechschwarz und sprangen so wuchtig von seinem Kopf ab, als würde er einen Urknall mit sich herumtragen. Der Anblick dieser gebändigten Naturgewalt beruhigte mich noch immer, sogar jetzt, obwohl ich wütend auf ihn war. Ich sah zu, wie Jan das benutzte Geschirr in die Spülmaschine einräumte, Messer zu Messer, Gabel zu Gabel, Tassen aufgereiht nach Größe. Ein jeder nach seiner Ordnung.

Als er die Teekanne vorsichtig umdrehte und sie exakt in die Lücke zwischen den großen und den kleinen Tellern passte, leuchtete sein Gesicht auf.

Wie Jan die Welt ordnete, so vorausschauend und klar, so übersichtlich, löste in mir heftige Sehnsucht aus. Ich wollte Teil dieser Welt sein, mich einfügen in eine Lücke, die genau für mich bestimmt war, die jemand für mich geschaffen hatte. Das Verlangen war so groß, dass ich meine Wut herunterschluckte und meine Arme so fest um Jan schlang, als könnte ich in ihm aufgehen.

3

In der Nacht träumte ich wieder von der Ödnis und von schwelenden Löchern, die mich riefen. Diesmal rannte ich nicht fort, sondern blickte hinein, in die tiefe, dunkle Leere. Ich hatte noch nie ein so sattes Schwarz gesehen. Nur einen kleinen Schritt musste ich gehen, um von dieser Vollkommenheit umgeben zu sein. Sie würde mich aufnehmen wie der Schoß einer Mutter, in ihr wäre ich geborgen, und endlich wäre Ruhe.

Unter meiner Bettdecke war es kalt. Nicht wie bei einem Wintereinbruch, sondern in mir, das Zentrum der Kälte war ich. Jan war schon aufgestanden, ich lag allein im Bett und fror von innen. Ich strich mir über die nackten Arme. Sie waren kühl. Langsam schob ich mein Nachthemd hoch und berührte meinen Bauch. Sofort bildete sich Gänsehaut. Es fühlte sich an, als würde ich ein Stück Käse streicheln, frisch aus dem Kühlschrank. Ich fasste mir unter die Achseln, die einzige Stelle, die wirklich nicht kalt werden kann. Erschrocken zog ich die Hand zurück. Auch meine Achseln waren kalt.

Mir fiel nur ein Zustand ein, in dem ein Körper kalt wird. Aber ich war doch am Leben. Ich schluckte. Vielleicht war in mir drin etwas gestorben, und die Leichenstarre arbeitete sich jetzt vor, von innen nach außen.

Ich schlüpfte aus dem Bett und durchsuchte die Schublade im Bad. Irgendwo musste das Thermometer sein. Da. Hinter einer abgelaufenen Handcreme und ineinander verkeilten Haarspangen. Ich legte mir das Thermometer unter die Zunge und wartete.

Aus der Küche klang leises Gemurmel, Jan telefonierte. Ich konnte nicht hören, was er sagte, aber allein seine Stimme beruhigte mich.

Jan wusste bestimmt, was zu tun war. Vielleicht gab es ja so etwas wie ein Negativ-Fieber. Erniedrigte Temperatur. Als es piepte, hoffte ich inständig, mir eine umgekehrte Grippe eingehandelt zu haben. Eine kleine Verkühlung. Aber das Thermometer zeigte etwas anderes an: Mein eiskalter Körper war ganz durchschnittliche 37,0 Grad warm.

Ich stellte mich unter die Dusche und drehte heiß auf. Das Wasser tat mir weh, es brannte auf meinen Schultern und rann gleißend an mir hinunter. Trotzdem stellte ich die Temperatur etwas höher. Ich musste an das vollkommene, schwarze Nichts denken, das mich fast in sich hineingezogen hatte. Ich drehte noch heißer auf.

Meine Haut wurde rot, sie wehrte sich. Sie konnte ruhig Alarm schlagen. Ich würde mich nicht von der Stelle rühren. Das Wasser sammelte sich unten, bevor es abfloss, und umspülte meine Füße. So mussten Jans Tomaten sich fühlen, wenn sie überbrüht wurden.

Ich drehte den Thermostat weiter, er war jetzt tief im roten Bereich. Nun kam kein Wasser mehr von oben, sondern Schmerz, purer Schmerz, der sich in Wellen über meinen ganzen Körper ergoss. Ich zwang mich zu bleiben. Die Hitze bildete Nebel, um mich herum verschwamm alles. Der Schmerz umfing mich, er drang in mich ein, und ich nahm ihn auf, als sei er ein willkommener Gast, auf den ich lange gewartet hatte.

Die Tür der Duschkabine wurde so barsch aufgeworfen, dass sie sich fast aus den Angeln hob. Zwei Arme langten hinein, griffen mich und zerrten mich hinaus. Jan betrat die Kabine wieder, um die Dusche auszustellen, und er schrie auf, als das Wasser ihn traf. Ich glitt zu Boden, keuchend. Meine Haut brannte, aber es war kein guter Schmerz. Er war unerträglich.

Jan nahm ein Handtuch und tupfte mich vorsichtig ab. Er konzentrierte sich mit aller Macht auf das Trockentupfen, aber sein Entsetzen konnte er nicht verbergen. «Was machst du denn, was machst du denn, was machst du denn», wiederholte er, ohne Unterlass. Es war keine Frage, eher ein Flehen.

Die Hitze im Bad beschlug noch immer den Spiegel, obwohl das Fenster sperrangelweit offen stand. Schweiß rann mir den Rücken runter, sogar meine Haare fühlten sich an, als hätte ich sie gekocht. Jan reichte mir ein Glas kaltes Wasser. Es war das Köstlichste, was ich seit Langem getrunken hatte. Meine roten Oberschenkel dampften noch.

Jan setzte sich zu mir auf den Boden.

«Was ist denn los?», sagte er leise.

Ich wusste gar nicht, wo ich anfangen sollte. Mit den Brandlöchern im Kopf. Der Gottdemenz. Mit der Kälte, die in mir war und die ich nicht rauskriegen konnte. Dass ich heute Morgen Angst gehabt hatte, bei lebendigem Leib zur Leiche zu werden. Nichts von alledem erklärte, was ich getan hatte.

«Ich hab gefroren», sagte ich nur.

Jan seufzte. Er wollte etwas erwidern, aber er schwieg.

Ich legte meine Hände in den Schoß. Sofort durchzog es mich wieder kalt. Ich berührte meine Beine mit beiden Händen, an verschiedenen Stellen. Ich zitterte.

«Meine Beine, sie sind immer noch kalt.» Meine Stimme überschlug sich.

«Das kann doch gar nicht?»

Ich nahm Jans Hand und legte sie flach auf meinen Oberschenkel.

«Fühl doch, fühl doch mal, wie kalt das ist.»

Jan sah mich voller Sorge an.

«Deine Beine sind ganz warm, Elke.»

Jan vermutete, dass es etwas Neurologisches sein könnte. Er recherchierte, bei welchen Krankheiten das Kälte- und Wärmeempfinden gestört ist, und zeigte mir auf seinem Handy Bilder von Patienten im Rollstuhl.

«Amytrophe Lateralsklerose», sagte er, «das musst du checken lassen.»

Für mich klang das nicht nach fortschreitender Gottdemenz mit zunehmender innerer Kälte. Aber es war schön, dass Jan meinen Zustand ernst nahm. Er wusste jetzt, dass etwas grundlegend nicht mit mir stimmte. Und wenn es wirklich eine echte Krankheit war, hätte ich wenigstens die Medizin auf meiner Seite. Ich machte einen Termin, und Jan schälte Gurken, damit ich sie zum Kühlen auf meine verbrannten Beine legen konnte.

Meine Ärztin schickte mich ins MRT, nahm Blutproben, kontrollierte Herzrhythmus und Herzfrequenz, sah mich streng an und erklärte, ich sei völlig gesund.

«Aber es ist wirklich wahr, ich habe Gott verloren», sagte ich.

Dr. Aldemir zog die Augenbrauen hoch. «Dann sind Sie hier aber falsch.» Sie kramte in ihrer Schreibtischschublade, während sie mit mir sprach, was ich ziemlich unhöflich fand.

«Ich bräuchte wirklich eine Diagnose», sagte ich, «das ist doch Ihr Beruf.»

Dr. Aldemir schaute mich jetzt über ihre Brille an. Bestimmt ein Trick, um Hypochonderinnen einzuschüchtern. Er funktionierte ziemlich gut.

«Ich bin Spezialistin für Erkrankungen des vegetativen Nervensystems», sagte sie, «und ganz bestimmt nicht zuständig für Ihre Lebenskrise.»

«Aber mir fehlt Gott.» Ich verabscheute, wie sehr das nach Lebenskrise klang. «Ich meine, ich brauche ihn wirklich, ich bin Theologin. Gott ist sozusagen mein Beruf. Da müssen Sie doch etwas tun!»

Dr. Aldemir tauchte aus der Schublade auf. Sie hatte endlich gefunden, was sie gesucht hatte.

«Nicht ich, Sie», sagte sie und schob mir die Visitenkarte eines Psychotherapeuten zu.

«Ich bin doch nicht verrückt», sagte ich zu Jan.

«Ein bisschen schon.» Jan räumte die Teller ab.

Ich fragte mich, ob er trotzdem oder deswegen mit mir zusammen war. Es beunruhigte mich, dass ich es nicht wusste. Ganz sicher würde Jan sich niemals in die Hände eines Seelenklempners begeben. Aber da sein Inneres so aufgeräumt war wie eine Schmuckvitrine, würde sich ihm diese Frage auch nicht stellen.

«Ich brauche keinen Psychiater, ich brauche ein Reboot des Gehirns oder so.»

«Genau dafür sind die da, glaube ich», sagte Jan.

Der Therapeut hieß Dr. Dietmar Diehse. Ein Name wie ein Kinderreim, und auch die Praxis war unangenehm niedlich. Der flauschige Teppich. Ein Tischkalender mit Mutmachsprüchen. Kuscheldecken und bunte Kissen, auf dem Boden verteilt. Auf der Fensterbank überlebte ein Farn, der zu oft gegossen wurde. Er hatte überall braune Stellen. Im Regal stand eine Holzfigur mit ausgebreiteten Armen, als ob sie auf eine Umarmung sänne, der man nicht entrinnen konnte. Ich nahm Platz in einem Korbsessel mit beigen Kissen. Das Geflecht knirschte. Ich hatte Lust, mich wie ein Teenager zu benehmen.

Der Therapeut stellte eine Tasse Tee vor mir ab und knirschte sich auch in seinen Sessel hinein. Er hatte gute Augen, aufmerksam. Sie passten nicht zur schrillen Wohligkeit seiner Praxis. Auf seinem Pulli hatte er einen Fleck. Eigelb vielleicht, vom Frühstück. Er prangte auf der Brust wie ein Abzeichen.

Dr. Diehse sah mich forschend an.

«Sie haben also Gott verloren.»

«Nicht wirklich verloren, nur kurz verlegt», sagte ich. «Ich dachte, Sie sagen mir, wie ich ihn wiederfinde.»

Der Therapeut schwieg. Langsam fühlte ich mich unwohl unter seinem Blick. Er betrachtete mich, wie ich ihn betrachtete. Er hatte diese ganzen Liebesutensilien im Raum auf seiner Seite. Ich kapitulierte und senkte den Blick.

Dr. Diehse diagnostizierte eine selektive Gedächtnisstörung, und er sah sich nicht in der Verantwortung, sie zu beheben.

«Ich kann Ihnen aber helfen, selbst Verantwortung zu übernehmen.»

«Und wenn ich das nicht schaffe?»

«Dann müssen Sie versuchen, mit den Defiziten zu leben.»

Jan fegte die Küche, als ich nach Hause kam. Wir haben zwar einen Staubsauger, aber Jan zog es gelegentlich vor, den Besen zu benutzen, weil er besser in der Hand lag.

«Ich soll mit den Defiziten leben.» Ich öffnete die Keksdose und nahm eine Handvoll Mürbekekse heraus.

«Also ohne Gott», sagte Jan und häufte Staubknäuel an. Sobald er es ausgesprochen hatte, fühlte ich mich, als hätte jemand meine Eingeweide nach außen gekehrt. Nichts saß mehr richtig. Ich kaute und krümelte und schüttelte meinen Pulli aus, um die Krümel loszuwerden. Jan schaute zu Boden.

«Ich weiß gar nicht, wie das geht, ohne Gott.»

«Mach ich doch auch», sagte Jan.

«Das ist nicht das Gleiche.» Ich sah zu, wie Jan die Krümel auf den Staubhaufen fegte.

«Glaubst du denn noch daran?»

Ich biss mir auf die Zunge. Mürbekeks und Blut vermischten sich. Jan hätte genauso gut fragen können, ob ich immer noch glaubte, die Erde sei eine Scheibe. Er schwor, es sei kein Problem für ihn, dass ich an Gott glaubte, auch wenn er selbst keinen Glauben habe. Aber wenn wir seine Freunde trafen, oder seine Familie, spielten wir beide den Teil meines Lebens oft herunter. Jan betonte dann, dass ich Theologie studiert hatte, um unsere Kulturhistorie zu verstehen, und ich erzählte, dass kirchliche Arbeit mir Freude mache, weil ich mit unterschiedlichsten Menschen zu tun hätte. Das stimmte alles, aber es ließ eine wichtige Tatsache außen vor: die tiefe, große Liebe, die ich empfand, wenn ich an Gott dachte.

«Natürlich glaube ich noch an Gott», fauchte ich und stieg über seinen Staubhaufen hinweg, raus aus der Küche.

Als Kind konnte ich im Auto nicht schlafen. Erst recht nicht, wenn wir mitten in der Nacht aufbrachen, um in den Urlaub zu fahren. Obwohl ich so müde war, dass mir die Augen immer wieder zufielen, genoss ich diese Reisen. Das ruhige Rauschen des Wagens auf der Autobahn. Die leisen Stimmen meiner Eltern vorne. Das Atmen meines Bruders neben mir. Manchmal summte ich dann *Die Nacht ist vorgedrungen, der Tag ist nicht mehr fern*, ein Kirchenlied, das ich innig liebte. Es gehörte zwar in den Advent, aber ich fand es auch im Sommer schön. Ganz leise sang ich den Refrain, um die Nacht nicht zu stören, aber wenn meine Mutter mich hörte, stimmte sie mit ein und sang dazu die Strophen, wie Gott im Dunkeln wohnt und es doch erhellt. Es waren die friedlichsten Momente des ganzen Urlaubs: Alles lag noch vor uns, über uns wachte der Heiland, und morgen wären wir am Strand. Ich legte meinen Kopf an die Fensterscheibe und schaute hinaus in die Dunkelheit.

Draußen wechselte die schwarze Nacht sich ab mit gelben Inseln aus Licht. Es waren die Straßenlaternen, die an mir vorüberzogen. So fühlte Gott sich für mich an: wie eine Kette aus warmem Licht, die sich durch mein Leben zog. Meine Liebe zu Gott bestand aus der Gewissheit, dass die kleinen dunklen Strecken dazwischen nur kurze Intervalle waren.

Ganz bestimmt war meine Gottdemenz genau das. Ein kurzes Stück Dunkelheit, das bald weichen würde für warmes, helles Licht. Ich musste nur herausfinden, warum die nächste Lichtinsel so lange auf sich warten ließ.

4

Zum ersten Mal seit Jahren hatte ich Ostern keine Pläne. Die Feiertage hatte ich hauptsächlich im Albertusstift verbracht. Ich liebte diese hoffnungsgetränkte Zeit. Ostern machten fast alle mit, ganz gleich, ob sie an einen Gott glaubten oder nicht. Die Geschichte eines Predigers, der für die Menschen stirbt, um anschließend mit dem ewigen Leben belohnt zu werden, funktionierte offenbar universell. An diesen Tagen sah ich nur strahlende Gesichter. Wobei das auch am Ostermenü gelegen haben konnte.

Dieses Jahr wollte ich das Fest als etwas Besonderes erleben. Als einen Neuanfang. Aber ins Albertusstift konnte ich nicht, und zu meinen Eltern wollte ich nicht. Ich hatte keine Ahnung, wie ich Ostern feiern sollte. Jan fand das super. Kommst halt mal mit zum Osterfeuer, sagte er.

Das Osterfeuer der Gartenfreunde e. V. hatte nichts mit der Auferstehung Christi zu tun. Der Schrebergartenverein sah es vor allem als pragmatische Angelegenheit: Mitglieder konnten ihren Grünschnitt, der sich im Lauf des Frühjahrs angesammelt hatte, kostenlos loswerden und sich dabei betrinken.

Jan hatte vor einigen Jahren von einem Freund eine Parzelle übernommen. Ich dachte bei Kleingarten an Gartenzwerge und Regelwerke, an Rasenlängen und Heckenscheren und an Rippchenhemden, die sich über Bierbäuche spannen. Aber die Gartenfreunde e. V. waren fast ausnahmslos Großstädter am Puls der Zeit. Das brachte sie mir allerdings nicht näher. Junge Väter mit Dutt und Laptop auf dem Schoß, nackter Nachwuchs im Planschbecken und golden gebräunte Frauen mit muskulösen Oberarmen, die kleine Silberringe an perfekt geformten Zehen trugen. Mir war diese Welt fremd. Aber Jan kümmerte es nicht, wie hip oder spießig der Kleingarten war. Im Sommer verbrachte er viel Zeit dort. Ich kam nur selten mit. Meist fühlte ich mich als Besucherin.

Das war heute nicht anders. Das Feuer brannte schon, als wir ankamen. Auf der dunklen Wiese bildeten die Flammen einen lodernden Kern aus Licht. Davor zeichneten sich schwarze Silhouetten ab, die sich um das Feuer scharten oder im sicheren Abstand auf Heuballen saßen. Manchmal fiel der Widerschein des Feuers auf rosige Wangen, lachende Münder, auf eine Schulter oder eine gestikulierende Hand, und aus den Schatten wurden menschliche Gestalten.

Das Feuer war mehrere Meter hoch. Die Flammen rauschten und knackten, sie fraßen sich brutal durch das Gehölz und schmatzten dabei. Es war richtig laut, und wunderschön: Wie ein lebendes, abstraktes Gemälde aus Rot und Gelb und Schwarz und Weiß, und dazwischen glühendes Orange. Funken flogen durch die dunkle Nacht, es roch nach Holz und Kohle, und kurz dachte ich, dies könnte doch für mich ein Moment der Hoffnung sein. Aber Jan drückte mir ein Bier in die Hand und stellte mich Leuten vor, die ich noch nie gesehen hatte, und dann ging es um Dahlien, die viel Arbeit machten, weil sie jedes Jahr bei Wintereinbruch aus dem kalten Boden geholt werden mussten.

Mitten in der Nacht war das Feuer gut heruntergebrannt, und ich hatte ordentlich einen sitzen. Jan war Bier holen und versackte wahrscheinlich gerade am Getränkewagen.

Ich saß auf einem Heuballen und blickte ins Feuer, das jetzt einen viel sanfteren Eindruck machte. Die Flammen sahen versöhnlich aus, nach Licht der Welt, nach Auferstehung, nach Leben. Ich nahm einen Zweig, der auf dem Boden lag, und näherte mich dem Feuer. Die Hitze brannte auf meiner Haut. Langsam streckte ich die Hand aus und hielt den Zweig in die Flammen. Ich trat noch ein wenig näher. Der Zweig färbte sich grellorange. Er krümmte sich, blitzschnell, und löste sich auf, vor meinen Augen. Da war kein Licht, keine Auferstehung, kein Leben. Die Glut fraß meine Hand an, ich ließ den Zweig fallen und schlug um mich, als könnte ich den Schmerz abschütteln. Als ich hochblickte, stand Jan vor mir, zwei Bierflaschen in der Hand. Das sanfte Licht der Flammen lag auf seinem Gesicht. Ganz weich waren seine Züge, vor Sorge, vor Liebe, oder vielleicht auch nur, weil das Feuer nicht mehr die Kraft hatte für scharfe Kanten. Jan sagte nichts. Er nahm vorsichtig meine angesengte Hand und kühlte sie mit den Bierflaschen.

Nach Ostern fuhren Jan und ich nach Pellworm. Jan wollte ein wenig arbeiten, und ich sollte mich entspannen. Wird dir guttun, hatte Jan gesagt, mal auf andere Gedanken zu kommen. Woher diese Gedanken kommen sollten, wusste ich nicht. Pellworm ist die kleine reizlose Schwester von Sylt. Als die Erde entstand und die Nordsee-Inseln geschaffen wurden, blieben ein paar Reste aus Erde, Wiese und Schlamm übrig, und unterhalb von Sylt war noch Platz. Pellworm ist wie ein schwarzes Loch, das alle Impulse von außen verschluckt und umwandelt in ein Nichts aus Deich und Himmel. Aber die Fischbrötchen am Hafen sind gut.

Unsere Ferienwohnung war winzig, und Jan hatte jeden Winkel auf WLAN untersucht. Seit einem Jahr hatte er eine eigene Firma, als Software-Entwickler. Sie bestand aus nichts weiter als einem Laptop, seinem Gehirn und dem Internet. In der Ferienwohnung drohte eine dieser drei Säulen seiner Arbeit wegzubrechen.

Jan drehte sich mit dem Rechner im Kreis, hob ihn voller Hoffnung über den Kopf und sah dabei aus wie ein Schamane, der Regen heraufbeschwört. Herr, lass Internet vom Himmel regnen. Als das WLAN-Dreieck einen schwachen, aber stabilen Ausschlag vermeldete, jubelte Jan, als hätte er einen Totgesagten ins Leben zurückgeholt.

Ich ließ ihn in der Wohnung allein und erkundete die Insel. Tagelang saß ich auf einer Bank am Deich, aß Matjes und schaute mir Wolken und Schafe an. Mehr gab es nicht zu sehen. Irgendwann sahen die Schafe aus wie Wolken und die Wolken wie Schafe.

Früher hatte ich mir immer vorgestellt, dass Gott hinter den Wolken wohnt. Aber in der Schule lernte ich, dass die Menschen zum Mond geflogen waren. Hätten die Astronauten ihn da nicht unterwegs treffen müssen? Vielleicht hatte er sich in den Wolken versteckt. Ein schüchterner Gott.

An diesem Morgen sah der Himmel aus, als hätte Gott einen dicken Sichtschutz zwischen sich und der Welt verhängt. Ich lief ein Stück am Deich entlang und legte den Kopf in den Nacken. Ein Zeichen, dachte ich. Ich könnte ein Zeichen gebrauchen. Dass alles gut wird.

Die Wolken waren massiv. Sie bauten Türme aus Wasser und Kälte und Kondensationskeimen. In der Ferne donnerte es, hier regnete es ein bisschen, aber ich ging weiter. Der Regen wurde stärker, und ich lief schneller, ich schnappte nach Luft. Die Wolken hingen schwer am Himmel, sie erstickten mich mit ihrer dicken Wolkigkeit, und der Regen, er tat weh auf meiner Haut, die Tropfen wurden zu Projektilen, die Wolkentürme nahmen mich ins Kreuzfeuer, sie beschossen mich von allen Seiten.

Ich rannte jetzt, ich rannte den Deich entlang, der Regen machte mich nass bis auf die Haut, und ich wunderte mich, dass er keine Wunden riss, ich hätte bluten sollen, aber die Haut blieb heil.

Hinter dem Deich sah ich die kleine Inselkirche liegen, badend im Licht, das durch eine Wolke brach, und vollkommen trocken, Vögel nisteten in ihrem Turm, als wäre nichts. Ich sah Schafe und Fahrradfahrer und einen Vater, der mit seinem Sohn Drachen steigen ließ, und alle waren trocken und in der Sonne und wussten nichts davon, dass ich gerade einen Wolkenbruch erlitt.

Da, da gleißte es, da war Licht, und ich brachte mich in Sicherheit, in eine Insel aus Sonne. Ich kniff die Augen zusammen und fühlte und wartete, es hatte doch immer geklappt, *Vater unser im Himmel*, aber er war nicht da, ich wartete, aber er kam nicht, die Worte kamen nicht, und ich wusste, dass es nicht einfach nur Worte waren, die mich verlassen hatten, er selbst war es, er, der Allmächtige, er, der Himmel und Erde gemacht hat, und er hatte entschieden, dass ich ohne ihn auskommen sollte.

Am Abend aßen wir in der Dorfschenke, und ich bemühte mich um Urlaubsstimmung. Ich lobte das Essen, ich bestellte Wein, und Jan schlug vor, wir könnten eine Wattwanderung machen, wenn seine Präsentation fertig sei. Ich dachte an Muscheln und Steine und Schlamm unter nackten Füßen und daran, wie Wattwürmer in einem Jahr den gesamten Sandboden auffressen und wieder ausscheiden. Das ganze Watt geht durch den Wurm hindurch. Und ich habe das an den Füßen.

Zum Dessert gab es Pumpernickel-Eis. Altes Brot und kalte Sahne, aber gut. Wir kamen mit dem Koch ins Gespräch, dessen ganzer Stolz der Nachtisch war. Ist gar nicht von hier, verriet er uns, im Münsterland isst man das so, aber die Touristen denken, das sei typisch norddeutsch. Herb und süß.

Und die Nordseekrabben kommen aus einer Aquakultur in der Türkei, dachte ich und schaute hinaus aufs Meer.

Als ich im Bett lag, hörte ich die Wohnung singen. Jan schlief fest, und kurz dachte ich, ich träumte, aber ich war hellwach. Es klang dunkel, ein bisschen wie gregorianische Gesänge. Mal schwoll es an, mal ebbte es ab. Ich dachte an das Watt und an die Wanderung, die wir vielleicht machen würden, und wie Ebbe und Flut sich seit Anbeginn der Tage abwechseln, und der Mond schien, fast voll, er war wunderschön. Der Gesang durchströmte mich, er lähmte mich, auf gute Art. Ich stimmte leise ein. Hier liege ich, dachte ich, ich kann nicht anders. Ich musste ein bisschen kichern. Amen. Der Gesang verstummte, und ich schlief ein.

Aber er kehrte zurück, jeden Abend, und ich begann, mich nach ihm zu sehnen. Ich kam erst zur Ruhe, wenn es dunkel wurde und sein Klang sich über die Stille der Nacht erhob. Manchmal stand ich auf, lief im kaltblauen Licht des Mondes durch die winzige Wohnung und suchte nach der Quelle der Musik. Aber ich fand sie nie.

Die ganze Wohnung schien zu singen, die Wände, die Möbel, sogar die Vorhänge und die Töpfe und das hässliche braune Tischtuch. Ich saß am Tisch und lauschte, die Nacht stimmte mit ein, und für einen Moment war Frieden überall.

Wir kamen ein bisschen zu spät zum Treffpunkt. Die Sonne ging gerade auf über dem Watt, an der Mole standen schon acht Erwachsene und eine Handvoll halbwüchsige Kinder, alle in Funktionskleidung und voller Erwartung. Es waren nur drei Kilometer von Pellworm zur Hallig Hooge, aber die Leute sahen aus, als müssten sie das Rote Meer durchqueren. Immerhin war das Wasser schon gewichen, ganz ohne göttliches Zutun.

Ein Rentner packte sein Fernglas aus und hängte es sich um den Hals. Zwei Hunde sprangen herum, sie hatten alberne Pfotenschoner an. Gegen scharfe Muschelkanten. Ein Paar zerrte seinen unwilligen Zwölfjährigen an sich für ein Selfie. Exodus fürs Familienalbum. Der Junge hatte noch Schlaf in den Augen.

Ich konnte die Hallig in der Ferne liegen sehen, zwischen uns nur Schlamm und Priel und ein paar Möwen. Aber der Wattführer, ein gegerbter Mittvierziger mit Führungsqualitäten, stellte klar, dass Luftlinie tödlich sei.

«Wir umrunden das Rummelloch weitläufig», sagte er ernst.

Das Rummelloch ist ein Priel, steht dauerhaft unter Wasser, mindestens fünf Meter tief, ergab Jans Internetrecherche.

«Das Rummelloch ist ein Priel, steht dauerhaft unter Wasser, mindestens fünf Meter tief», sagte der Wattführer, und Jan packte sein Telefon weg. Der Mann erinnerte mich an Gene Hackman in *Die Höllenfahrt der Poseidon*. In dem Film spielt Gene Hackman einen Pastor, der seine Schäfchen buchstäblich ins Trockene bringt, auf einem untergehenden Kreuzfahrtschiff. Der Wattführer strahlte eine ähnliche Entschlossenheit aus. Ich war sofort bereit, ihm zu folgen. Hätte er mich gebeten, an einem Weihnachtsbaum hochzuklettern, ich hätte es getan. Ich erinnerte mich an die Höllenszene, in der Gene Hackman Gott anbrüllt, bevor er sich opfert, ein finaler Akt der Nächstenliebe. Oder der Rebellion. Wie konnte er nur so sicher sein, dass er gehört wird? Dass sein Weg der richtige war?

Ich blickte hinüber zur Hallig Hooge, das Watt glitzerte in der Morgensonne. Noch nicht einmal, wenn ich das Ziel direkt vor Augen hatte, wusste ich, wo es langging. Ich war wie ein Brummkreisel, so ein altes Blechding, das sich ausschließlich um sich selbst dreht und dabei niemals von der Stelle kommt.

Der Wattführer schloss seine Jacke und schnallte sich den Rucksack um, fließende Bewegungen, keine Spur von Kreiselhaftigkeit. An ihm stand alles auf Anfang, und wo ein Anfang ist, da ist auch eine Mitte und ein Ende, und wenn man das schon mal hat, dann ergibt sich die Richtung wahrscheinlich ganz von selbst. Sehnsucht durchzog mich, nach einem Kompass für Klarheit und Sicherheit, irgendetwas, das mir für einen kurzen Moment das Gefühl gab, nicht restlos hineingeworfen zu sein in dieses Nichts aus Deich und Himmel. Es war ein tiefes, warmes, dickflüssiges Verlangen, es machte meine Beine weich und den Bauch zu Brei und den Kopf so schwer, dass ich ihn kaum noch tragen konnte. Aber der Zug setzte sich in Bewegung, und mein Körper gehorchte, ein Fuß vor den anderen, und ich ging mit.

Der Schlamm war kühl und fest. Es fühlte sich angenehm an. Gene Hackman schritt voran, die Gruppe hinterher, die Luft war klar, und über uns kreisten Möwen. Ich entspannte mich etwas. Vielleicht hatte ich mich in letzter Zeit einfach überanstrengt.

Je länger wir wanderten, desto weiter entfernte sich die Hallig. Wir liefen im Zickzack, als wäre das Watt ein Minenfeld. Nur Gene Hackman sah die unsichtbaren Zeichen. Der Zwölfjährige schwieg, seine Mutter plapperte, der Rentner blieb immer wieder stehen, um mit seinem Fernglas Watvögel zu beobachten. Ich laufe auf Meeresboden, dachte ich. Hier herrscht die Natur.

Gene Hackman hielt an und wartete, bis wir uns um ihn versammelt hatten. Er zeigte auf eine kreisrunde Struktur im Boden, die sich eindeutig abhob vom übrigen schlammigen Untergrund. Die Reste eines Brunnens, erklärte er. Vor 700 Jahren war dies alles Festland, und hier, genau hier, gab es eine reiche Stadt, dekadent wie Rom. In Rungholt lebten gottlose Saufbolde, die ihren Reichtum verprassten und sich über Gott und Kirche lustig machten. Der Prediger der Stadt ertrug es nicht mehr und bat Gott, den Menschen eine Lektion zu erteilen. Bei der Groten Mändränke, einer Sturmflut im Jahr 1362, versank Rungholt in den Fluten, Tausende Menschen ertranken. Die Küstenlinie der Nordsee bildete sich neu, als hätte es die Stadt nie gegeben.

«Die Rache Gottes», flüsterte der Rentner neben mir.

«Quatsch», zischte ich, «Sie haben es doch gehört, es war eine Sturmflut, das kommt vor.» Aber ich dachte an Wolkenbrüche und Regentropfen wie Pfeile und an Lektionen, die erteilt und gelernt werden müssen. Ich spürte, wie etwas in mir hochkroch, das sich vollkommen fremd anfühlte. Als hätten Horden von Kriechtieren von meinem Blut Besitz ergriffen. Sie tauchten ein in die roten Fluten und schwammen im Gleichklang die Blutbahn hoch, sie schlugen Wellen, dass es nur so schäumte, gerade zu auf dem Weg zur Blut-Hirn-Schranke. Ich schüttelte mich und trat von einem Bein aufs andere, und Gene Hackman, dem das nicht entging, nahm an, mir fehle die Geduld, denn er hob einen Finger und sah mich an, als wolle er sagen, dies ist noch wichtig, gleich geht es weiter. Er nahm seinen Blick nicht von mir, als er sagte, dass manchmal, nachts, wenn der Wind günstig stehe, die Sturmglocken der Rungholter Kirche noch zu hören seien, sie läuteten, aus den Tiefen des Meeres, aus dem Jenseits. Die mahnende Stimme Gottes, sagte Gene Hackman und sah mich an, und die Kriechtiere stürmten die Schranke und überfluteten mein Gehirn, und dann lachte der Wattführer und sagte, das sei eine schöne Legende, aber es war schon zu spät, in meinem Kopf war nur noch rotes Rauschen.

Ich hörte Jan atmen, er schlief. Seine Ruhe steckte mich nicht an. Der Gesang donnerte jetzt durch die Wohnung, er beschallte mich gegen meinen Willen, und ich presste die Augen zu und wollte an nichts denken.

Aber sobald ich die Augen schloss, tauchte ich hinein ins kalte Meer, die Sicht war klar, und da unten, auf dem Meeresgrund, da ragte ein Turm empor, und ich sah das Kirchenschiff, und überall waren Algen und Muscheln und Quallen und tote Leiber mit starren Augen, soeben hatten sie noch gelacht und gehöhnt, aber vielleicht auch geliebt, und jetzt, leblos, ziellos, eine Hand streifte mich, oder war es ein Fuß, weiße Haut, kalter Blick, bis in alle Ewigkeit, ein kleines Mädchen, lange Haare, toter Körper, *der Herr segne dich und behüte dich*, und die Glocken setzten ein, die Geisterglocken, sie brüllten, die Flut, die Flut kommt, aber sie war längst da, und sie waren alle schon tot, und sie schwebten, und ihre Haare waberten um ihre Köpfe wie Blätterkronen, ein Wald am Meeresgrund, ein Wald aus Menschen, und *der Herr lasse sein Angesicht leuchten über dir und gebe dir Frieden.*

Ich riss die Augen auf und sah in Jans erschrockenes Gesicht.

«Die Geisterglocken», schrie ich, «es sind die Geisterglocken, hörst du nicht, wie sie donnern, die ganze Woche schon, aber du schläfst ja immer, und ich, ich wusste es ja nicht, ich wusste nicht, dass es Todesglocken sind, es klang doch friedlich.»

Jan stand auf, öffnete die Tür zum Wohnraum, blieb im Türrahmen stehen und legte den Kopf schief.

«Das Brummen, du meinst das Brummen», sagte er und ließ sich in die Hocke sinken. Er horchte andächtig, schloss die Tür vorsichtig, öffnete sie wieder, fast ohne sie zu berühren, er behandelte sie, als sei sie aus rohen Eiern.

«Hier ist es», flüsterte er, «hörst du?»

Ich schlich mich aus dem Bett zu ihm, und jetzt hörte ich es, es war nicht die Wohnung, die sang, sondern die Tür, eine schlichte Holztür, die Wohn- und Schlafraum voneinander trennte, sie bildete das Zentrum der Wohnung, und sie verteilte ihre Schallwellen in alle Richtungen und füllte den ganzen Raum aus.

«Die Tür singt», sagte ich.

«Nein, es ist was in dem Schloss.»

Er holte einen Kleiderbügel, so einen einfachen aus Draht, den man leicht umbiegen kann. Er machte daraus eine Art Teleskop-Stocher, ein langes Stück Draht mit einem kleinen Häkchen am unteren Ende. Ganz vorsichtig entnahm er den Schlüssel, der in der Tür steckte, schaltete die Handytaschenlampe ein und leuchtete damit ins Schlüsselloch.

«Was siehst du denn?», fragte ich, aber da nahm Jan schon den Draht und führte ihn ins Schloss ein, er sank nach unten, immer tiefer.

«Die Tür ist hohl», flüsterte Jan, und das Brummen wurde lauter, es klang aggressiv, und ich wollte am liebsten, dass wir auf der Stelle nach Hause fuhren.

Noch ein bisschen tiefer sank der Kleiderbügel, das Brummen verlor jede Melodie, es klang panisch, es kam näher, immer näher, und dann flatterte etwas, und es schoss aus dem Schlüsselloch, dem Handylicht entgegen, prallte am Display ab und schlingerte wild durchs Schlafzimmer.

«Eine Hornisse», sagte Jan.

Er machte das Deckenlicht an, und das Tier wirkte wie angeknipst, es surrte auf das Licht zu, als gäbe es eine unsichtbare Schnur zwischen ihm und der Lampe. Bald klebte die Hornisse daran, sie kämpfte mit dem Tod, aber sie gab noch immer diesen Laut von sich. Was ich für Gesang gehalten hatte, waren die Vibrationen des Insektenkörpers, Flügelschlagen in Agonie, größtmögliche Bewegung im Stillstand.

Langsam zehrte sie sich auf, sie verbrannte, aber sie wurde nicht leiser, sie wurde lauter. Sie strengte sich immer mehr an, als müsste sie sich einfach mehr Mühe geben, damit sie noch näher herankäme an die Quelle des Lichts. Die Hornisse versuchte, das Licht zu umarmen, und dann wurde es still.

Jan zog mich sanft weg vom Boden und nahm mich in seine Arme. Er hatte eine kleine, warme Kuhle zwischen Hals und Schultern. Mein Kopf passte genau hinein.

5

Die Hitze kam, als wir längst zurück in Köln waren. Der Frühsommer holte das verkühlte Frühjahr nach, indem er ohne Unterlass heiße Tage verprasste. Die Wärme staute sich in unserer Dachgeschosswohnung, sie durchdrang den Schlafraum, das Wohnzimmer, die kleine Küche. Alles hatte die gleiche Temperatur. Wenn ich morgens aufstand, schlug mir die Hitze von gestern entgegen, abgestanden und dick. Bevor die Luft sich abkühlen konnte, stieg neue, trockene Stickigkeit auf. Ein ewiger Kreislauf des Schwitzens.

Jan saß schon in der Küche am Laptop und versuchte vergeblich, die beiden Dachfenster so gegeneinander auszuspielen, dass sie einen Luftzug produzierten. Die Küche war Jans bevorzugter Arbeitsplatz, er liebte es, zwischen Töpfen, Pfannen und Besteck Software zu entwickeln. Und so hielt er schwitzend stand, als die Hitze die Küche in Beschlag nahm. Andere Freiberufler suchten sich schattige WLAN-Plätze im Park oder am Rhein, aber Jan blieb zu Hause. Sein einziges Zugeständnis an die warmen Temperaturen war seine Kleidung oder vielmehr das Fehlen ebensolcher. Er zog immer weniger an, bis er eines Tages in Boxershorts vor dem Rechner saß und sich nur noch etwas überwarf, wenn ein Kunde sich per Videocall meldete.

Jans Produktivität lähmte mich. Während ich Mühe hatte, überhaupt aufzustehen, ging er konzentriert und voller Freude einer Arbeit nach, die zumindest für den Moment unsere Existenz sicherte.

«Nimm dir Zeit», sagte Jan, aber ich fragte mich, was ich mit der ganzen Zeit machen sollte, die ich mir nahm. Die ich hortete und die ich in mir aufschlug und die in mir gärte wie verfaultes Obst. Ich sammelte Zeit wie andere Leute Berufserfahrung.

Meist fuhr ich mit dem Fahrrad ziellos durch die Gegend. Ich drehte Runden im Park und schaute der Natur dabei zu, wie sie verdurstete. Wie das Leben aus den Bäumen und den Sträuchern wich, wie Grashalme welkten, bis sie knisterten, wie sich Risse in der Erde bildeten und Vögel sich um Wassertropfen stritten.

Auf dem Weg nach Hause fand ich ein Embryo. Es lag am Straßenrand, auf der Seite, typischerweise so zusammengerollt, dass die Gliedmaßen sich berührten. Fast menschlich sah es aus. Es hatte einen großen Kopf mit schwarzen, noch nicht ausgebildeten Augen unter durchscheinender Haut. Der kleine Körper war unversehrt, lange konnte der Tod noch nicht her sein.

Ich hockte mich neben das Tier und betrachtete es lange. Eine Maus vielleicht? Die Haut so rosa wie meine, sie hatte ähnliche Poren und kleine Furchen. Kein Fell, ein kurzer Schwanz. Das Tier war ungefähr so groß wie mein Daumen. Vorsichtig stupste ich es an.

«Du wächst nicht mehr», flüsterte ich. Ein Däumling, für immer. Ich nahm ein Taschentuch und wickelte es vorsichtig darin ein. Zu Hause holte ich ein kleines Holzkästchen hervor, das innen mit Samt ausgeschlagen war. Meine Großmutter hatte es mir geschenkt, als sie noch hoffte, ich würde Schmuck tragen und ihn darin aufbewahren. Ihr zu Ehren stand es auf der Fensterbank im Schlafzimmer, aber eine Verwendung hatte ich dafür nicht. Jetzt legte ich den Däumling hinein, er passte genau in das samtene Viereck. Wie für ihn geschaffen. Ich stellte die Schatulle zurück und fühlte mich so reich, als würde sie tatsächlich Schmuck enthalten.

Den Däumling behielt ich für mich. Ich erzählte Jan nichts davon, weil ich ahnte, dass es nicht normal war, ein totes Tier aufzuheben, und ich mich ein wenig davor fürchtete, dass es mir so selbstverständlich schien.

Am nächsten Morgen schaute ich verstohlen nach, wie es dem Däumling ging. Er hatte Farbe verloren. Die Haut war trocken und grau geworden. Der kleine Körper sah etwas aufgeblasen aus. Ich streichelte den Rücken, aber es fühlte sich nicht gut an. Ich spürte hauchdünne Knochen unter den Fingerkuppen und stellte mir vor, wie sie unter dem Streicheldruck zerbrachen. Ein süßlicher Geruch stieg aus dem Kästchen, nicht lieblich, eher breiig. Schnell klappte ich es wieder zu. Der Däumling sollte besser nicht gestört werden.

Bald musste ich ihn begraben, vielleicht bei Jan im Garten. Es war ein kleines Paradies, in dem das Obst schwer an den Bäumen hing und Blütenkelche sich gen Himmel streckten. Ein Ort, der bewies, dass Gottes Schöpfung sich auch in Köln-Nippes finden ließ. Der Däumling hätte es gut dort. Aber noch war ich nicht so weit.

Die Nachricht, es solle Gewitter geben, kam wie eine Erlösung. Ich wartete darauf wie ein Kind auf Heiligabend. Die Hitze hatte sich so stark verdichtet, dass in der Wohnung kein Platz mehr für mich war. Sie drückte alles nieder. In Zeitlupe fuhr ich auf dem Fahrrad durch den Grüngürtel, so langsam, wie es mein Gleichgewicht zuließ. Alles an mir klebte. Der Grüngürtel war ein parkähnlicher Streifen, der die Stadt durchzog. Er war so schmal, dass man mühelos von der einen Seite auf die andere blicken konnte. Nirgendwo lief man Gefahr, sich in der Natur zu wähnen. Ohnehin war der Grüngürtel inzwischen kaum mehr grün zu nennen. Unter den spärlichen Bäumen lagen andere Hitzeopfer, niemand bewegte sich mehr als nötig. Irgendjemand hatte einen Grill angeworfen, als ob es nicht schon heiß genug wäre. Ich roch die Würstchen und stellte mir das heiße Bratfett vor, das in die Glut tropfte. Einfach immer eine Schippe drauflegen, dachte ich. So fordert man Gott heraus. Oder den Regen.

Ich erreichte einen Spielplatz mit einem kleinen Kiosk. Ein Pappaufsteller wies darauf hin, dass es hier gekühltes Wasser gab, eine Oase in der Wüste.

Ich kaufte eine Flasche, trank gierig, kaufte dann noch ein Himbeereis und setzte mich auf eine Bank. Die Hauptattraktion des Spielplatzes war ein meterhohes Klettergerüst. Mir wurde schon warm beim Zuschauen, aber den Kindern machte die Hitze offenbar weniger aus. Sie rannten, kletterten, rannten wieder, kletterten erneut.

Zwei Kinder stritten sich darum, wer höher geklettert war. Es war eine ernste Debatte, die ein kleines Mädchen mit langen Zöpfen für sich entschied. Ihr Kontrahent, ein Junge in roter kurzer Hose, saß schmollend bei der Mutter auf dem Schoß, die sich Luft zufächelte und dennoch ihren warmen Sohn an sich drückte.

Es war friedlich hier.

Ich schaute in den Himmel, in die dicke, weiße Decke, hinter der sich die Sonne verbarg. Lieber Gott, lass es regnen, dachte ich, eher aus Gewohnheit. Dann fiel mir ein, wie viel es mir früher bedeutet hatte: das Gebet. In den letzten Jahren hatte ich nur noch in der Kirche gebetet. Aber das Zwiegespräch, die eigentliche Begegnung mit Gott, war mal ein fester Bestandteil meines Lebens gewesen.

Vielleicht sollte ich das versuchen.

Ich schloss die Augen.

Sofort fühlte ich mich wohl. Der Spielplatz um mich herum verschwand, das Rufen der Kinder verblasste. Ich spürte die Hitze kaum noch. Der Himbeergeschmack in meinem Mund verflüchtigte sich.

Dann faltete ich die Hände, und es war, als würde ein Schloss einrasten. Ich riegelte mich kurz ab vom Rest der Welt, um in mich hineinzuschauen. In einen Ort, der nur mir gehörte. Ich hörte mein Blut rauschen und mein Herz schlagen. Mein Kopf fühlte sich heiter an und klar. Vor Erleichterung weinte ich fast. Erst jetzt merkte ich, wie sehr mir das gefehlt hatte. Ich atmete tief durch.

Jetzt musste ich nur noch den richtigen Ton finden.

Lieber Gott, begann ich, *es ist hart für mich.*

Nein, so fängt man kein Gebet an.

Lieber Gott, wenn Du da bist, dann …

Nein, so erst recht nicht. Als könnte er gerade zufällig verreist sein.

Lieber Gott, melde Dich doch mal.

Nein. Das klang wie eine Nachricht von meiner Mutter.

Panik stieg in mir hoch. Mir waren Gebete früher leichtgefallen. Als Kind, als Jugendliche und als Erwachsene hatte ich immer einen Weg gefunden, mit Gott zu sprechen. Ich hatte ihm erzählt, was mich beschäftigte. Wie ein gesprochenes Tagebuch. Aber jetzt fühlte sich alles falsch an. Ich klang, als müsste ich ihm auf die Mailbox sprechen.

Hallo Gott, verdammte Kackscheiße, wo zur Hölle steckst Du?

Fluchen fühlte sich hingegen leicht an. Verlockend. Die Brandlöcher in meinem Kopf brodelten, es waren dunkle Krater, und dann sprudelte etwas aus ihnen heraus.

Zeig dich, Du Sau.

Die Worte kamen aus den finsteren Löchern herausgekrochen.

Du Sau. Du Sau. Du Sau.

Sie nahmen Fahrt auf, ich suchte die Bremse, aber fand sie nicht. Als wäre mein Gehirn eine Achterbahn, und die Worte könnten einfach so zu einer Vergnügungsfahrt aufbrechen, wann immer es ihnen passte, und offenbar passte es gerade, denn *Du Sau* saß ganz vorne im ersten Waggon und stürzte sich in die Tiefe.

Du Sau. Du Sau. Du Sau. DuSau.DuSau.DuSau.

Die Worte in mir verdoppelten sich, und dann verdreifachten sie sich, und dann waren sie plötzlich überall, in meinem ganzen Kopf, *DuSauDuSauDuSauDuSauDuSau*, und ich versuchte, sie aufzuhalten, aber sie hörten nicht auf mich, *DuSauDuSauDuSauDuSauDuSauDuSauDuSau-DuSauDuSauDuSauDuSauDuSauDuSauDuSau*, und plötzlich brachen die Brandlöcher auf wie Eiterbeulen, überall krochen hässlichste Wortkreaturen heraus, *Arschgeige*, *Glotzauge*, *Rotzlecker*, und es gab kein Halten mehr, *Waschlappen*, *Schweinepimmel*, *Wichser* und *Schlappschwanz*, *Penner*, *Trottel*, *Honigscheißer*, sie machten sich breit in meinem Kopf, *Affenarsch*, *Arschgesicht*, *Vollidiot*, ich konnte es sehen, ich konnte es fühlen, aber ich konnte nichts dagegen tun. Die Worte in mir bäumten sich auf.

Gegen den einen, den ich nie beleidigen wollte.

Ich riss die Augen auf und kehrte das Innen wieder nach außen. Der gelbliche Rasen erschien zurück auf der Bildfläche, in der Ferne hörte ich Musik. Die Kinder waren noch da, hingen jetzt einträchtig im Klettergerüst. Ich spürte, wie der Schweiß mir den Rücken herunterrann, die Hitze war keinen Zentimeter gewichen. Ich hatte einen holzigen Geschmack im Mund.

Ich setzte mich aufs Fahrrad und raste los. Es war immer noch vollkommen windstill, aber ich beugte mich vor, als ob ich mich einem Orkan entgegenstemmte, strampelnd, den Lenker umklammernd, dass die Knöchel weiß wurden.

Nach wenigen Metern schwamm ich in meinem Schweiß, aber die Anstrengung beruhigte mich etwas. Ich konzentrierte mich auf das Treten, Pedale links, Pedale rechts, gleichmäßig verteilte ich meine Kraft. Als meine Beine schwer wurden, stellte ich mich hin und trat weiter, so wie ich früher gefahren war, wenn ich zu spät zur Schule zu kommen drohte.

Allmählich wurde es ruhiger in meinem Kopf. Ich spürte, wie die Wortkreaturen sich zurückzogen, zurück in die Finsternis, als wäre nichts gewesen. Aber ich wusste, dass sie jederzeit wiederkommen konnten. Dass mein innerer Ort vor nichts mehr sicher war.

Als ich die Tür aufschloss, roch es nach frischen Kräutern und geröstetem Knoblauch. Jan saß in der Küche, geduscht, angezogen, und trank ein Glas Weißwein. Er hatte Salat gemacht und Baguette gebacken. Im Ofen bräunte das Brot, das Licht war warm, die Küche sauber. Ich fühlte mich fremd.

«Was ist denn?», fragte Jan und nahm meine Hand. Sie war kühl.

«Nichts», sagte ich und deckte den Tisch.

Aus Hoch Bodo wurde Hoch Christof. Das Gewitter blieb aus, das Land schwitzte weiter unter anderem Namen, und ich blieb liegen. Unser Schlafzimmer hatte ein kleines Fenster, das wie ein Schlitz eingelassen war in die Hauswand. Es sah aus wie eine Schießscharte, ich konnte mich dahinter verschanzen und unerkannt auf alles feuern, was sich unten auf der Straße abspielte. Aber dafür hätte ich aufstehen müssen.

Wenn Jan das Bett verließ, zog ich die Beine hoch, rollte mich zusammen und starrte an die Wand. Einzig der Däumling, der auf dem Fenstersims über mich wachte, tröstete mich ein wenig. Wir waren beide gefangen in einer Art Zwischenreich. Schwebende im luftleeren Raum, die feststeckten in einem Dasein ohne Richtung.

Die Wand, die mir gegenüberlag, hatte zwei feine Risse. Im Lauf der Woche hatte ich zwischen den beiden Rissen eine Mücke getötet. Der braune Fleck aus Leichenteilen erinnerte mich jeden Tag daran, dass ich brutal gemordet hatte.

Ich hörte, wie die Leute morgens zur Arbeit gingen. Es war eine Aufbruchsymphonie aus schnellen Schritten, ersten Telefonaten, lärmenden Kindern und startenden Autos. Sie verließen ihre Häuser, um ein Tagwerk zu beginnen, in einem hippen Büro mit Dachterrasse oder einer Verwaltungsbehörde oder einer Arztpraxis. Sie alle wussten, wie die Zeit herumzukriegen ist, Schlüssel im Anschlag, Kaffee auf die Hand.

Ich starrte die Wand an und wartete, und gegen 17 Uhr begann das alles von vorne, aber rückwärts. Parkende Autos, letzte Telefonate, schnelle Schritte. Danach kehrte Ruhe ein, als wäre nichts geschehen.

«Willst du nicht mal aufstehen?», sagte Jan.

Aber ich wusste nicht, wozu. Der Tag fand doch eh nicht statt.

6

Jan konnte trösten wie kein anderer. Er wusste zwar nicht genau, weshalb ich aufgemuntert werden musste, aber er ahnte, diesmal brauchte es mehr als köstliche Pasta. Er schob seinen schmalen Hintern einfach zu mir aufs Sofa, sodass mir nichts anderes übrig blieb, als ihm Platz zu machen.

«Wollen wir uns ansehen, wie die Welt untergeht?»

Er legte mir zwei Tickets auf den Bauch.

Geheimnisvolle Sonne: Als Gott redete und die Menschen horchten, las ich.

«Was ist denn das für eine Vorstellung?»

«Eine Show zur Sonnenfinsternis», sagte Jan, «im Planetarium. Kommst du mit?»

Jan stammte aus Heidelberg. Seine Mutter, die ein Restaurant führte, war klug und pointiert. Von ihr lernte Jan, dass eine gute Küche nicht nur Kochtalent erfordert, sondern vor allem den Willen, Verantwortung zu tragen. Von seinem Vater aber lernte Jan das Schwärmen. Er war Mathematiker und erstellte Modelle zur Erforschung fremder Galaxien. Wenn er von den unendlichen Weiten des Alls sprach, klang er nicht nach einem Wissenschaftler, sondern nach einem staunenden Kind.

Seine Begeisterung hatte er an Jan weitergegeben. Manchmal, wenn wir abends auf dem Balkon saßen und die Nacht klar genug war, um über der hellen Stadt überhaupt etwas zu sehen, zeigte Jan mir Sternbilder und erzählte Astro-Anekdoten. Von ihm wusste ich, dass

Sternschnuppen keineswegs sterbende Sterne sind, sondern Mini-Meteore, Bruchstücke von Asteroiden, die nur ein paar Gramm wiegen und wenige Millimeter Durchmesser haben. Dennoch leuchten sie beim Sturz durch die Atmosphäre so stark auf, dass wir sie auf Erden sehen können. Unfassbar fand ich das, und wildromantisch.

Jan liebte die Urkräfte des Lebens. Die Mutter aller Kräfte war für ihn die Gravitation. Sie hält uns an unserem Platz, sagte er manchmal ehrfürchtig, und sie sorgt dafür, dass unser Sonnensystem nicht auseinanderfliegt. Ist doch unglaublich.

Die Andromeda-Galaxie ist zweieinhalb Millionen Lichtjahre von der Erde entfernt. Eine unvorstellbare Entfernung, obwohl sie doch eine Nachbarin unserer Milchstraße ist. Jans Vater beobachtete sie mit dem Teleskop, das er im Garten hatte. Alles, was er dort sah, war schon vor Jahren geschehen.

«Ich bin ein Zeitreisender», scherzte Jans Vater. Das fand ich beneidenswert. Er konnte in die Vergangenheit blicken und gleichzeitig mit beiden Beinen in der Gegenwart stehen.

Jan war glücklich darüber, dass in seiner Familie das Weltall erforscht wurde. Doch sein Vater verriet mir an einem weinseligen Abend im Heidelberger Restaurant ein Geheimnis: Je länger er über das Universum nachdenke, desto sicherer sei er, dass es da draußen irgendwo eine Schöpfungsmacht gebe. Die Schönheit des Universums sei ohne einen Gott einfach nicht denkbar. Ich dürfe das nur nicht seiner Familie erzählen, sagte er augenzwinkernd. Ich versprach es und schwieg, wann immer Jan seine atheistische Erziehung zur Sprache brachte.

Die Vorstellung zur Sonnenfinsternis war ausgebucht. Vielleicht weckte die anhaltende Hitze die Sehnsucht danach, die Sonne zu verdunkeln. Oder es war die Klimaanlage im Planetarium, die das Publikum anlockte. Der Raum war angenehm kühl und dunkel. Mir kam es vor, als würden wir die Erde hinter uns lassen und direkt das Universum betreten. Die Stühle luden zum Versinken ein, sie machten es herrlich bequem, nach oben zu schauen. Als das Licht ausging und Jan meine Hand griff, spürte ich, wie schön das war: seine Hand in meiner, sein Körper nah, unser Blick in den Himmel.

Am künstlichen Firmament erschien die Sonne, riesig, und tauchte den Saal in goldenes Licht. Eine sonore Stimme verriet, dass die Sonne 400-mal größer war als der Mond, aber auch 400-mal so weit von der Erde entfernt. Deshalb sehen Sonne und Mond am Himmel etwa gleich groß aus. Der Mond tauchte auf und dann, blau und grün und schön, die Erde. Mit dramatischer Musik unterlegt, begann das Schauspiel, der Mond schob sich zwischen Sonne und Erde. Es war eine vollendete Bewegung. Da stand er, im perfekten Winkel zwischen Erde und Sonne, und warf seinen Kernschatten auf unseren Planeten. Mitten am Tag versank ein Teil der Erde in pechschwarze Nacht. Es wunderte mich nicht, dass die alten Ägypter in einer Sonnenfinsternis Vorzeichen für Krieg und Zerstörung sahen und dass religiöse Fanatiker heute noch die nahende Apokalypse darin vermuteten.

Die Verdunkelung der Sonne setzte außer Kraft, was wir für den unverrückbaren Rhythmus des Lebens hielten: dass ein Tag mit dem Sonnenaufgang beginnt und mit dem Sonnenuntergang endet. Das Naturschauspiel, so einzigartig es war, brachte unsere Weltordnung durcheinander. Und ausgerechnet Jan war davon selig entrückt.

Auf dem Heimweg bekümmerte es ihn sehr, dass die nächste totale Sonnenfinsternis in Deutschland erst 2081 zu sehen sein würde. Er erinnerte sich an den Sommer 1999, als er sich wochenlang auf das Spektakel gefreut hatte. Es war ein Jahrhundertereignis. Bereits Tage vorher waren Sonnenschutzbrillen ausverkauft. Satellitenabstürze wurden befürchtet, Endzeitpartys geplant. Jan war ein dreizehn Jahre alter Astronomie-Fan und befand sich auf einer Wanderdüne in Frankreich.

Ich blieb abrupt stehen.

«In Frankreich?»

«Ja, da gibt es die höchste Wanderdüne Europas. Bei Arcachon. Wir haben dort Urlaub gemacht, in der Nähe ist ein Campingplatz.»

Ich strahlte plötzlich.

«Ich weiß! Wir waren auch dort! Zur Sonnenfinsternis!»

Wir glichen ab, woran wir uns erinnerten: Links neben dem Eingang ein großer Spielplatz? Dann ein Kiosk, in dem es Pommes gab, rechts davon ein kleines stinkendes Schwimmbad? Die Nadelbäume, die im Rücken pikten?

Wir mochten uns zwar erst vor zwei Jahren im Bolscha Wika kennengelernt haben – die Gestirne hatten uns schon vor fast zwanzig Jahren zusammengeführt.

Als wir später im Bett lagen, beschrieb ich Jan, woran ich mich erinnerte: Wie es plötzlich dunkel geworden war und eine merkwürdige Stille sich breitgemacht hatte, weil die Vögel aufhörten zu singen, und ein Wind aufkam, der durch die Bäume raschelte, und dann die schwarze Sonne mit ihrem hellen, leuchtenden Kranz.

Jan bemerkte sanft, dass es auf der Düne keine Bäume gegeben habe und dass die Vögel dort höchstens Möwen gewesen sein könnten, die eher schrien als sangen, und vielleicht waren wir ja unten auf dem Campingplatz geblieben?

Aber nein, ich erinnerte mich ganz deutlich.

Jan umarmte mich und küsste meinen Nacken, «ist doch nicht schlimm», wir haben uns doch auch so gefunden, aber meine freudige Aufregung war verflogen. Es beunruhigte mich, dass nicht beides wahr sein konnte. Entweder ich erinnerte mich an die Sonnenfinsternis, mit Wind in Bäumen und verstummenden Vögeln, dann konnte ich nicht auf der Düne gewesen sein, womöglich noch nicht einmal auf dem Campingplatz, wo die Bäume nadelten und nicht raschelten. Dann waren Jan und ich nicht so schicksalhaft verbunden, wie ich gern glauben wollte. Oder ich erinnerte mich an das Ereignis, wie es nicht gewesen war, dichtete Vögel und Wind auf der Düne hinzu, und das verursachte noch mehr Unbehagen, denn es bedeutete, dass keine Version der Erinnerung gänzlich wahr sein konnte. Woher sollte ich noch wissen, was tatsächlich geschehen war?

Ich dachte an Jans Vater, der nur sein Teleskop richtig ausrichten musste, um nachzusehen, was in der Vergangenheit geschehen war. In meinem Kopf hingegen geriet alles durcheinander. Erinnerungen wandelten sich in Fantasien, Gebete deformierten sich zu Beschimpfungen, Worte, die mir lieb waren, verschwanden. Als würden die schönen Dinge sich von mir abwenden und dabei ihre hässlichen Rückseiten offenbaren.

Oder sie sind immer schon beides, dachte ich, hässlich und schön, und es ist an einem selbst zu sehen, wo vorne und wo hinten ist.

7

«Es geht um Röschen», sagte meine Mutter am Telefon. «Sie hat nach dir gefragt. Sie möchte dich noch einmal sehen.»

Röschen. Sie musste inzwischen uralt sein. Ich war schon lange nicht mehr bei ihr gewesen, ich mied meine Heimatstadt. Wenn ich zu Feiertagen oder Geburtstagen nach Hause gebeten wurde, blieb ich keine Sekunde länger als nötig. Auch nicht für Röschen. Vielleicht erst recht nicht für Röschen. Sie wohnte in unserer Straße und hat auf uns aufgepasst, als wir klein waren. Sie hatte sehr viele Bücher und einen ruppigen Graupapagei. Meist flog er frei in der Wohnung herum. Wenn ich reinkam, setzte der Vogel sich auf meine Schulter und knabberte an meinem Ohr. Röschen hatte den Vogel nach der amerikanischen Schriftstellerin Gertrude Stein benannt, die mit der Gedichtzeile *Rose is a rose is a rose* berühmt geworden war. Das Sprechrepertoire von Gertrude (dem Vogel) sah ähnlich aus: Sie gab Röschens Namen in Dauerschleife von sich.

«Und Gertrude?», fragte ich.

«Lebt auch noch», sagte meine Mutter. «Kommst du?»

«Röschen und ich, wir kennen uns doch kaum noch.»

«Für sie warst du nie weg», sagte meine Mutter, und dann war es eine Weile still in der Leitung.

«Ich komm aber erst morgen», sagte ich und legte auf.

Edena ist die größte Stadt Deutschlands ohne Bahnhof. Wer hier aufwächst, lebt vollkommen abgeschnitten von der Außenwelt. Eingekesselt von Wiesen, auf denen Wiederkäuer stehen und die immer etwas nach Gülle riechen. Die Fußgängerzone reicht von Pommes Wesseling, wo mein erstes Date stattfand, bis zum Nanking, einem China-Restaurant, in dem ich noch nie Gäste gesehen habe. Dazwischen ein paar Geschäfte, die wahrscheinlich heute noch Diddl-Sachen verkaufen und Klamotten in gedeckten Farben mit Leder-Aufsätzen an den Ärmeln. Hier bleibt die Zeit stehen, weil sie einfach nicht weiß, wohin sie gehen soll.

«Das ist ungerecht», sagte meine Mutter, als sie mich vom Bahnhof im nächsten Ort abholte und wir in Richtung Edena fuhren. «Hier hat sich viel getan in den letzten Jahren. Mit dem Internet und allem. Und den See, den haben sie wirklich toll hingekriegt.»

Ich schwieg. Ich hatte den See aus meinem Leben gestrichen, und ich hätte erwartet, dass meine Eltern das auch getan haben.

«Hast du noch Kontakt zu Eva?»

«Natürlich.» Meine Mutter schaute mich kurz an. «Du musst sie besuchen, sie wird sich freuen.» Sie lächelte unsicher. «Es geht ihr wirklich gut.»

Das wollte ich eigentlich nicht wissen.

Röschen sah überhaupt nicht aus, als würde sie bald sterben. Als ich ihr Zimmer betrat, strahlte sie mich an, ganz klein in dem riesigen Krankenhausbett. Sie steckte mich sofort an. Ich strahlte zurück.

Sie hatte sich die Hüfte gebrochen, als sie versuchte, eine Packung Zucker aus dem Schrank zu holen. Es dauerte vier Stunden, bis meine Mutter sie zufällig gefunden hatte, in der Küche, auf einem weißen, glitzernden Bett aus Zucker. Röschen war 94 Jahre alt. Als meine Mutter ihr nach der Operation vorschlug, einen Heimplatz zu organisieren, war sie einverstanden.

«Ein neuer Lebensabschnitt», sagte Röschen. «Solange ich meine Sachen mitnehmen darf.»

Noch eine Woche sollte sie im Krankenhaus bleiben. Sie erholte sich erstaunlich schnell.

«Elli», sagte sie jetzt, und es durchströmte mich warm. Nur noch Röschen nannte mich so. Ich stellte die Blumen ab und setzte mich zu ihr aufs Bett.

«Du stirbst nicht.»

«Natürlich nicht», antwortete sie, «hat deine Mutter das etwa behauptet?»

Ich lachte und fühlte mich auf einmal zu Hause. Röschen hatte mich immer verstanden. Wie hatte ich das vergessen können?

«Was macht die Theologie?», fragte sie, und ich überlegte, ob ich ihr alles sagen sollte. Röschens Geist war messerscharf. Sie hatte eine lange Karriere als Richterin hinter sich. Wenn eine wüsste, was bei Gottdemenz zu tun ist, dann sie.

«Ich kann Gott nicht behalten», sagte ich.

Röschen nahm meine Hand, ich konnte ihren Daumen fühlen, dem ein Knochen fehlte. Er war ganz weich. Als Kind hatte ich gern darauf herumgedrückt.

«Wie sollst du ihn behalten können», sagte sie, «er gehört dir doch gar nicht.»

Sie streichelte meine Hand, ihre Augen fielen fast zu. «Kommst du morgen wieder?», fragte sie, ich nickte, und sie schlief ein.

Meine Mutter hatte sich richtig Mühe gegeben. Es gab Krabben in Cocktailsoße, Rippchen mit Kartoffeln und Rhabarberkompott zum Dessert. Das Menü, mit dem meine Mutter mir eine Freude machen wollte, war seit Jahren identisch, mindestens seit meinem neunten Geburtstag. Nur die Tischaufteilung hatte sich verändert. Seitdem wir nur noch zu dritt waren, saß immer einer am Kopf des Tisches. Natürlich mein Vater. Wir bildeten ein Dreieck, wenn wir zusammen aßen. Eine Dreifaltigkeit, die sich nicht richtig anfühlte.

Mein Vater drückte mich, ließ nur kurz von mir ab, damit er mir ins Gesicht sehen konnte, drückte dann noch mal, so fest es ging.

«Papsi», entrutschte es mir. Niemand machte mich so schnell wieder zum Kind wie er.

«Kommt ihr?», sagte meine Mutter und stellte die Krabbencocktails auf den Tisch. Mein Vater nahm am Kopfende Platz, meine Mutter und ich flankierten ihn. Ich wartete auf die mächtige, theatralische Pastorenstimme meines Vaters. Aber er schwieg und berührte sanft meine Hand.

«Übernimmst du?»

«Nein.» Ich sagte es laut und deutlich, es war ein Nein, das über den Tisch ging, über dieses alberne Dreieck, über die drei Teller mit Blumenmustern, über die in rosa Soße ertränkten Krabben, über die sorgfältig gefalteten Papierservietten, die Weingläser, die mit Saft gefüllt waren. Das Nein umkreiste die gefalteten Hände meiner Mutter, deren Knöchel weiß wurden, ihre flatterigen Lider, die sie noch geschlossen hielt, weil irgendjemand schon das Tischgebet sprechen würde, das Nein erreichte meinen Vater, der kurz mit den Mundwinkeln zuckte. Langsam wurde das Nein kleiner, es verebbte, bis nur noch ein schwaches Echo durchs Zimmer hallte, und es verschwand gänzlich, als mein Vater die Stimme erhob und zum Beten ansetzte. Ich faltete die Hände und schloss die Augen, aber es rastete nichts ein. Kein Raum tat sich auf. In mir war alles leer.

Das Gästezimmer, in dem ich schlief, wenn ich meine Eltern besuchte, hatte den Charme eines Mittelklasse-Hotels: hellgrau gestrichene Wände, etwas dunklere Vorhänge, ein weiß-grau-schwarzer Blumendruck auf Leinwand von Ikea und eine Tagesdecke auf dem Bett, die das Muster wiederholte. Meine Mutter stellte mir immer eine Flasche Wasser auf den Nachttisch und legte eine kleine Schokolade dazu. Ich wusste, sie meinte es lieb, aber es verstärkte den Eindruck, dass ich hier nur zu Besuch war.

Es war mein altes Kinderzimmer. Meine Eltern hatten nach meinem Auszug jeden Hinweis darauf entfernt, dass hier neunzehn Jahre lang erst ein Kind, dann ein Teenager und zuletzt eine junge Erwachsene zu Hause gewesen war.

Meine nackten Füße klebten am Laminat. Es war hier mindestens so heiß wie in Köln. Ich hatte eiskalt geduscht, trotzdem schwitzte ich schon wieder. Ich hinterließ Fußabdrücke auf dem Holzimitat, aber schon als ich das Bett erreichte, waren sie verblasst. Meine Spur verlor sich.

Am meisten vermisste ich meinen alten Teppich. Seine Verschleißpfade, seine Löcher, seine Ruß-, Wachs- und Rotweinflecken dokumentierten meine gesamte Kindheit und Jugend. Vielleicht hatten meine Eltern ihn gerade deshalb herausgerissen. Um nicht sehen zu müssen, dass die Zeit für einige voranschritt und für andere nicht.

Das Zimmer nebenan hatte ich seit fünfzehn Jahren nicht betreten, und ich vermutete, dass meine Eltern das auch nicht taten. Es war ein toter Winkel in diesem Haus: Auf der anderen Seite der sorgsam gestrichenen hellgrauen Wand herrschte das Nichts.

Ich befreite das Bett von Tagesdecke, Daunendecke und Deko-Kissen und legte mich aufs Laken. Es war herrlich kühl. Keine Ahnung, wie meine Mutter das machte. Sie hätte eine gute Hotelierin abgegeben, dachte ich. Dafür sorgen, dass es allen gut geht, aber niemandem zu nahe treten.

Ich fischte nach der Schokolade, die mir sofort in den Fingern gerann. Es fühlte sich an, als hätte ich etwas Totes angefasst. Ich drückte mit dem kleinen Finger Dellen in das Folienpapier, zwei nebeneinander, dann strich ich mit dem Nagel eine Linie hinein, sodass ein Gesicht entstand. Der Mundbogen zeigte nach unten, die Dellenschokolade sah verschreckt aus. Mit meinem Handy fotografierte ich das Gesicht und schickte es an Jan.

Bin in bester Gesellschaft, schrieb ich.

Er schickte mir ein Foto zurück, vom Fenster im Schlafzimmer. *Ich auch*, schrieb er.

Fünf dicke schwarze Fliegen saßen auf der Scheibe. Nicht wie normale Sommerfliegen, sondern so, als hätten sie sich in Stellung gebracht. Gegen den Däumling. Ich vergrößerte das Bild und sah, dass das Kästchen noch unberührt auf der Fensterbank stand. Jan hatte den Däumling offenbar noch nicht entdeckt.

Ich schickte ihm Bilder von lustigen Fliegenklatschen. Eine von ihnen sah aus wie eine monströse, durchlöcherte Fliege aus Plastik. *Der Herr der Fliegen*, schrieb ich, *wird über sie richten.*

Du Biest, schrieb er. Und dann: *Nimmst du mich nächstes Mal mit, wenn du nach Hause fährst?*

Ich zögerte. Warum hatte ich Jan noch nie mitgebracht nach Edena? Es gab keinen Grund dafür. Es fühlte sich nur nicht richtig an.

Klar, schrieb ich. *Nächstes Mal.*

Ich besuchte Röschen jeden Tag. Meist las sie, wenn ich ihr Zimmer betrat. Sie trug eine riesige Brille, und dennoch sah sie aus, als würde sie Hieroglyphen entziffern. Sie brauchte eine Stunde pro Seite.

«Ist nicht schlimm, ich habe den Text im Kopf», sagte sie. «Ich will nur sehen, ob noch alle Buchstaben da sind.»

Wo sollen sie denn hin, wollte ich fragen, aber sie legte das Buch schon weg.

«Elli», sagte sie, «es geht um Gertrude.»

Ich ahnte, was sie von mir wollte. Ich hatte jedenfalls im Seniorenheim noch nie frei fliegende Papageien gesehen.

«Ich kann Gertrude nicht nehmen, ich kenn mich da doch gar nicht aus», sagte ich schnell.

«Ich kannte mich mit Kindern auch nicht aus», lächelte Röschen, «und trotzdem wart ihr gern bei mir.»

Ich sah die Haare meines Bruders vor mir. Nasse Strähnen, die ich wie eine Gardine zur Seite schieben musste, um in das Buch blicken zu können, das Röschen gerade vorlas. Wir zwei im Schlafanzug, nach der Badewanne, neben uns Röschen. Es roch nach Shampoo und Seife und ein bisschen nach alten Menschen. Ich kuschelte mich noch etwas dichter hinein in das Menschenknäuel, da waren Arme und Beine und Haare und Nacken und die nackten Füße meines Bruders, die zuckten, wenn er müde wurde.

«Ja, wir waren gern bei dir.»

Ich wollte das Menschenknäuel noch nicht loslassen. Aber es verblasste bereits.

«Gertrude braucht ein gutes Gegenüber», sagte Röschen, «du machst das schon.»

In der Fußgängerzone schleppten sich Passanten durch die Hitze, aber ich nahm kaum etwas wahr. Ich spürte nur die große Abwesenheit des Menschenknäuels. Da war eine Ahnung von Licht und Wärme und Liebe in meinem Kopf, konturlos, fließend. Ich sah Arme aufblitzen, und Beine, Haare und Nacken, ganz kurz die nackten Füße meines Bruders, die zuckten, wenn er müde wurde, aber die Bildfragmente waren wie Negative, hell und dunkel hatten sich umgekehrt.

Um mich zu beruhigen, kaufte ich mir eine Pommes bei Wesseling, doppelt, mit allem. Ich brauchte Endorphine, und dies war immer noch die beste Pommes der Welt, sie schmeckte sogar bei vierzig Grad im Schatten. Der Verkäufer pumpte mir eine extra Portion kühle Mayonnaise obendrauf. Wir kannten uns von früher, aus dem Tanzkurs. Er hieß Hendrik. Ich nahm an, dass er bis heute bereute, mein Tanzpartner gewesen zu sein. Ich hatte ihm vielleicht ein paar Zehen gebrochen, beim Foxtrott, Cha-Cha-Cha, oder war es beim Walzer, obwohl man da ja nur ein Viereck tanzen muss. Hendrik hatte keine Miene verzogen, als mein Fuß auf seinen traf, er flüsterte lediglich au-au-au im Takt der Musik und humpelte von der Tanzfläche.

Jetzt sagte er nichts, vielleicht erkannte er mich auch gar nicht. Ich nahm meine Pommes und setzte mich an einen der Plastiktische. Der Laden war leer. Doch einen Moment später kam Hendrik hinter dem Tresen hervor und stand neben mir. In seinen Händen zerknüllte er eine fettige Papierserviette. Er sah nervös aus, fast so, als wären wir wieder fünfzehn.

Er holte tief Luft. «Tut mir leid, dass ich nie was gesagt habe, aber beim Abschlussball, da passte das irgendwie nicht.»

Die Pommes waren ziemlich heiß. Ich verbrannte mir die Lippen und fluchte laut.

Hendrik stand da und pflückte kleine Papierfetzen aus der Serviette.

Ich erinnerte mich an den Eröffnungstanz. Ein schreckliches Durcheinander von Füßen, die sich nicht auf eine Richtung einigen, und ein Tanzpartner, der mich nicht ansehen kann.

An meinen Fingern war Mayonnaise. Ein bisschen Paprikagewürz klebte auch da dran.

Hendrik ließ die Papierfetzen auf den Boden rieseln.

Es war ein paar Wochen vor dem Abschlussball passiert. Wahrscheinlich war ich Hendrik deswegen so oft auf die Füße getreten: Ich hatte die ganze Vorbereitung verpasst, und wir sahen uns erst beim Ball wieder. Ich erinnerte mich daran, wie die pubertären Paare um uns herumwirbelten, während wir auf der Stelle tanzten, vor und zurück, sprachlos, einander im Arm, aber ohne Verbindung. Wie ich mich auf der Toilette übergab, nicht wegen der Cola und der Chips, sondern weil die ganze Stille, die in mir war, irgendwohin musste, und schlucken half nicht mehr.

Hendrik war nicht der Einzige, der nichts gesagt hatte. Meine ganze Klasse tat so, als wäre nichts passiert. Dabei konnte doch jeder sehen, dass ich jetzt minus eins war. Mir fehlte ein ganzes Viertel meiner Familie. Ich hatte nur noch Eltern und keinen Bruder mehr.

Dass Hendrik jetzt, fünfzehn Jahre später, zwischen Pommes und Mayo, sehen konnte, dass mir immer noch was fehlte, erwischte mich kalt.

«Nee, da passte das nicht, beim Abschlussball», sagte ich und schob mir viel zu heiße Fritten in den Mund.

Die Kirche meines Vaters lag direkt gegenüber vom Pfarrhaus. Sie war schnörkellos schön, in den 1890er-Jahren aus rotem Backstein gebaut. Das Kirchenschiff, zwölf Meter hoch, hatte hohe, schmale Bogenfenster und ein Satteldach. Der Turm, der über den Ort ragte, zeichnete sich scharf ab gegen den blauen Himmel. Die Tür stand offen.

Ich ging hinein und fühlte mich sofort zurückversetzt in meine Kindheit.

Früher zog mich die Kirche magisch an, wenn sie leer war. Ich wanderte durch die leeren Reihen, kletterte auf die Kanzel und blätterte durch Gesangbücher. Ich liebte die Zeit, die zwischen den Gottesdiensten lag. In der Woche war die Kirche ein Ort wie jeder andere. Ein Raum mit Steckdosen. Mit Blumen auf dem Altar, die welk wurden. Mit Flecken auf dem Tischtuch, die nicht mehr rausgingen. Mit einer Abstellkammer, in der ein Staubsauger stand und eine Plastikgießkanne. Auch Streichholzpackungen von Aldi lagerten dort und Tetra Paks mit Traubensaft.

Ich fand es tröstlich, dass in der Kirche von Montag bis Samstag das Weltliche herrschte und das Erhabene unsichtbar blieb. Weil ich wusste, es war ohnehin da, wir konnten es jederzeit heraufbeschwören, mit den richtigen Worten und Gesängen. Hier zu sein gab mir das Gefühl, dass sich alles jederzeit zum Guten wenden konnte. Dass in allem eine Magie lag.

Heute war Mittwoch, und das Weltliche herrschte in Form einer nicht gerade erhabenen Geräuschkulisse. Im hinteren Teil der Kirche befand sich eine Baustelle, die zwar mit einer Plastikplane vom Kirchenraum abgetrennt war, aber es wurde lautstark geflucht, gebohrt, getrampelt und schweres Gerät geschleppt.

Vorne, an der Wand neben dem Altar, balancierte mein Vater auf einem wackligen Stuhl. Er streckte sich in die

Höhe, um die Liturgie von letztem Sonntag einzusammeln. Die Buchstaben und Zahlen steckten in einer Leiste an der Wand. Sie gaben an, was gesungen und gelesen wurde während des Gottesdienstes. Die Leiste hing hoch, damit sie auch von den hinteren Plätzen aus sichtbar war. Mein Vater angelte nach dem G, und ich sah, dass er letzten Sonntag zu Genesis 33 gepredigt hatte. Die Versöhnung von Jacob und Esau. Warum wusste ich das einfach so? Zwei Brüder, die sich nach Jahren der Entfremdung und des Verrats gegenüberstehen. *Ich habe genug, mein Bruder; behalte, was du hast.* Esau brauchte Gottes Segen nicht, um ein Mensch zu sein, der lieben und vergeben konnte.

Der Text in meinem Kopf war gestochen scharf. Meine Gottdemenz machte offenbar Pause.

Als mein Vater sich nach der 3 ausstreckte, kippte sein Stuhl. Ich griff die Lehne und stabilisierte ihn.

«Soll ich das nicht lieber machen?»

Jetzt erst bemerkte er mich.

«Aaah», rief er, «die Pastorin in spe!»

Mir ging auf, dass ich genau dort stand, wo er mich haben wollte, wo ich seiner Meinung nach hingehörte: in seiner Kirche, an seinem Stuhl, bereit, seinen Platz einzunehmen. In letzter Zeit tat er einfach so, als ob meine Berufung als Pastorin seiner Gemeinde unmittelbar bevorstünde. Mir war schon klar, dass er ein Jahr Bedenkzeit sehr lang fand. Aber wenn man überlegte, dass sich gerade jemand mit fünfzehn Jahren Verspätung bei mir entschuldigt hatte, relativierte sich das wieder, fand ich.

Er stieg umständlich vom Stuhl. Die Kletterei strengte ihn an, er schnappte nach Luft. Er atmete tief aus und ließ sich nieder auf dem Stuhl, um die Buchstaben und Zahlen in eine Kiste einzusortieren.

Auf der Baustelle im hinteren Teil der Kirche schepperte es. Jemand schrie.

«Was machen die da eigentlich?», fragte ich.

«Die ziehen eine Empore ein, für die neue Orgel. Aber hauptsächlich streiten sie sich den ganzen Tag. Architekten, Orgelbauer und Statiker können erstaunlich schlecht miteinander, wenn man überlegt, wie lange schon Orgeln in Kirchen gebaut werden.»

«Und ihr macht sonntags Gottesdienst wie immer?»

«In dem Punkt sind sich wenigstens alle einig: Am Tag des Herrn wird nicht gearbeitet. Und die Baustelle ist ja abgehängt, das Chaos kriegt die Gemeinde kaum mit.»

Auf der Baustelle schrie jetzt jemand zurück. Mein Vater sprach unbeirrt weiter.

«Willst du Sonntag predigen? Dich schon mal an die Kanzel gewöhnen?»

«Pappaaa», sagte ich, mit doppeltem P und lang gezogenem zweiten a. Auf die gleiche Weise habe ich mich schon gegen väterliche Grenzüberschreitung gewehrt, als ich acht war. Eine ausgefeiltere Strategie ist mir seitdem nicht eingefallen. «Du kannst deinen Job nicht einfach vererben.»

Mein Vater lächelte.

«Na klar kann ich das. Du machst dein Vikariat bei mir, und dann bewirbst du dich natürlich ganz brav, aber wenn wir mit den richtigen Leuten sprechen, ist das alles kein Problem.»

Er machte eine kurze, bedeutungsvolle Pause.

«Du musst es nur wollen, dann kümmere ich mich um den Rest.»

Ich schwieg, und ich vermied es, ihn anzusehen. Er hatte noch nie gefragt, ob ich das überhaupt wollte. Auch jetzt fragte er nicht, sondern stellte es fest.

Ich nahm einen Buchstaben aus der Kiste und drehte ihn ein paarmal um. Legte ihn wieder zurück. Warum hatte ich überhaupt Theologie studiert, wenn nicht hierfür? Für diesen Ort, der mal mein Zuhause gewesen war und der wieder mein Zuhause sein könnte?

Die Sonne kam raus und ließ das Bleiglas der Kirchenfenster aufleuchten. Es waren bunte Muster in Blau, Gelb, Rot und Grün. Ich kannte dieses Lichtspiel aus meiner Kindheit. Wenn Sonne auf die Fenster traf, wurde etwas sichtbar, das sonst verborgen blieb. Der Raum badete in einem Meer aus Licht, in das ich eintauchen konnte und mich aufgehoben fühlte. Als würde Gott persönlich mich sanft umfassen.

Und doch sträubte sich in mir etwas, das ich nicht erklären konnte. Je mehr ich versuchte zu ergründen, wo das Problem lag, desto weniger verstand ich es.

Mein Vater legte den Deckel auf die Kiste mit den Buchstaben. Es sah umständlich aus, wie er versuchte, sie abzudecken. Die Bestimmtheit, die gerade noch in seiner Stimme gelegen hatte, setzte sich nicht in seiner Handlung fort.

Auf den Händen meines Vaters hatten sich Pigmentflecken gebildet. Ockerfarbene Tupfer, die plötzlich einen alten Mann aus ihm machten. Wann war das passiert?

Erst jetzt nahm ich die anderen Veränderungen wahr. Mein Vater hatte Falten am Hals, die gerötet waren, und Tränensäcke unter den Augen. An seinen Schläfen traten blaue Äderchen hervor. Sie sahen aus, als könnten sie die Schutzhülle der Haut jederzeit durchbrechen, als seien sie Vorboten der fleischlichen Zersetzung. Zum ersten Mal sah ich, wie sehr das Dasein ihn bedrängte. Es machte mich ganz weich von innen. Ich nahm seine Hand und drückte sie, fest. Sie war warm.

8

Der Herr der Fliegen ist ein Marienkäfer, schrieb Jan, und er schickte mir ein Bild von einer Fliegenklatsche in Form eines Marienkäfers. Das Letzte, was die Fliegen sahen, war also ein rot-schwarzes, niedliches Käfergesicht, das auf sie niederkrachte. Es wurde auch Zeit, denn die Fliegen am Fenster hatten Verstärkung geholt. *Die warten auf was*, schrieb Jan. Ein paar Minuten später schickte er mir das Ergebnis der Schlacht. 15:0 für Jan. Ein Fliegenmassaker auf der Fensterbank, die toten Tiere lagen kreuz und quer.

«Kommst du?», rief meine Mutter von unten, und ich steckte mein Handy ein. Wir wollten Röschens Haus ausmisten, bevor sie aus dem Krankenhaus entlassen wurde.

Packt schon mal für meine Altersresidenz, hatte Röschen gesagt. Ihr neues Anwesen bestand zwar nur aus fünfzehn Quadratmetern, aber bislang negierte Röschen gänzlich die physikalische Unmöglichkeit, ein ganzes vollgestelltes Haus in einem einzigen Zimmer unterzubringen.

Röschen wohnte nur ein paar Meter von uns entfernt in einem kleinen Reihenhaus, das dringend renoviert werden musste. Die Auffahrt war ganz zugewachsen, wir kämpften uns durch die Buchenhecke zur Tür vor. Es wirkte, als hätte Röschen einen grünen Schutzwall zwischen sich und der Welt hochgezogen. Aber sie war nicht der Typ, sich von der Welt abzuschotten. Sie stand mitten im Leben.

Meine Mutter strich sich eine Strähne aus dem Gesicht und lächelte matt. Sie sah aus, als hätte sie ein Jahrhundert nicht geschlafen. Ich wünschte, sie könnte etwas mehr wie Röschen sein. Sie stand schon ziemlich lange eher an der Seitenlinie des Lebens.

Als wir eintraten, schlug mir ein Geruch entgegen, den ich sofort erkannte. Eine Mischung aus Zimt, Vogel und Mief. Ein Duft, mit dem ich nur Gutes verband.

Das Wohnzimmer strotzte vor Kram. In jedem freien Winkel stapelten sich Bücher und Zeitschriften. Dazwischen herrschte ein unendliches Durcheinander von Dingen, die überhaupt nicht zusammenpassten. Drei singende Keramikengel, Lederbänder, die man sich um den Arm binden kann, feine Kristallgläser auf einem silbernen Tablett. Ein ausgedientes Schildkröten-Terrarium. Untersetzer aus Bast. Eine Hello-Kitty-Tasche in Rosa. Meine Sachen, sagte Röschen immer, sind entweder wirklich schön oder so hässlich, dass sie schon wieder schön sind, oder sie sind für alle Zeiten hässlich, und dann haben sie erst recht ein Zuhause verdient. Was in welche Kategorie gehörte, verriet sie nicht. Aber es passten höchstens vier Umzugskartons in Röschens Altersresidenz. Ich hatte keine Ahnung, wie wir aus diesem Chaos eine Auswahl treffen sollten.

Als ich erkannte, wie groß die Aufgabe war, die vor uns lag, sank mir der Mut. Ob geschmackvoll oder nicht, Röschen war in allem hier enthalten. Ganz gleich, was wir aussortierten, wir ließen auf jeden Fall ein Stück von ihr zurück. Ich bekam einen Kloß im Hals, als mir klar wurde, dass sie uns wahrscheinlich genau deshalb darum gebeten hatte, für sie zu packen. Damit sie nicht selbst entscheiden musste.

Am Fenster stand noch immer der braune Ohrensessel. Er hatte einen weißlichen Belag, als wäre er mit Mehl bestäubt. Federstaub von Gertrude. Ich nahm jetzt erst wahr, dass sie kreischte. Sie flatterte herum in einem großen Käfig, der sich über die ganze hintere Wand des Zimmers erstreckte.

«Das geht schon seit Tagen so», seufzte meine Mutter, die täglich herkam, um Gertrude zu füttern. Ich näherte mich dem Käfig, indem ich über einen Plastikfisch, ein paar Zeitschriften und einen Blasebalg stieg, und nahm Gertrude in Augenschein. Sie sah kein bisschen gealtert aus, obwohl sie inzwischen über dreißig sein musste. Ein biblisches Alter für einen Graupapagei. Die gelben Augen waren etwas trüb, aber das Gefieder war so grau glänzend, wie ich es in Erinnerung hatte, und der Schwanz leuchtete rot. Gertrude stellte das Kreischen ein und legte den Kopf schief. Sie beobachtete mich. Dann rieb sie ihren Schnabel über die Stange, auf der sie saß. Ein Friedensangebot.

Ich erwiderte die Geste mit meinem Fingernagel. Der Vogel gab einen lauten Pfiff von sich. Ich musste grinsen. Gertrude und ich, wir waren immer noch Freunde.

Als ich den Käfig öffnete, flog sie mir direkt auf die Schulter. Die kleinen Krallen, die sich durch mein T-Shirt an mir festklammerten, und das vertraute Wogen machten mich sofort wieder zum Kind. «Da bist du ja», sagte ich leise, und der Vogel knabberte mir zum Gruß am Ohr.

Meine Mutter holte große schwarze Müllsäcke hervor und gab mir auch einen. Dann nahm sie einen ganzen Stapel Taschenbücher vom Boden und stopfte ihn hinein. Zeitschriften folgten, ein Plastikkerzenständer. Sie sah nicht einmal genau hin, was sie so beiläufig aus Röschens Leben entfernte.

«Ich fang oben an», sagte ich.

Mit Gertrude auf der Schulter wanderte ich die Treppe hoch. Ich zählte die Stufen, so wie früher, wenn wir bei Röschen übernachteten. Immer noch siebzehn. Vom kleinen Flur oben gingen drei Türen ab. Links das Bad, in der Mitte Röschens Schlafzimmer. Und rechts. Unser Zimmer. Mein Herz klopfte. Dies war der Ort, der mir das Menschenknäuel zurückgeben konnte.

Ich lief auf die geschlossene Tür zu.

Arme und Beine und Haare und Nacken.

Ich blieb vor der Tür stehen. Griff nach der Klinke.

Die nackten Füße meines Bruders, die zuckten, wenn er müde wurde.

Ich öffnete die Tür einen Spaltbreit. Gertrude schaukelte hin und her.

Ein Menschenknäuel aus Licht und Wärme und Liebe.

Bitte.

Ich spähte hinein und spürte tiefe Enttäuschung. Nichts erinnerte mehr an die Samstagabende meiner Kindheit, an das Duo, das wir mal gewesen waren. Röschen benutzte das ehemalige Gästezimmer als Erweiterung ihres Wohnzimmers: Hier fanden Sachen ein Zuhause, die definitiv in die Kategorie zu-hässlich-für-die-Welt gehörten.

«Hier oben kann alles weg», rief ich und öffnete den Müllsack.

Ich zog einen alten Kissenbezug hervor, auf dem ein verblichener Pferdekopf mit wehender Mähne abgebildet war. Bestimmt hatte ich als Kind mal darauf geschlafen. Röschen hatte irgendetwas hineingesteckt. Ich langte hinein und holte ein Päckchen Tarotkarten hervor.

Die Karten waren wunderschön illustriert. Eine Art Jugendstil, von Hand gezeichnet, beklebt mit Goldfolie.

Jede Karte ein eigenes Kunstwerk. Ich hatte keine Ahnung, was die Motive bedeuten, aber ich breitete den Pferdekopf auf dem Boden aus, legte die Karten umgekehrt darauf ab, aufgefächert, wie ich es schon einmal gesehen hatte.

Ich zog eine Karte.

Sie zeigte eine wunderschöne Frau, die mich stolz, etwas von oben herab, anblickte. Sie trug eine Krone, die aussah wie die Sonne, und eine Brosche in Form des Mondes. Offenbar herrschte sie über die Gestirne. In den Händen hielt sie ein Buch.

Die Hohepriesterin.

Ich lachte. Jetzt sagten schon die Karten, ich solle Pastorin werden. In der Gemeinde meines Vaters würde ich zwar nicht gerade über Sonne und Mond herrschen, aber immerhin über fast vierhundert evangelische Schäfchen, einen Kindergarten und einen Friedhof.

Ich packte die Tarotkarten zusammen und wickelte sie wieder in den Pferdekopf. Sie würden Röschen in ihrem Fünfzehn-Quadratmeter-Palast bestimmt eine Ablenkung bieten. Und wenn nicht, hatte sie zumindest achtundsiebzig hübsche Postkarten zu schreiben.

Als ich nach unten kam, saß meine Mutter in dem Ohrensessel und weinte. Ohne Tränen, ohne Rotz, sogar ohne Heulgeräusche. Aber ich sah es ihr an. Es war die Art, wie sich ihr Körper spannte. Links von ihr ein Stapel, der abgetragen werden musste, rechts der Müllsack für das Aussortierte, auf ihrem Schoß die Dinge, die sie retten wollte. Den Rahmen, der auf ihren Knien lag, erkannte ich sofort. Es war das Bild, das wir Röschen mal zum Geburtstag geschenkt hatten, in einer anderen Zeit, in einem anderen Leben. Meine Mutter hatte ihren toten Sohn auf dem Schoß.

Vorsichtig nahm ich ihr das Bild weg und legte es mit den Tarotkarten in eine Umzugskiste.

«Gute Idee», sagte ich etwas heiser, «darüber wird sich Röschen freuen.»

Jeden Abend stand mein Vater um fünf vor sieben von seinem Schreibtisch auf, um den Tisch zu decken. Er entnahm dem Schrank die nötigen Utensilien und stellte sie auf den Tisch. Um eine Minute vor sieben zündete er die Kerze an und drehte sich in Richtung Küche, von wo meine Mutter ihm mit dem dampfenden Topf entgegenkam. Sie machte einen kleinen Bogen um ihn, obwohl sie den Topf stets sicher in Händen hielt, und stellte ihn mittig ab. Um sieben sprach mein Vater das Tischgebet, in dem er dem Herrn für den Tag und für die Speisen dankte, dann salzte er, ohne probiert zu haben, das Essen nach. Um fünf vor halb acht räumte mein Vater die Spülmaschine ein, dann hängte er die Topflappen an den Haken. Er schenkte meiner Mutter einen kleinen Schnaps ein und sich selbst einen Likör, den sie im Wohnzimmer zu sich nahmen, bevor die *Tagesschau* begann.

Es gab Zeiten, in denen mir diese ewige Wiederkehr des Gleichen vorkam wie ein schlechtes Theaterstück. Aber heute war ich dankbar dafür, sie an ihren Gläschen nippend auf dem Sofa zu sehen. Ich hing im Fernsehsessel und chattete mit Jan. Er schrieb, er habe die ganze Wohnung geputzt. War es vorwurfsvoll gemeint? Es wäre mein Putzdienst gewesen diese Woche. Außerdem wollte er wissen, ob ich Milch verschüttet hätte in letzter Zeit oder mal ein Käsebrot irgendwo vergessen. *Wieso*, schrieb ich, und er schickte mir ein Bild des Schlafzimmerfensters. Es war so weit geöffnet, wie es ging. *Ich lüfte die ganze*

Zeit, schrieb er, *aber es riecht hier einfach überall nach faulen Eiern.*

Ich vergewisserte mich auf dem Foto, dass er das Schmuckkästchen nicht angerührt hatte. Aber ich fühlte mich schuldig. Der Däumling dünstete aus, und ich war nicht da, um ihm beizustehen. Meine Mutter bemerkte meine Unruhe und hielt sie für den Tatendrang junger Leute. «Ist doch noch schön draußen», sagte sie, «willst du nicht noch mal los?»

Ich nahm meinen Fahrradschlüssel und verließ das Haus.

Die Strecke hatte ich noch im System. Jeder Muskel wusste, was zu tun war. Fahrt aufnehmen auf der Asphaltstrecke. Ohne Abbremsen scharf links. An den Gärten entlang, um anderthalb Minuten zu sparen. Mit dem Vorderrad exakt die kleine Kuhle treffen, um vom Bürgersteig auf die Straße zu wechseln, ohne sich einen Platten zu holen. Mein Körper fand den Weg von alleine.

Aber als ich eintraf, dachte ich kurz, ich hätte mich verfahren. Ich erkannte den Ort kaum wieder.

Überall waren Menschen. Männer und Frauen mit Sonnenbrille und Handtasche, in Polohemden und Sommerkleidchen, mit Cocktails und Weingläsern und lackierten Fußnägeln in Sandalen. Sie verteilten sich auf verschiedenen Terrassen, aber mir kam es so vor, als würden überall die gleichen Leute sitzen. Gelächter, Gekicher, Gebrülle. Der reinste Spaß.

Sie huldigen ihm, dachte ich. Dem See. Er lag friedlich da, ein paar Kinder und Hunde spielten am Ufer, die Tretboote waren schon eingeholt. In der Ferne noch ein paar Segelboote. Zu Evas Bootshaus war es nicht weit. Es sah geschlossen aus, auf dem Steg war niemand zu sehen. Ich stellte mein Rad ab, lief bis zum Ende des Stegs und setzte mich. Die Sonne stand tief und tauchte den See in goldenes Licht, Enten schwammen vorbei. Ich schaute aufs Wasser. Die Aussicht widerte mich an. Scheißsee, dachte ich. Beschissener Scheißsee.

Niemand konnte so gut schwimmen wie Chris. Wenn mein Bruder eintauchte, nahm das Wasser ihn bereitwillig auf.

Wann immer Chris konnte, ging er schwimmen, und manchmal nahm er seine kleine Schwester mit.

Ich blieb meist am Steg und sah zu, wie sein Körper unter Wasser zu einem hellen Fleck wurde, der sich fortbewegte wie ein Uhrwerk, stetig, im immer gleichen Rhythmus. Ich hielt den Atem an, bis er wieder auftauchte, dann drehte er sich zu mir und legte ein breites Brudergrinsen auf.

Manchmal, in meinen Träumen, sehe ich noch den hellen Fleck, der sich ruhig fortbewegt, immer weiter weg von mir, er schwimmt, aber er atmet nicht, und er taucht niemals auf.

Ich hatte Eva nicht kommen hören. Sie setzte sich zu mir, als ob wir das jeden Abend so machten, am Steg sitzen und die Sonne untergehen sehen. Der Zopf, der Blick, der Pulli, es kam mir vor, als wäre sie keinen Tag gealtert. Wenn nur dieser Bauch nicht wäre. Die Pralligkeit war schon fast vulgär, als wollte sie hier auf dem Steg gebären, jetzt, sofort, bevor die Sonne untergeht.

«Schön, dass du da bist», sagte sie, und ich schwieg.

Ich wünschte, Chris wäre hier. Er würde seinen Arm um mich legen, herzhaft lachen über die ganze Gottdemenz und es für ganz passend halten, dass mir der Typ abhandenkommt, von dem ich mir am meisten verspreche. Dann wäre das Kind, das Eva auf die Welt bringen würde, vielleicht seins. Und ich wäre bald Tante.

«Kannst du noch schwimmen?», fragte ich und war schon dabei, meine Klamotten abzulegen.

«Klar, Fett schwimmt oben.»

Eva zog sich mit erstaunlicher Eleganz aus. Sie trug einen monströsen Schwangeren-Bikini, aber sah damit immer noch besser aus als ich in meiner Baumwollunterwäsche.

«Arschbombe auf drei», rief ich, aber dann hielt ich mich nicht daran und sprang direkt ins Wasser. Es war kalt und roch modrig. Genauso hatte ich den See in Erinnerung. Unerbittlich. Ein strahlender Sommertag, aber der See flüstert dir zu: Bald ist es Herbst, und alles stirbt.

Eva ließ sich vorsichtig, aber routiniert ins Wasser gleiten und schwamm ein paar Züge. Ihre blonden Haare hingen halb im Wasser, es sah aus, als würde sie ein Seidentuch hinter sich herziehen. Ich hatte Lust, ihren Kopf runterzudrücken.

Nach dem Schwimmen lagen wir auf dem Steg und ließen uns von den letzten Sonnenstrahlen trocknen. Evas kugelrunder Bauch glänzte goldbraun, ein ganz eigener Planet. Kleine Wassertropfen fingen das Licht ein.

Ich blickte in den Himmel, der sich langsam rosa und orange färbte, und dahinter kam irgendwann das All und dann nichts mehr, oder alles, Unendlichkeit eben. Jan hatte mir mal erzählt, dass das Universum erstaunlich leer sei. *Zwischen uns und den Sternen, nichts!*, hatte er ausgerufen.

In der Welt des Kindes gab es nur dunkle Wärme und dumpfe Geräusche, Fruchtwasser, Schleimhaut, Nabelschnur. Und doch hatte dieses Universum für das Kind die gleiche Gültigkeit wie der rosa Himmel für mich. Für das Kind war Evas Bauch der ganze Kosmos und ihr Herzschlag der Rhythmusgeber, der Ordner der Dinge. Vielleicht hielt das Kind Eva für Gott. Sie war die Schöpferin seines Lebens, und in allem, was das Kind umgab, war Eva enthalten. *Von guten Mächten wunderbar geborgen.* Wie sollte das Kind nicht denken, dass Eva Gott war?

«Ist bald so weit, oder?», fragte ich.

Eva strich mit der Hand über den Bauch, die glitzernden Tropfen verschwanden.

«Ich hab schon Senkwehen», sagte sie, «das Baby wird so langsam in Richtung Ausgang geschoben.»

Ich stellte mir vor, wie das Kind spürte, dass das Unvermeidliche kommt, dass es seine Welt würde verlassen müssen. So wie wir wissen, dass wir dem Tod nicht entgehen.

«Darf ich?», fragte ich, und als Eva nickte, legte ich vorsichtig meine Hand auf ihren Bauch. Er war warm, ein wenig feucht noch. Ich wünschte, ich könnte das Baby trösten. Ich würde ihm gern sagen, dass es keine Angst haben muss. Dass das Ende überhaupt erst der Anfang ist, dass hier draußen nicht der Tod, sondern das Leben wartet, eine neue, andere Welt.

Der Himmel leuchtete nun tieforange. Wenn ich lange genug hinsah, konnte ich eine Kuppelform darin erkennen. Vielleicht betrachteten wir auch gerade die Innenwand einer Gebärmutter, einen riesigen Universums-Uterus. Ich blickte nach oben, in die Kuppel, und wünschte mir, dass ich ein Guckloch bohren könnte in die Sphäre dahinter. Dort könnte alles Mögliche sein, und wir waren gefangen in unserer kleinen Welt und ahnten nichts davon. Noch nicht einmal Leute wie Jans Vater mit ihren Teleskopen und Rechengesetzen wussten doch, was da oben wirklich war.

Aber Eva sah gar nicht hin. Sie richtete sich langsam auf und blickte mich an. Ihre Augen waren dunkelblau.

«Da oben ist Chris», sagte sie.

«Chris ist nirgendwo», sagte ich entschieden, «das wüsste ich, wenn er noch irgendwo wäre.» Ich wollte ihr wehtun. Ich zeigte auf ihren Bauch. «Und dich kümmert das doch eh nicht mehr.»

Eva fing an, sich anzuziehen. Es sah gar nicht mehr elegant aus.

«Deine Mutter hat mir gesagt, dass du da bist. Ich dachte, nach all der Zeit, dass du dich für mich freust.»

Ihr Kinn bebte.

«Wir wollen ihn sogar Chris nennen», setzte sie hinzu. Jetzt lief ihr Rotz aus der Nase, und ich hatte einen Stich in der Brust. In ihr war ein kleiner Chris.

«Ich freu mich für dich, wirklich», sagte ich. «Ich mach mir nur gerade echt Sorgen.»

Eva sah mich an.

«Worüber denn?», fragte sie.

«Gott und die Welt.» Ich lehnte mich an sie.

Eva legte einen Arm um mich, und wir schauten aufs Wasser.

Chris entdeckte Eva an einem Sommertag, der ähnlich heiß war wie heute. Damals gehörte der Bootsverleih noch Evas Vater. Das Geschäft lief besser denn je, und Eva half in den Ferien bei der Vermietung. Sie machte die Buchhaltung und wartete die Ruderboote. Chris warb um sie, indem er sich einfach penetrant in ihr Blickfeld schob. Jeden Nachmittag kam er angeschwommen und hängte sich an den Steg, die Haut glitzernd vor Sonne und Wasser. Legte den Kopf schief, das dunkle, nasse Haar fiel ihm in die Stirn und betonte seine hohen Wangenknochen. Er verführte sie mit seiner puren Anwesenheit. Wahrscheinlich haben sie sich genau hier, an diesem Steg, zum ersten Mal geküsst. Einen Sommer lang schrie alles an den beiden nach dem, was noch kommt.

Aber dann war er tot.

Jetzt streckte Eva die Beine aus und ließ die Füße ins Wasser gleiten. Sie verzerrten sich im bewegten See zu einem kubistischen Gemälde. Zehen, Spann, Fersen schoben sich ineinander.

Eva erzählte, dass das Kind von Fiete war, natürlich, den kannte ich noch, der vom Handball damals.

Sie bewegte die Füße auf und ab, das Wassergemälde löste seine Form auf und setzte sich neu zusammen.

Und heute, nein, ja, sie haben gebaut, und Fiete wird bald Abteilungsleiter bei der Sparkasse, aber er ist cool, wirklich, sie waren eine Zeit lang in Südostasien, und in der Elternzeit machen sie eine Europatour im Bulli, zu dritt.

Evas Fußnägel waren lackiert. Die roten Tupfer wurden unter Wasser zu kleinen Orientierungspunkten.

Ich musste an einen hellen Fleck denken, der sich fortbewegt. Im immer gleichen, ruhigen Rhythmus, immer weiter fort von mir.

Ich hatte vergessen, wie ansteckend Eva lachen konnte, und als die Sonne im See versackt war und ich mein Fahrrad in ihren alten VW-Bus schob, war es fast wie früher.

Nachts lag ich in meinem Gäste-Kinderzimmer, ließ geschmolzene Schokolade im Mund zergehen und starrte an die Holzdecke. Sogar die hatten meine Eltern weiß gestrichen, damit sie zum hellgrauen Ensemble passte. Man konnte sich wirklich auf nichts verlassen. Nichts blieb einfach mal, wie es war. Ich dachte an den Universums-Uterus und was dahinter liegen könnte. Ich wünschte, ich hätte Evas Gewissheit, dass Chris da oben war.

9

Meine Mutter stand an der Spüle und trank Kaffee. Sie hielt den Becher mit beiden Händen umklammert, als ob der Kaffee sie retten könnte. Er konnte es nicht. Ihre ganze Haltung verriet, dass sie eine schlaflose Nacht hinter sich hatte.

Ich schenkte mir auch welchen ein, setzte mich an den Küchentisch und legte meine nackten Füße auf den zweiten Stuhl. Meine Mutter blickte irritiert, sagte aber nichts. Meine Mutter sagte nie etwas. Ein Gespräch mit ihr versiegte einfach, wie ein Fluss zu Dürrezeiten. Wichtige Informationen blieben im Flussbett zurück und vertrockneten.

Zum Beispiel, dass Eva ein Kind erwartete.

«Ich war mit Eva am Steg», sagte ich.

«Ich weiß.»

Es war gerade mal acht Stunden her, dass ich nach Hause gekommen war. Offenbar funktionierte der Austausch mit ihrer verhinderten Schwiegertochter besser als mit mir.

Groll rollte an.

«Sie wollen das Kind Chris nennen», sagte ich, und an ihrer Reaktion sah ich, dass sie das noch nicht gewusst hatte.

Meine Mutter trank ihren Kaffee aus und stellte die Tasse in die Spüle. Ihr Gesicht war aufgedunsen von der Nacht.

«Schön», sagte sie gepresst und verließ die Küche.

Die Wortarmut meiner Mutter ärgerte mich noch, als ich bei Röschen weitere Müllsäcke füllte. Wahrscheinlich stand sie jetzt gerade vor ihrer Klasse und spuckte die Worte aus, die sie sich für den Unterricht aufgespart hatte. Dann hatte sie noch ein kleines Kontingent übrig für meinen Vater, den Rest bekam offenbar Eva, und wenn sie auf mich traf, war sie nur noch eine wortlose Hülle.

Gertrude hingegen redete viel mit mir. Sie flog im Wohnzimmer umher, setzte sich auf einen Stapel Sachen, legte den Kopf schief und krächzte mich an. Sie wollte mir eindeutig etwas mitteilen, aber es kamen nur Laute, keine Worte oder gar Sätze. Es ärgerte sie, dass ich sie nicht verstand, sie flatterte hoch, flog zum nächsten Stapel und krächzte mich erneut an. Diesmal klang es anders. Beim dritten Stapel war es wieder ein neuer Laut. Als würde sie jedem Stapel ein eigenes Krächzen widmen.

Ich stand auf und sah mich um. Immer noch war der Boden übersät mit Kram. Aber plötzlich verstand ich, dass die Dinge nicht einfach so herumlagen. Es waren Inseln aus Sachen, die auf geheimnisvolle Weise einander zugeordnet waren.

Gertrude flatterte aufgeregt herum. Sie spürte, dass ich eine Spur hatte. Sie ließ sich nieder auf einem Stapel in der Mitte des Raums und krächzte, Ka-Ka-Ka. Dann flog sie zum nächsten Stapel: Pu-Pu-Pu.

Jeder Stapel repräsentierte einen Buchstaben des Alphabets! Gertrude flog um mich herum, ausgelassen, wie eine stolze Lehrerin, deren Schülerin die knifflige Aufgabe endlich gelöst hat.

Zwischen der X-Insel (sie war sehr klein) und der Y-Insel (sie bestand aus einer Yogamatte und einem Gedichtband von Yeats) legte ich mich auf den Boden und streckte

Arme und Beine aus. Röschens Chaos hatte die schönste Ordnung, die ich je gesehen hatte. Und ich wusste jetzt genau, wie die vier Umzugskartons zu bestücken waren.

Ich holte mein Telefon hervor und fotografierte Gertrude, auf dem S-Stapel sitzend. Sie knabberte gerade an *The Making of Americans*, einem dicken Wälzer ihrer Namensvetterin Gertrude Stein.

Alles in Ordnung hier, schrieb ich und schickte das Foto an Jan.

Hier nicht, schrieb er zurück. Er schickte ein Bild des schmalen Schlafzimmerfensters. Die ganze Fläche war schwarz, sie war komplett bedeckt von Fliegen. *Ich ruf vielleicht einen Kammerjäger.*

Ein Kammerjäger würde den Däumling entlarven und wahrscheinlich einfach im Müll entsorgen. Das durfte auf keinen Fall passieren.

Nein, lass, ich bin doch bald wieder da, dann finden wir eine Lösung, schrieb ich.

Er schickte ein Emoji, das sich den Kopf kratzt, und fünf Fragezeichen. Aber ich konnte Jan jetzt nicht mehr erklären, dass er seit Tagen mit einem toten Tier unter einem Dach lebte. Ich musste so schnell wie möglich nach Hause. Aber vorher hatte ich hier noch ein paar Dinge zu regeln.

Ich nahm den kleinen, inoffiziellen Pfad durch Röschens Garten. Obwohl es nur ein paar Meter die Straße runter waren, sind Chris und ich immer diese Abkürzung gegangen. Quer durch bis zum morschen Gartenzaun und hinüber in den Nachbarsgarten. Auf der anderen Seite kletterte ich über die niedrige Steinmauer, die den Garten vom Friedhof abgrenzte. Ich sprang einer alten Dame mit voller Gießkanne vor die Füße, die vor Schreck das

Blumenwasser verschüttete. Sie schimpfte, und ich wollte stehen bleiben und mich entschuldigen, aber meine Füße machten nicht mit. Als wären sie ferngesteuert, setzte ein Fuß sich vor den anderen, und wieder den einen, und den anderen, immer schneller, und schon bogen die Füße ab auf den linken Pfad. Ganz zielgerichtet gingen sie, als hätte ich nicht auch ein Wörtchen mitzureden. Sie trugen mich an den Ort, den ich eigentlich meiden wollte.

Chris' Grab.

Der schlichte Naturstein war grün angeschlagen, man sah, dass er seit anderthalb Jahrzehnten im Dienst war. Wann war ich zum letzten Mal hier? Es war auf jeden Fall lange her. Die Grabstelle sah ordentlich aus, trotz der Hitze wuchsen und gediehen die Pflanzen. Das Werk meiner Mutter, vermutete ich. Kleine, sorgfältig geschnittene Sträucher, die gelb und orange blühten. Jan wüsste jetzt, wie diese Pflanzen hießen. Wahrscheinlich auch, wie man sie pflegt.

Als ich noch zu Hause wohnte, trafen wir uns hier jedes Jahr zu Chris' Geburtstag: Eva, Finn, Patrick, Sebi und ich. Jeder erzählte eine kleine Begebenheit, die uns an Chris erinnerte. Wir sprachen nur über den Chris, der vor Leben übersprudelte, nicht über den, den wir alle zuletzt gesehen hatten, bleich im ersten Licht. Von Jahr zu Jahr wurden die Treffen kürzer. Man kann nur begrenzt Geschichten erzählen aus siebzehn Jahren Lebenszeit. Wir fingen an, Erinnerungen zu wiederholen, und dadurch nutzten sie sich ab, wie Putzlappen, die man wäscht und die immer fahler und faseriger werden. Erst blieb Patrick weg, dann Sebi, und als Finn ins Ausland ging, stellten wir die Treffen komplett ein.

Mein Bruder war seit fast fünfzehn Jahren tot. Vielleicht

hätte er heute Fältchen um die Augen, wenn er lachte. Bestimmt wäre er nicht mehr so sportlich, das konnte ja kein Mensch durchhalten. Mir gefiel der Gedanke, dass er endlich einen kleinen Schönheitsfehler haben könnte. Einen kleinen Speckring vielleicht. Aber die dunklen Haare, die ihm ins Gesicht fielen, die hätte er noch. Und die hohen Wangenknochen.

Mir fiel nicht mehr ein, wo die Wangenknochen anfingen und wo sie aufhörten, und überhaupt, wo sie in Relation zur Augenpartie standen und wie die Haut, die sie umspannte, beschaffen war. Das Gesicht meines Bruders zerfiel, wie Evas Füße im Wasser, es löste sich auf und schob sich zusammen, und ich versuchte, danach zu greifen, Einzelteile zu erfassen. Aber sie verwandelten sich, wie das Menschenknäuel, in Negative, aus hell wurde dunkel, und ich rannte, den Pfad entlang, durchs Eingangstor, über die Straße, zurück zum Haus meiner Eltern.

Ich schob Röschen im Rollstuhl durch die Empfangshalle des Seniorenheims *Drei Hyazinthen*. Röschen sagte nichts. Ihr saß der Abschied von Gertrude in den Knochen, und mir auch. Wir hatten den Vormittag in Röschens zugewuchertem Garten verbracht. Meine Mutter schenkte Eistee ein, ich arrangierte Kekse auf einem Teller, und Röschen weinte.

Sie heulte nicht still, wie meine Mutter neulich, sondern kraftvoll, laut und stark. Sie legte ihre ganze Liebe hinein, achtunddreißig Jahre gemeinsam gelebte Geschichte. Es war unmöglich, nicht mitzuweinen. Sie weinte um das warme Gefieder in ihrem Schoß; um die zarten Kniffe, mit denen der Schnabel ihre Finger umschloss; um die Jahre, in denen sie Gertrude vorgelesen hatte, in der vergeblichen Hoffnung, der Papagei würde seinen Wortschatz erweitern; um den Blick, den Gertrude ihr zuwarf, wenn Röschen «Guten Morgen» sagte und Gertrude noch nicht ausgeschlafen war; und sie weinte um die Art, wie Gertrude «Röschen» sagte, es war ein Krächzen, aber mit Liebe darin.

Gertrude war genauso aufgewühlt. Sie saß auf Röschens linker Schulter, sprang ihr in den Schoß, flatterte auf die rechte Schulter, als ob sie sagen wollte, schau, ich bin doch hier. Sie knabberte an Röschens Ohr, bis Röschen durch ihre Tränen lachen musste, denn es tat weh, auf gute Art.

«Einen Vogel kann man nicht umarmen, aber man kann ihn so halten, dass er die Liebe spürt», sagte sie und putzte sich die Nase.

Das ist wie bei manchen Menschen, dachte ich, zum Beispiel bei meiner Mutter, nur hab ich noch nicht herausgefunden, wie ich sie halten kann.

Zum Abschied schenkte Röschen Gertrude ein tränenüberströmtes Lächeln und sagte, «Danke, meine Liebe, es war mir eine Ehre». Und Gertrude legte ihren Schnabel an Röschens Wange, um zu sagen, Danke, mir auch.

Röschen hatte Glück mit ihrem Zimmer. Es war ein Eckzimmer, sie hatte zwei Fenster, die unterschiedliche Aussichten boten. Eins blickte auf den Innenhof und das andere auf eine Linde. Ich hoffte, es würde sich ab und zu ein Vogel dort niederlassen.

Als Röschen reinrollte, blickte sie sich ungläubig um. Im Zimmer verteilten sich 26 Mini-Buchstaben-Inseln, in den Regalen, auf den Fensterbänken, am Nachtschränkchen. Sie bestanden nur aus einem Gegenstand und einem Buch, aber das Alphabet war komplett vertreten.

«Hast du das gemacht?», fragte sie und drückte meine Hand.

Ich nickte.

«Ich hoffe, ich habe die richtigen Dinge ausgewählt.»

Röschen lächelte. «Da gibt es kein richtig oder falsch», sagte sie. «Das ist deine Auswahl.»

Sie ließ ein paar Dinge durch ihre Hände gleiten. Bei den Tarotkarten hielt sie inne.

Ich erzählte, wie ich sie aufgefächert und eine gezogen hatte, ohne Sinn und Verstand.

«Sinn und Verstand braucht es dafür eigentlich nicht», sagte Röschen. «Welche war es denn?»

«Die Hohepriesterin.»

Röschen blickte mich an, ernst. Sie schwieg so lange, dass ich mich auf einmal nicht mehr ganz wohl fühlte in meiner Haut.

«Passt doch», fügte ich etwas unsicher hinzu, «offenbar will alle Welt, dass ich Pastorin werde.» Ich kicherte ein bisschen.

Röschen nickte, so langsam, dass sich die Bedeutung der Geste eher in ihr Gegenteil verkehrte, in ein Kopfschütteln.

«Darum geht es nicht», sagte sie dann, «die Hohepriesterin steht für etwas anderes.»

«Wofür denn?»

«Intuition», sagte Röschen. «Bauchgefühl. Instinkt. Alles, was über den Geist, den Willen und den Verstand hinausgeht.»

Ich setzte mich auf das Bett.

«Die Hohepriesterin ist eine gute Karte», sagte Röschen sanft. «Sie bedeutet, dass du nur in dich hineinhorchen musst, um richtige Entscheidungen zu treffen. In deinen ... inneren Raum.»

«Und wenn da nur Leere ist?», flüsterte ich.

«Dann füllst du den Raum eben wieder.» Sie legte die Tarotkarten zurück auf den T-Stapel.

Meine Mutter fuhr mich zum Bahnhof. Sie schwieg, aber ich spürte, dass es ein anderes Schweigen war als sonst. Es war die Art von Nichtsprechen, mit der sie ausdrückte, dass sie Bedeutendes zu sagen hatte. Kurz hinter dem Ortsausgang brach es aus ihr heraus.

«Papa hatte im Januar einen Herzinfarkt.»

Ich saß eingeklemmt zwischen Vogelfutter und Gepäck auf der Rückbank, weil Gertrude in einer umgebauten Katzenbox auf dem Beifahrersitz thronte. Das konnte ich nur falsch verstanden haben.

«Ich war gerade eine ganze Woche zu Hause, und da erzählst du mir das jetzt, auf dem Weg zum Bahnhof?»

«Er ist im Gemeindebüro zusammengebrochen. Gott sei Dank war der Krankenwagen sofort da. Aber sein Herz ist stark beschädigt.»

Mein Vater hatte im Krankenhaus gelegen, ohne dass ich das wusste. Ich schluckte ein paar dicke Klöße herunter.

«Und jetzt, was ist jetzt mit seinem Herzen?»

«Es ist ...», meine Mutter blickte auf die Straße, sie suchte das richtige Wort, «... sehr beansprucht. Ausgeleiert, sozusagen. Er hat jetzt ... das Herz ist zu groß, sagen die Ärzte.»

«Kann das auch wieder schrumpfen?»

Meine Mutter schüttelte den Kopf. «Es pumpt nicht mehr gut. Und das kann jederzeit wieder in einem Infarkt enden.»

«Warum habt ihr denn nichts gesagt?»

Sie drehte sich zu mir. «Das Einzige, was ihm jetzt

hilft, ist Ruhe. Und er will ja auch schon ewig in Rente gehen.»

Ich wusste, was sie sagen wollte.

«Er wartet darauf, dass du übernimmst. Nicht aus Mitleid oder Pflichtgefühl, sondern weil du es wirklich willst.» Sie schaute mich länger an, als sie sollte, dafür, dass sie am Steuer saß. «Deshalb sagt er nichts. Aber du ...»

Das Auto machte einen gefährlichen Schlenker.

«Du musst dich jetzt mal entscheiden.»

«Guck nach vorne!»

Sie drehte sich zurück zur Fahrbahn und verstummte wieder.

Ich stierte aus dem Fenster und trug Groll in mir, Groll ohne Richtung.

Als ich am Bahnhof aus dem Auto stieg, kam der Zorn unkontrolliert heraus und traf jeden, der sich in meinem Radius befand. Meine Mutter bekam die volle Ladung ab. Ein feiner Sprühregen ging auf sie nieder und wirkte sofort, die Mundwinkel sanken herab, und ihre Augen wurden eine Spur dunkler.

«Kommst du bald wieder?», fragte sie, und da tat es mir leid.

«Klar.»

«Und pass auf Gertrude auf, Röschen verkraftet es nicht, wenn dem Vogel was passiert.»

Sofort versprühte ich noch mal Ärger, ich wollte nicht diejenige sein, die Röschen am Leben hielt durch Vogelpflege. Genauso wenig wollte ich meinen Vater am Leben halten durch erzwungene Berufsentscheidungen.

«Pass du lieber besser auf Röschen auf», sagte ich und ließ es klingen, als hätte meine Mutter persönlich Schuld an Röschens Zuckerunglück und ihrer Trennung von Gertrude.

Die Spitze kam an, ich sah es in ihrem Blick. Aber als die Türen des ICE sich schlossen und der Zug sich in Bewegung setzte, ließ er eine zarte Gestalt am Gleis zurück, die mir so heftig zuwinkte, als könnte sie mich damit zum Bleiben bewegen.

10

Die Hitze legte eine Pause ein, aber die Stadt war immer noch heiß genug, um mich ins Schwitzen zu bringen. Wie einen Herd, den man herunterdreht, weil die Restwärme noch zum Garen reicht. Ich schleppte meinen Koffer und den Käfig und ärgerte mich, dass Jan nicht zum Bahnhof gekommen war. Allerdings wusste er nichts von der Verdopplung meines Gepäcks.

In unserem Innenhof gab es genau drei Quadratmeter Sonne. Ein schmaler Streifen aus Licht, der den Boden berührte, kurz über eine hübsche Holzbank wanderte, um nach nur zwei Stunden wieder zu verschwinden. Es waren die schönsten drei Quadratmeter der Hausgemeinschaft, und sie waren fest in der Hand eines Müttermonopols. Die drei jungen Frauen in Elternzeit, die in unserem Haus wohnten, besetzten den Streifen meist, bevor mein Kaffee fertig war. Sie waren so passiv-aggressiv wie deutsche Urlauber am Strand, die ihre Liege mit Handtüchern markieren.

Aber als ich nach Hause kam, waren die Mütter nicht da. Auf dem schmalen Streifen Sonne glänzte ein frisch poliertes rotes Motorrad, eine Harley oder so. Polierzeugs lag herum, Ölkanister und Tücher. Den Restsonnenplatz füllte ein Mann aus, den ich noch nie gesehen hatte. Er hatte längere blonde Haare und sich eine Weile nicht rasiert. Irgendwie sah er abgearbeitet und ungepflegt aus, auf gute Art.

Der Typ betrachtete sein Werk, sah, dass es gut war, und zog zufrieden an seiner Zigarette. Dann streckte er sich auf der Bank aus und offenbarte einen langen, sehnigen Körper. Er musste mindestens zwei Meter groß sein. Ich wünschte, ich könnte derart entspannt so viel Platz einnehmen.

Er deutete auf meinen Koffer und die Papageienbox. «Brauchst du Hilfe?» Seine Stimme war tief.

«Geht schon. Bist du gerade eingezogen?»

«Zu Besuch, bei meiner Schwester. Musste mal raus. Und du?»

«Ich komm gerade wieder, musste auch mal raus.»

«Hier raus oder da heraus?», fragte er, aber darauf hatte ich wirklich keine Antwort.

«Schickes Motorrad», sagte ich, weil ich sonst nichts zu sagen hatte.

Der Mann fasste kurz und zärtlich seine Maschine an. «Kannst gern mal eine Runde mitfahren.»

«Ach, Quatsch», sagte ich und ging weiter. Als ich mich am Eingang noch mal umdrehte, hatte er die Augen geschlossen und genoss die Sonne. Mir war, als könnte ich ihn summen hören.

Es fühlte sich alles falsch an zu Hause. Dass Gertrude hier war, in meiner Küche, dass Jan aufgeräumt und eingekauft hatte, dass das Bett frisch bezogen war, dass es gleich Essen geben würde und Jan nebenbei diese Woche wahrscheinlich fünfzig Stunden gearbeitet hatte.

Mein Vater hat ein zu großes Herz, wollte ich sagen, aber dann ging mir auf, dass ich bislang über den Zustand meines Vaters exakt diese paar Worte wusste, und das fand ich beschämend. Eva kriegt ein Kind, wollte ich sagen, aber Jan war Eva ja nie begegnet. Sogar Chris war für ihn nur ein Name. Ich war mit einem Mann zusammen, der mich nur ohne meinen Bruder kannte, und jetzt saß er hier und schälte einfach so Kartoffeln, als sei nichts. Groll ging auf Jan nieder, kein Sprühregen, eher eine Regendusche. Jan spürte ihn, aber er schüttelte ihn ab, wie ein treuer Hund.

«Da ist so ein cooler Motorradtyp unten im Hof.»

«Das ist Lukas», Jan ließ eine Kartoffel in den Topf gleiten, «der Bruder von Jenni aus dem zweiten Stock.»

Ich stellte den Käfig auf den Tisch.

«Vielleicht fahr ich mal 'ne Runde mit ihm.»

«Super.»

Aus der Grolldusche wurde ein Regenschauer, was fiel ihm eigentlich ein. Jede Auseinandersetzung zu vermeiden. Nie Streit in Sicht. Das ganze Vertrauen. Diese Zweisamkeit, die mich dazu brachte, mich fallen zu lassen, wann immer ich nach Hause kam. Nichts war unsicher oder unklar oder musste noch mal überdacht werden. Es war überhaupt nicht auszuhalten, wie stabil Jans Welt war. Als hätte er alles verstanden und würde nach einem geheimen Plan handeln. Jan tat immer das Richtige.

«Wie stellst du dir das vor, mit dem Vogel?»

Ich zuckte mit den Achseln.

«Haben wir halt jetzt einen Papagei.»

Jan lupfte die Decke, die über der Transportbox lag, und schaute hinein.

«Kann er sprechen?»

Gertrude beobachtete ihn mit gesenktem Kopf. Sie gab ein klackendes Geräusch von sich.

«Sie heißt Gertrude», sagte ich und sprach ihren Namen korrekt englisch aus, Göhrtruhd, wegen Gertrude Stein.

«Wow, ein bilingualer Papagei.»

Ich öffnete die Box und ließ Gertrude raus. Sie flatterte auf meine Schulter und ordnete ihr Gefieder. Gertrude war es nicht gewohnt, so lange in einem kleinen Käfig zu sein, die Reise hatte sie angestrengt. Doch dann erkundete sie die Küche, flog ins Regal, brachte Jans Teekanne zum Wackeln und ließ sich nieder auf der Anrichte, inmitten der Kartoffeln. Sie nahm sich die größte, hielt sie mit ihrer Kralle hoch und pickte kleine Stückchen heraus, die sie jedoch keineswegs verspeiste, sondern in der ganzen Küche verteilte.

Jan ging einen Schritt auf sie zu, rief: «Hey, lass das», und versuchte, ihr die Kartoffel zu entwenden. Da drehte sie sich zu ihm, mit einem Blick voller Verachtung. Gertrude ließ sich nicht ermahnen. Nicht von Jan. Sie flog auf ihn zu und biss ihm herzhaft in die Hand.

Während Jan sich fluchend die blutende Hand verband und Gertrude in ihrem Käfig zeterte, schaute ich nach dem Däumling.

Das Fenster stand weit offen, aber ich roch es sofort, als ich das Schlafzimmer betrat.

Die Schatulle stand noch da. Ich nahm sie hoch und strich über die hübschen Intarsien. Meine Großmutter hatte wirklich ein würdiges Kästchen ausgesucht. Ich öffnete es nur einen Spaltbreit. Sofort verdreifachte sich der Geruch im Raum. Ich würgte, aber ich öffnete das Kästchen weiter.

Der rote Samt war schwarz geworden und glänzte, als sei er nass. Überhaupt hatten sich die Farben in ihr Gegenteil verkehrt. Der helle Däumling lag dunkel und verschrumpelt da, aber aus seinem Inneren kroch es hell hervor. Weiße Maden lebten in ihm, sie wuselten umher, stapelten sich übereinander, untereinander, durcheinander, und sie meinten es nicht böse, aber sie walzten den Däumling aus, er lag ausgestrichen da auf seinem samtenen Bett.

Der Däumling hatte sich gefügt, als die Zeit kam und ihn auf ihre Spur setzte, und er hatte Würmer geboren und sie genährt, und nun war nichts mehr übrig von ihm, und ich war wieder allein. Eine Welle tiefer Enttäuschung stieg in mir hoch, und ich erbrach mich auf das Bett, das Jan frisch bezogen hatte.

«Deine Mutter ist ein Plappermaul», sagte mein Vater am Telefon, und das war eine so offensichtliche Fehleinschätzung, dass ich lachen musste – obwohl mein Vater mir gerade erzählt hatte, dass seine Herzinsuffizienz vom Kardiologen als besonders schwerwiegend eingestuft worden war. Sie hatten ein Echokardiogramm gemacht. Dabei erhascht man durch die Rippenschlitze des Brustkorbs einen Blick auf das Herz. So kann man die Struktur des Organs gut erkennen und sich ein Bild davon machen, wie ordentlich es pumpt. Das Herz meines Vaters pumpte nicht so, wie es sollte. Es hatte Verdickungen.

«Ein dickes Herz passt zu einem dicken Fell», sagte er, und es klang traurig.

Mit keinem Wort erwähnte er die Gemeinde oder die Rolle, die ich darin spielen sollte. Sein Wunsch, ich könne seine Nachfolge antreten, hing zwischen uns in der Leitung, aber wir taten beide so, als wäre nichts.

Wann hatten wir aufgehört, einander zu sagen, was wir uns wünschten? Mein Vater und ich, wir hatten beide einen blinden Fleck, wenn es darum ging, Bedürfnisse zu formulieren. Aber aus unterschiedlichen Gründen. Er zierte sich vielleicht, weil er meine Antwort fürchtete. Aber ich? Bei mir war der blinde Fleck ein großes, schwarzes Nichts, das jedes Mal auftauchte, wenn ich darüber nachdachte, was ich wollte. Ich konnte noch nicht einmal mir selbst gegenüber formulieren, was ich mir für mein

Leben vorstellte. Wie sollte ich es also meinem Vater sagen?

In mir krampfte etwas. Es fühlte sich an, als würde ich einen Hang hinunterrennen, immer schneller, weil die Gravitation mächtiger war als meine Füße. Meine Beine, mein Becken, der ganze Körper beschleunigte, nur ich selbst, ich bremste, aber ich überholte mich, ich taumelte hinunter.

Früher, wenn ich eine Düne runterrannte und die Kontrolle verlor, wartete mein Vater unten auf mich, er breitete die Arme aus und fing mich auf, und ich ließ mich hineinsinken. Kein Ort konnte mich fester mit Liebe umschließen als die Arme meines Vaters. Jetzt hatte ich das Gefühl, ich müsste diejenige sein, die unten am Hang wartet.

«Ich übernehme heute eine Beerdigung», sagte ich, und das erheiterte ihn sofort. Erst recht, als er erfuhr, dass ich eine verweste tote Maus beerdigen würde, die wir im Schlafzimmer gefunden hatten. Ich erzählte ihm sogar, dass ich sie in die Schmuckschatulle von Oma gelegt hatte, und das gefiel meinem Vater sehr. Aber ich verschwieg, dass der Däumling in Wahrheit von mir ins Haus geholt worden war, um mir als Schwebende im luftleeren Raum Gesellschaft zu leisten.

Wenig später fuhr ich mit dem Fahrrad in Jans Garten, den Däumling gut verpackt im Rucksack. Ich hatte Kerzen dabei und einen kleinen Blumenkranz und einen Zettel mit einer kurzen Grabrede.

Jan, der nicht ganz bei sich war, seitdem wir die Wohnung mit Gertrude teilten, weigerte sich, mich zu begleiten. Er war verärgert, weil ich ihn nicht über den toten Mitbewohner informiert hatte. Ich musste zugeben, dass es im Nachhinein keine so gute Idee gewesen war, die Schatulle an den sonnigsten Platz in der ganzen Wohnung zu stellen. Aber dass Jan sich jetzt ganz dem Abschied entzog, fand ich kleinlich.

Als ich am Eingang der Gartenfreunde e.V. ankam, stieg ich vom Rad und schob es über die schmalen, ordentlichen Pfade zur Parzelle 16. Am Vereinsheim links und dann ganz durch bis zum Ende. Oder vorher noch mal abbiegen? Ich war noch nie allein im Schrebergarten gewesen. Ich hatte das Gefühl, dass ich hier nichts zu suchen hatte, wenn Jan nicht da war.

Eingesäumt von hohen Koniferen, dieser Pfad musste es sein. Die linken und rechten Nachbarn hatten offenbar kein Interesse an Kontakt zu anderen Gartenfreunden, sie hatten das Nadelgehölz exakt so hoch wachsen lassen, wie es die Vereinsordnung erlaubte. Jans Garten war die letzte Parzelle auf der rechten Seite. Ich öffnete das kleine Tor und betrat ein blühendes, vor Leben strotzendes Stück Erde.

Jan empfand es als Lebensaufgabe, den Garten urbar zu machen, jedes Jahr aufs Neue. Er grub, er hackte, er pflügte und säte, dann wässerte er und erntete, und dann grub er wieder und hackte und pflügte und säte. Unter seinen Händen verwandelte die kleine Parzelle sich in ein prosperierendes Paradies.

Auf gerade mal hundertfünfzig Quadratmetern herrschte Jan über den gesamten Zyklus des Lebens. Genau das Richtige für Geschöpfe, die zwischen Himmel und Erde schweben, dachte ich und stellte mein Rad ab.

Im Schuppen waren Gartengerätschaften aller Art untergebracht. Ich fand auf Anhieb, was ich brauchte, eine kleine Schaufel und einen Eimer. Sofort machte ich mich auf die Suche nach einer geeigneten Ruhestätte.

Der Däumling brauchte einen ruhigen, schattigen Platz, vielleicht unter einem schönen Strauch. Aber der Garten sah anders aus als in meiner Erinnerung. Die Sträucher standen angepflanzt nebeneinander, exakt im gleichen Abstand. Sie waren säuberlich gestutzt, damit sie in die richtige Form wuchsen. Eine der Rosenhecken hatte ein Plastikgerüst, weil sie nicht alleine stehen konnte. An einer Forsythie hing noch das verwitterte Preisschild des Garten-Centers, 24,99 €.

Der Zyklus des Lebens entfaltete sich hier nicht ohne weltliches Zutun. War das überhaupt echte Natur, wenn die Hälfte von dem, was hier wuchs, aus der Pflanzenabteilung von OBI stammte? Enttäuscht setzte ich mich auf den Rasen. Warum hatte ich das vorher nie bemerkt? Dieser Ort hatte nichts Magisches. Ich hörte die Autobahn, die nur wenige Meter hinter der Hecke entlangführte, und roch die Stadt. Ich nahm das Schmuckkästchen aus meiner Tasche, die Kerzen, den kleinen Blumenkranz. Sie sahen nach Spielzeug aus. Wie die Utensilien eines Kindes, das Erwachsene nachahmt.

Eine heiße Welle Peinlichkeit durchspülte meinen Körper. Das Gefühl hätte nicht größer sein können, wenn ich nackt im Vereinsheim auf dem Tisch getanzt hätte. Hier saß ich, mitten in einem kleinen, spießigen Schrebergarten, und dachte, ich könnte mit den sterblichen Überresten eines Nagers und ein paar Pflanzen aus dem Gartencenter eine Verbindung zum Allerhöchsten aufbauen.

«Wen willst du beerdigen?», fragte jemand, und am Gartentor stand ein hochgeschossener Junge, kein Kind mehr, aber bei Weitem noch kein Mann. Er hatte blondes Chaos auf dem Kopf, Haare, die schon lange keinen Kamm mehr gesehen hatten.

Der Junge zeigte auf das Schmuckkästchen und die Kerzen. «Deinen Hamster?»

«Meine Maus», sagte ich, und der Junge nickte nachdenklich.

«Meine Zwergkaninchen liegen alle hier. Wir haben den Garten nebenan.»

Langsam ebbte die Beschämung ab.

«Soll ich dir helfen?» Er wartete meine Antwort gar nicht ab, sondern öffnete das Gartentor und kam zu mir.

«Adam», sagte er und legte sich die Hand auf die Brust, als ob wir verschiedenen Stämmen angehörten.

«Elke», sagte ich und imitierte die Geste.

Adam ging durch den Garten und sah sich um. Er hatte die Ungelenkigkeit, die sich mit siebzehn nach Ausnahme anfühlt, aber eigentlich die Regel ist. Seine Stirn war voller Pickel. Ich mochte ihn.

«Der Rhododendron ist gut», sagte er.

Ich folgte seinem Blick und sah sofort, dass er recht hatte. Der Strauch blühte nicht mehr, aber er war üppig. Er hatte bereits für nächstes Jahr Knospen gebildet, und er stand stolz und voll in einer ruhigen Ecke des Gartens.

Ich stocherte mit der Schaufel in der Erde herum, die den Rhododendron umgab. Sie war grobkörnig und trocken, aber fruchtbar, hier und da kringelten sich Regenwürmer hindurch.

«Perfekt», sagte ich und hob die Grabstelle aus.

Wir legten die Schatulle vorsichtig hinein, ich schüttete die Erde aus dem Eimer zurück auf den Sarg, und Adam entzündete die Kerzen. Den Blumenkranz legte ich auf den kleinen Grabhügel. Er war schon ganz schlapp geworden.

«Möchtest du noch etwas sagen?», fragte Adam, und

ich dachte an den Zettel in meinem Rucksack mit der Grabrede. Sie passte nicht mehr.

«Er hieß Däumling», sagte ich nur, und dann: «Mach's gut, mein Freund.»

«Gute Reise, Däumling», sagte Adam.

Eine Libelle ließ sich auf der frischen Erde nieder und ordnete ihre hauchdünnen Flügel. Der kleine Körper schimmerte. Ich ging in die Hocke, damit ich sie genauer betrachten konnte. Sie war wunderschön. Meine Nähe beeindruckte sie nicht, sie hatte keine Angst vor mir. Langsam breitete sie ihre Flügel aus. Ich sah die feine Maserung, ein Geflecht aus zarten Linien. Als die Flügel das Licht der Sonne einfingen, leuchteten sie auf. Sie funkelten plötzlich, in Blau, in Gelb, in Rot und in Grün. Für einen kurzen Moment machten sie das Licht sichtbar, dann erhob sich die Libelle und flog davon.

Wir standen am Grab und schwiegen noch ein paar Minuten.

Es war eine schöne Beerdigung.

11

In der Woche darauf fuhr ich zufällig an der St. Johannis-Kirche vorbei, meiner Studentengemeinde, und wollte kurz hinein. Aber als ich den Eingang erreichte, spiegelte sich in der Glastür eine Gestalt, die ich nicht wiedererkannte. Sie sah aus wie ich, aber sie war mir so fremd, als wäre sie aus einer anderen Dimension. Ich konnte keinen Schritt weiter gehen. Es war unmöglich, die Kirche zu betreten. Erschrocken radelte ich nach Hause und erzählte Jan davon.

«Raum und Zeit können sich nicht einfach so verschieben», sagte Jan umsichtig, und er war ja der Astronomie-Experte. Aber mir war so was schon mal passiert, nur war es damals ein Geschenk gewesen. Ein Zeichen dafür, dass sich in meinem Leben etwas ereignet hatte, das alles veränderte.

Es geschah beim Abwaschen. Meine Mitbewohnerin kratzte angebackene Nudeln aus der Auflaufform und fragte, was mit den Tassen sei. Ich stand im Nachthemd in der Küche und trocknete mechanisch ab, was sie wusch. Der Gin Tonic, den ich gestern reichlich in meinen Körper hineingegossen hatte, vernebelte meinen Kopf. Die Sonne stand hoch am Himmel, aber für mich war es frühmorgens. Ich blickte auf die Anrichte.

Sie waren wirklich da.

Zwei Becher, der Kaffeesatz noch gut erkennbar.

Sie waren der Beweis, dass es wirklich geschehen war. Ich sah die Tassen, und wieder Locken, die ins Gesicht fallen, ein Lächeln, eine Berührung am Arm. Mir war, als würden Vergangenheit, Gegenwart und Zukunft zusammenfallen, in diesem einen Moment. Kurz bevor die Sonne aufging, hatte ich in dieser Küche gesessen und Kaffee getrunken, mit einem Mann, der sich anfühlte, als sei er schon immer da gewesen. Einem Mann, der nicht mehr wegzudenken war und den ich auf der Stelle anrufen wollte, um unsere Zukunft zu beginnen und mich dafür zu bedanken, dass er mich nach seiner Schicht im Bolscha Wika nach Hause gebracht, mein Haar über der Kloschüssel zurückgehalten und mir in meiner eigenen Küche einen Kaffee gekocht hatte.

Heute hatte Jan keinen Sinn für die Verschiebung von Zeit und Raum. Er sagte nicht, dass er mir nicht glaube, aber, so formulierte er vorsichtig, vielleicht sei es eher eine Verschiebung meiner Wahrnehmung gewesen, die dazu geführt habe, dass ich die Kirche nicht habe betreten können. Er bestritt, dass das eine höfliche Ausdrucksweise sei für «das bildest du dir ein», und da giftete ich, ich könne ihm ja gar nicht beweisen, dass ich recht hätte, weil er sich schließlich weigere, mit mir in die Kirche zu gehen.

Jan hielt überrascht inne und sah mich an. «Wenn du willst, gehen wir zusammen hin, gleich am Sonntag.»

Es gab zwei Bereiche in unserer Beziehung, die sich so gut wie nie überlappten: Kirche und Kleingarten. So wenig, wie ich die Gartenfreunde e. V. mochte, wollte Jan Teil meiner Gemeinde sein. Ich konnte verstehen, dass Jan sich fürs Gärtnern begeisterte, aber warum er das im Kleingartenverein machen musste, war mir schleierhaft. Wir hatten einen kleinen Balkon, auf dem bestimmt auch ein paar Pflanzen gediehen. Stattdessen ließ er sich von dem Verein diktieren, wie sein Garten zu pflegen war. Ich empfand das als bevormundend. Als würden sie ihm vorschreiben, wie er zu leben hatte.

Kommt mir irgendwie bekannt vor, konterte Jan dann, ist das in deinem Verein nicht ganz ähnlich?

Mich ärgerte das, weil es nicht ganz falsch war. Ich erwiderte dann, dass die Johanniskirche mir wenigstens noch nie mit Rauswurf gedroht hatte, weil ich den Rasen nicht rechtzeitig gemäht hatte. Und immerhin begleitete ich ihn ab und zu in den Garten. Jan hingegen hatte noch nie einen Gottesdienst mit mir besucht. Die Leute in der Gemeinde zogen mich mit meinem Phantom-Freund auf, von dem ich immer sprach, aber den ich nie mitbrachte. Für Jans Gartenfreunde war ich ähnlich unsichtbar. Wir führten innerhalb unseres gemeinsamen Lebens zwei voneinander getrennte Existenzen, die sich nie berührten.

Bis heute.

«Du und ich in der Kirche, was soll das denn bringen», sagte ich.

Jan zuckte mit den Achseln und setzte Wasser auf für Tee.

«War ja nur eine Idee. Um dir ... einen Schubs zu geben.»

Ich stellte mir vor, wie Jan mich durch das Raum-Zeit-Loch auf dem Kirchenparkplatz durch die Tür in die Kirche schubste, und musste unwillkürlich grinsen.

Jan nahm zwei Tassen und hängte Teebeutel rein. Es waren die beiden Tassen aus meiner alten WG. Ich hatte sie meiner Mitbewohnerin abgeschwatzt, als ich zu Jan zog.

«Wenn's dir hilft, komm ich jedenfalls gerne mit», sagte Jan und goss das brodelnde Wasser in die Tassen.

Er setzte sich zu mir, seine Locken fielen ihm ins

Gesicht, und er berührte kurz meinen Arm. Ich nahm den dampfenden Tee entgegen.

«Du weißt, dass du dann beten musst? Und singen?»

Er lachte. «Wenn es einen Gott gibt, wird er verhindern, dass ich singe.»

Ich wollte Jan nicht gleich unter die Nase reiben, wie sehr ich mich über sein Angebot freute. Aber zum ersten Mal seit langer Zeit hatte ich das Gefühl, dass vielleicht alles gut werden könnte.

Der Typ mit dem Motorrad, Lukas, fühlte sich offenbar wohl in unserem Innenhof. Es kümmerte ihn überhaupt nicht, dass die Bank den drei Müttern gehörte. Wenn sie bewaffnet mit Spielzeug, Wickeltaschen und Rotbuschtee ihren Platz beanspruchten, blinzelte er die Damen freundlich an und lud sie ein, sich zu ihm zu setzen. Sie blickten verächtlich auf den halb vollen Aschenbecher, hoben ihre Kleinkinder hoch und zogen ab.

Ich machte mir in Ruhe einen Kaffee, rückte zu ihm auf die Sonneninsel und scrollte mich durch die Seiten der Jobagentur. Ich brauchte so schnell wie möglich eine Alternative zu dem Pastorenamt meines Vaters, und zwar eine richtig gute. Dann wäre mir einfach das Leben dazwischengekommen, wie es so oft passiert, schade, kann man nichts machen. Allerdings taugten die Seiten der Jobagentur kaum als Inspirationsquelle. Die Angebote für quereinsteigende Theologinnen lasen sich wie absurdes Theater.

Lukas tat nichts. Ihm schien es vollkommen auszureichen, in der Sonne zu sitzen und hin und wieder eine Zigarette zu rauchen. Sein Motorrad parkte neben ihm, tadellos rastend.

«Wartest du auf etwas?», fragte ich.

«Auf den Tod. Aber bis dahin lebe ich noch ein bisschen.»

Ich verdrehte die Augen, gerade so, dass er es nicht sehen konnte, aber vielleicht sah er es doch.

Er kramte ein bedrucktes Papier hervor.

«Eigentlich warte ich auf die Todeswand.» Er gab mir das gefaltete Blatt. «Sie kommt in ein paar Tagen.»

Ich strich den Flyer glatt. *Motodrom*, las ich, *die gefährlichste reisende Steilwand der Welt. Besuchen Sie die Akrobat-Fahrer in der Todeswand!* Darunter ein Bild, an dem nichts stimmte. Es zeigte eine steile Wand aus Holz. Darauf, etliche Meter über dem Boden, fuhr ein Motorrad. Oben, wo die Steilwand endete, waren Zuschauer zu sehen, die johlten und klatschten. Wie Putten auf einer Wolke hingen sie über dem Holzrand und guckten auf das Motorrad, das zu schweben schien, als ob es keine Schwerkraft gäbe. Es entzog sich der Ordnung der Dinge, einfach so.

Ich sah mir den Fahrer genauer an, er stand auf dem Motorrad und reckte die Arme in die Höhe. Es war Lukas.

«Sieht gefährlich aus», sagte ich.

«Ist es auch. Man will ihn ja spüren.»

«Wen?»

«Na, den Tod. Der fährt immer mit.»

Er legte die Arme in den Nacken, wandte sein Gesicht der Sonne zu und schloss die Augen. Er roch nach Mandelseife.

Zu Beginn unserer Beziehung hat Jan mich mal gefragt, ob ein Gottesdienst Eintritt kostet. Er ist konfessionslos aufgewachsen, weder getauft noch konfirmiert. «Man zahlt erst während der Vorstellung», hatte ich geantwortet, «es geht eine Art Hut rum.» Jetzt freute er sich auf unseren Kirchenbesuch, als würden wir einen neuen Club ausprobieren oder eine extravagante Ausstellung besuchen.

Aber seine Aufregung steckte mich an. Schon Tage vorher spürte ich ein Prickeln, das immer stärker wurde. Wie Lampenfieber. Es war Vorfreude, gemischt mit einer kleinen Gefahr. Ich musste es nur über die Schwelle der Johanniskirche schaffen. Dann würde alles sich zum Guten wenden.

Als ich am Sonntagmorgen aufwachte, war das Lampenfieber überall. Ich nahm jeden elektrischen Impuls meines zentralen Nervensystems wahr. Es fühlte sich gut an, so gut, dass ich noch einen Moment liegen blieb, um das Kribbeln auszukosten. Heute Abend schon könnte ich Gott wieder parat haben, und morgen würde ich Gert anrufen und ihn fragen, ob ich wiederkommen dürfe, und alles wäre wie immer.

Ich zog ein Kleid an, das sich mit kleinen weißen Knöpfen bis zum Hals hoch schließen ließ. Eine unschuldige Reihe in Perlmutt, die sich über der Brust wölbte. Sie betonte subtil, dass sie nicht nur zuknöpfen, sondern auch freilegen konnte. Das Kleid gab mir das Gefühl, gleichzeitig züchtig und verrucht zu sein.

Jan hatte schon Kaffee gekocht und sich den Anzug angezogen, den er immer anhatte, wenn er wichtige Kunden zum ersten Mal besuchte. Buchten sie ihn, kriegten sie ihn danach nur noch in Jeans und Pulli zu sehen.

Ich öffnete den Käfig, den ich für Gertrude gekauft hatte und der ein Großteil der Küche ausfüllte. Er hatte mich ein Vermögen gekostet, nicht nur finanziell. Jan sah die Küche in jeder Hinsicht als seine Wirkungsstätte an. Dass er diesen Raum mit einem Vogel teilen musste, gefiel ihm nicht. Sobald wir zu dritt in der Küche waren, spürte ich ein Ungleichgewicht. Ich musste mich immer entweder auf die eine oder auf die andere Seite schlagen.

Einmal verschanzte Gertrude sich auf dem Küchenschrank, wartete, bis sie Jans volle Aufmerksamkeit hatte, und warf dann gezielt mit ihrer Kralle Espressotassen hinunter, die auf dem Boden zersprangen. Seitdem ließ ich sie nur noch hinaus, wenn Jan nicht im Raum war.

Heute war sie vergleichsweise friedlich. Sie ließ sich kurz von mir kraulen und zog sich dann zurück auf ihre Stange. Ich nippte an meinem Kaffee und begutachtete, wie sich Jans Anzugshose am Hintern spannte. Ich fühlte mich, als gingen wir zu einer Hochzeit. Sogar hohe Schuhe trug ich.

Als wir den Innenhof durchschritten, in vollem Ornat, sah ich Lukas an seiner Maschine schrauben. Er hob kurz die Hand, und plötzlich war es mir unangenehm, dass wir uns so herausgeputzt hatten.

Wir teilten uns die Bahn mit ein paar Übriggebliebenen der Nacht. Sonntagfrüh in der Bahn, da ist man entweder auf dem Weg in die Kirche oder ins Bett. Das Paar, das uns gegenübersaß, hatte diese Frage eindeutig geklärt, sie verschlangen sich bereits. Ich sah interessiert zu, wie Körper sich aneinanderpressten, Zungen aufblitzten, Beine und Arme sich wanden. Sie waren bestimmt zehn Jahre älter als Jan und ich. Sein dunkles Haar war leicht fettig, ihre Wimperntusche zerkrümelte auf ihren Wangen. Es ging eine aufregende Vertrautheit von ihnen aus. Sie seufzte, er flüsterte ihr etwas ins Ohr, sie schloss die Augen und rieb ihre Wange an seinen Bart. Ich konnte die Sehnsucht fast riechen.

«Müssen wir hier nicht raus?», fragte Jan, aber ich konnte nicht aufhören hinzusehen. Er hatte jetzt seine großen Hände um ihre Schultern gelegt, drückte sie mit seinem ganzen Gewicht seitlich in den Sitz, aber nicht, um sich ihr aufzuzwingen, nein, er krallte sich fest, an ihr, an den Moment, an diese eine Nähe, die offenbar nur jetzt bestand. Er verankert sich, dachte ich, und bevor Jan mich hochriss und aus der Tür auf die Straße schob, sah ich noch, wie sie seinen Kopf in ihre Hände nahm, er lächelte sie an, und es war das traurigste Lächeln, das ich seit Langem gesehen hatte.

Als wir die Kirche erreichten, verlor ich allen Mut. Immer noch prickelte mein ganzer Körper, aber es fühlte sich längst nicht mehr gut an. Die Vorfreude war verschwunden, die kleine Gefahr hingegen hatte sich aufgeblasen und war so ausladend geworden, dass sie mich vollkommen ausfüllte. Das Geläut der Glocken war eindringlicher als sonst, es dröhnte über den Kirchenvorplatz. Ich blickte nach oben. Dunkel und mächtig schwangen die beiden Glocken hin und her. Mir war nie zuvor aufgefallen, wie aggressiv das klang. Es lud nicht ein, es lockte nicht, sondern es brüllte mich an: *Komm! Jetzt! Rein!*

Die gläserne Eingangstür der Kirche stand weit offen. Ein Schlund, der Gemeindemitglieder schluckte.

Ich konnte mich keinen Zentimeter von der Stelle bewegen. Jan blieb auch stehen und sah sich um zu mir.

«Geht es?»

«Noch nicht», sagte ich. Es waren vielleicht sechs Meter zum Eingang, aber es hätten genauso gut sechshundert oder sechstausend sein können.

Ich sah mich um, auf dem Kirchenvorplatz herrschte reger Betrieb. Manche hasteten hinein, andere standen noch draußen, lachten und erzählten oder rauchten schnell eine Zigarette. Als die Leute mich bemerkten, wurde gewunken, gezeigt, gerufen. Ich kannte fast jeden.

«Elke ist da», hörte ich es raunen, und da wollte ich mich am liebsten auflösen, mich einfach geschlagen geben, so wie der Däumling, oder mich verwandeln in etwas, das nicht greifbar wäre.

Aber es war zu spät. Melanie kam auf mich zu und übergoss mich mit Gemeindetratsch. Als sie bemerkte, dass ich nicht allein war, riss sie die Augen auf und jubelte: «Elke ist mit Freund da!»

Jan schwieg höflich, was kein gutes Zeichen ist, und ich rettete uns rüber zu Jens und Andreas, auf die ich mich am meisten gefreut hatte.

Andreas drückte meinen Arm und strahlte: «Das ist er also!»

«Das bin ich also», sagte Jan.

Jens nahm mich in den Arm. «Schön, dass du ihn mal mitgebracht hast.» Am liebsten wollte ich rufen, dass nichts schön war, dass ich ein ernstes Raum-Zeit-Problem hatte, dass Gott mir abhandengekommen war und dass Jan nie mitkäme, wenn ich einfach normal wäre. Aber ich drückte ihn nur an mich und nahm ihm das Versprechen ab, dass Andreas und er bald auf einen Wein vorbeikämen.

Sandra kam dazu, sie musterte erst Jan, dann mich.

«Es gibt ihn also wirklich», sagte sie, und dann, etwas vorsichtiger, «oder ist er neu?»

«Ich bin nicht neu», sagte Jan.

Als der Platz sich endlich leerte, sah Jan aus, als habe er die Nacht durchgefeiert.

Durch die Tür blickte ich hinein in die Kirche, ich konnte sehen, dass sie schon voll besetzt war. Mein ganzer Körper war in Alarmbereitschaft.

«Du schaffst das schon», sagte Jan, «wenn ich das schaffe, dann du erst recht.»

Er ging vor und streckte mir die Hand entgegen. Eine Locke hatte sich aus dem Zopf gelöst, den er sich gebunden hatte. Sie sprang von seinem Kopf ab, als hätte sie soeben den Startschuss gehört. Ich nahm seine Hand und ging ein paar Schritte. Immerhin, die Tür kam näher. Ich schien mich im gleichen Universum zu befinden wie die Kirche. Ich holte tief Luft, dann ließ ich Jans Hand los und ging hinein.

Nur noch ganz hinten waren ein paar Bänke frei. Wir setzten uns in die letzte Reihe, und ich atmete auf. Ich mochte die Schnörkellosigkeit des Raums, die Konzentration auf das Wesentliche. Schlichte hellbraune Bänke und ein Redepult als Kanzel. Der Altar war ein Tisch von Ikea, abgedeckt mit einer weißen Tischdecke, die bis zum Boden reichte.

Als einzigen Ausdruck von Dekadenz erlaubte sich die Johanniskirche eine opulente Deckenbeleuchtung. Kleine Lampen erhellten den gesamten Raum wie Sterne am Firmament. Auch die Kirche meines Vaters hatte extremen Lampenüberschuss. Chris und ich hatten sie immer gezählt, während mein Vater predigte. Sonntag für Sonntag, eine ganze Kindheit lang, zählten wir siebenundsechzig Lampen.

Die Orgel setzte ein, und Christiane, die Pastorin, trat vor. In ihrem schwarzen Talar sah sie mächtig aus.

«Müssen wir nicht aufstehen oder so etwas?», murmelte Jan.

«Das macht man nur bei den Katholiken», flüsterte ich, «bei uns bleibt man sitzen.»

Ich ließ meinen Blick schweifen über die Köpfe vor uns, die Orgel stimmte den ersten Psalm an, und ich musste an das Paar denken, das ich in der Bahn beobachtet hatte.

Wie sie durch die Stadt fuhren, um den Moment festzuhalten. Irgendwann müssten sie aussteigen, ein letzter Kuss, ein letzter Blick, und dann machten sie weiter wie immer.

Ich sah das Redepult und den Ikea -Tisch und die Kerze, die tropfte, bestimmt waren schon Wachsflecken auf der Decke, die man rausbügeln musste. Ich blickte nach oben. Heute fiel mir zum ersten Mal auf, dass die Lampen eher aussahen wie die Deckenstrahler, die wir im Bad haben. Dieser Ort war so erhaben wie Jans und meine Dachgeschosswohnung.

Hier bin ich doch, dachte ich, ich lebe doch das verdammte Leben. Ich brauchte nicht gleich eine Gotteserscheinung, aber war es denn zu viel verlangt, einfach mal ein Zeichen zu erhalten, ein Signal, dass ich nicht allein bin, dass Gott da ist?

Aber da war nur fahles Licht aus Deckenstrahlern.

Mir fiel Hiob ein, der jede neue Prüfung ertrug, im Glauben, dass Gott ihn nie verlassen würde. Aber Gott war noch nicht mal im schlimmsten Elend für ihn da. Er hatte hinter den Kulissen eine Wette mit Satan abgeschlossen, ob Hiob vom Glauben abzubringen sei. Eine Wette! Auf den Glauben eines Menschen! Zorn stieg in mir hoch.

Klar, Hiob hatte am Ende bestanden. Er bekam zurück, was er verloren hatte. Aber was nützte es, erst im Nachhinein zu erfahren, dass Gott einem niemals von der Seite wich? Brauchte man nicht im Hier und Jetzt das Gefühl, dass jemand seine Arme um einen legt und einen trägt und alles leichter wird?

Sieh doch, wollte ich rufen, ich bin zu Dir gekommen, jetzt komm gefälligst und tröste mich und trag mich für eine Weile.

Aber Christiane las mit schriller Stimme einen Text,

der mich nicht erreichte, die Deckenstrahler leuchteten grell, und die Gemeinde sang asynchron.

Ich biss die Zähne zusammen, unter keinen Umständen sang ich jetzt mit. Ich spürte, wie Groll aus jeder Pore meiner Haut drang, wie er mit Wucht niederging auf die Bänke vor mir, es war kein Sprühregen, keine Regendusche, kein Schauer, nein, es war ein Naturereignis, ein Monsun, der sich entlud.

Jan merkte, wie mein Körper sich spannte, und legte seine Hand in meinen Nacken. Er streichelte die kleinen Härchen, und ich blickte ihn an und sah, wie er ganz gedankenverloren in das Gesangbuch schaute, fest entschlossen, etwas zu finden, was er mögen könnte. Er hatte die Locke, die sich verselbstständigt hatte, hinters Ohr geklemmt, und das sah so appetitlich aus, dass ich mich zu ihm beugte und ihm einen Kuss aufs Ohr hauchte, ein kleiner, ganz zart, aber mit Zunge. Er lächelte, und der elektrische Impuls war plötzlich wieder da, das Prickeln. Vorfreude, gemischt mit einer kleinen Gefahr.

Ich blickte mich um, hinter uns war nur die Wand, vor uns sah ich Hinterköpfe.

Von Gott jedenfalls keine Spur.

Da nahm ich Jan das Gesangbuch aus der Hand und legte es ihm aufgeklappt in den Schoß. Als meine Hand darunter verschwand und seine Hose öffnete, jagten gleich mehrere elektrische Impulse durch meinen Körper.

Jan blickte mich an, als hätte er einen Geist gesehen, und seine Bestürzung erregte mich noch mehr. Ich legte meine Hand um seinen Penis, er wurde sofort hart, und da öffnete ich den Mund und sang aus vollem Halse mit, den Psalm vom Hirten, der mich lagert auf grünen Auen.

Nach dem Gottesdienst gingen wir ins Gemeindehaus, Ulrike stellte kleine weiße Tassen ab und Thermoskannen, Sabine platzierte Kekssteller. Jan schwitzte leicht.

«Müssen wir jetzt echt noch Kaffee trinken?», fragte er, aber ich rieb meine klebrigen Hände ab, schenkte ihm Kaffee ein und fühlte mich unbesiegbar.

In der Bahn, auf dem Rückweg, schwiegen wir. Jan war immer höflicher geworden, ein untrügliches Zeichen, dass er wirklich sauer war. Jetzt checkte er seine Mails, scrollte sich durch Nachrichten, tippte etwas in sein Telefon und blickte aus dem Fenster, wo die Stadt vorbeizog. Der Wagen war leer. Zwischen uns war mindestens ein Meter Platz, ein toter Raum, gefüllt mit Schuld und Schweiß und Sperma. Ich wagte mich vor in die Sperrzone und legte meine Hand auf sein Knie, aber Jan schob sie weg.

«Ich weiß nicht genau, wem du eins auswischen wolltest, aber das war echt schäbig», sagte er.

Und ich schmollte, weil er, wie immer, recht hatte.

12

An mir passt eigentlich nichts zusammen. Als meine Mutter mit Chris schwanger war, wurden aus dem Genpool meiner Eltern die besten Teile rausgefischt, gerade Nase, seidenes Haar, das Gesicht vollkommen symmetrisch. Eine erhabene Kombination. Zwei Jahre später, als ich herausgeangelt werden musste, waren nur noch Reste übrig. Lange Arme, breiter Mund, große Füße. Man musste schon etwas länger hinsehen, um mich schön zu finden.

Mich machte es trotzdem nervös, wenn mich Leute lange ansahen.

«Hab ich da was?», fragte ich, als Lukas zum wiederholten Mal sein Nichtstun unterbrach, um mich beim Kaffeetrinken zu betrachten.

«Du suchst doch einen Job.»

«Das geht dich gar nichts an», sagte ich, aber dann fiel mir ein, dass die Frage eigentlich gar nicht so privat war, wie sie sich anfühlte. Außerdem hatte er mich seit Tagen durch die Seiten der Jobagentur scrollen sehen. «Ich such nur was für den Übergang», fügte ich hinzu. Das klang erst mal gut, obwohl ich keine Ahnung hatte, wohin ich übergehen wollte.

«Ich wüsste was. An der Steilwand.»

«Kirmes, nee, so was nicht.»

«O. k.», sagte er und setzte das Nichtstun fort.

Am nächsten Tag, als ich zur Sonneninsel kam, hatten die drei Mütter sich dort breitgemacht. Lukas schob gerade seine Maschine über den Innenhof in Richtung Straße.

«Letzte Chance», sagte er, «die Wand ist heute Nacht angekommen.»

Er klopfte auffordernd auf seine Harley, als ob ich mich einfach so hinten aufschwingen würde. Ich betrachtete Lukas, die mächtige Statur, den wachen Blick. Wenn man sich schon an jemandem festkrallen muss, um nicht aus der Kurve zu fliegen, dann an so einem.

Ich nahm den Helm entgegen, kletterte umständlich auf den Sitz und fasste Lukas vorsichtig in die Seite. Er fühlte sich fest an.

Am Motorradfahren war nichts Hartes, Brutales. Im Gegenteil. Wir segelten ruhig und stetig über die Straßen. Die schwere Harley trug uns geduldig, sie trieb mit ihrem Eigengewicht voran, als folgte sie einer unsichtbaren Schnur.

Häuser zogen vorbei, Passanten, parkende Autos am Straßenrand. Ein Mann lief barfuß über den Bürgersteig, zwei Frauen lachten, die Sonne stand tief. Ich hatte die Stadt selten so friedlich erlebt.

Wir verließen die großen Straßen und fuhren durch Vororte, die noch nicht entschieden hatten, wohin sie gehörten. Über den Feldern spannten sich Strommasten, am Horizont rauchten Chemiewerke, aber es roch nach Gras und Mais. Neben uns liefen Bahngleise, vollkommen parallel zur Straße, kilometerweit. Als hätte alles immer dasselbe Ziel, und wir unterschieden uns nur in der Art und Weise, wie wir es erreichten.

Plötzlich spürte ich Spannung in Lukas' Körper, ich hörte, wie er den Motor beschleunigte, und bemerkte den Wind, der sich an uns vorbeidrängte. Ich nahm ein leises

Rattern hinter mir wahr, das rasch lauter wurde. Es war ein Güterzug, der sich näherte, als verfolgte er uns. Lukas beschleunigte, aber der Zug war schon so nah, dass ich die Front deutlich erkennen konnte. Oben im Führerhäuschen saß ein Mann mit einem rheinischen Schnauzbart. Lukas ließ den Motor aufheulen, wir wurden schneller. Ich krallte mich fest und überlegte, was Christiane in meiner Trauerrede sagen würde, wenn ich jetzt aus der Kurve flöge: Liebe Gemeinde, Elke wurde vor ihrer Zeit zu Gott gerufen, weil sie einfach zu bescheuert war, ordentlich auf ihr Leben aufzupassen. Lasst uns dafür beten, dass wir klüger sind als sie.

Jetzt beschleunigte auch der Güterzug, der Schnauzbart nahm die Herausforderung an. Es ratterte ohrenbetäubend hinter mir, aber Lukas beeindruckte das nicht. Sein Rücken in dem schwarzen Leder beugte sich leicht nach vorn, ich spürte die Muskelspannung, aber auch eine ruhige, gelassene Konzentration.

Der Zug zog gleich, und wir fuhren nebeneinanderher, als wäre es abgesprochen. Es war kein Wettrennen, sondern eine Choreografie. Lukas flirtete mit dem Güterzug. Er drosselte das Tempo, der Zug passte sich an, wir bewegten uns exakt auf gleicher Höhe.

An der Seite des Triebfahrzeugs, direkt neben mir, prangte ein Graffito. Ein simpler, schwarzer Kreis, der stetig auf meiner Höhe blieb und auf mich wirkte wie eine Einladung zu einem anderen Universum.

Wir fuhren auf eine Kurve zu, in wenigen Metern würden Straße und Schiene sich trennen. Der Schnauzbart hob die Hand zum Gruß, Lukas grüßte zurück, und der Güterzug donnerte davon. In der Kurve neigte Lukas sich sanft zur Seite, ich neigte mich mit und fühlte mich vollständig aufgehoben.

Auf einem riesigen, offenen Gelände, mitten im Nirgendwo, standen zwei Sattelzüge und ein kleiner Lkw. Ich hatte mir vorgestellt, dass die Wand als Ganzes transportiert würde, als Schwertransport auf der Autobahn oder auf einem Frachtschiff den Rhein entlang. Aber es waren einfach nur Bretter. Eine enorme Ladung an Holzbrettern, die offenbar zusammengebaut werden mussten. Ikea-Bausatz für Fortgeschrittene: 25 Tonnen Pfosten, Gatter, Latten, Bohlen, Bretter, Bolzen – und als einziges Hilfswerkzeug ein Flaschenzug.

Ein paar muskelbepackte Männer luden aus. Sie bewegten sich leicht, als könnten sie ohne jede Anstrengung ganze Wildschweine tragen. Mittendrin stand eine Frau mit kurzen dunklen Haaren, nicht minder durchtrainiert, breitbeinig, mit verschränkten Armen und prüfendem Blick. Die Männer richteten sich nach ihr aus, sie umrundeten sie, mal links vorbei, mal rechts vorbei. Ein minimales Kopfnicken von ihr reichte, um zu bestimmen, auf welchen Stapel die Bretter gehörten. Als sie uns bemerkte, schritt sie langsam auf uns zu, sah Lukas eine Weile schweigend an und drückte ihn dann einmal fest. Lukas, zwei Meter groß, ließ sich mit einem Blick und einer Umarmung zerquetschen. Als sie sich mir zuwandte, hatte ich ein bisschen Angst vor ihr.

«Kari», sagte sie. «Keine Ahnung, wo Lukas dich aufgegabelt hat, aber wenn du willst, kannst du sofort anfangen.»

Sie ließ ihren Blick über meinen Körper gleiten. Es war eine Art Muskeldetektionsblick, der in ihrem Gehirn wahrscheinlich gerade Alarmstufe Rot auslöste. Meine Muskeln sind eher geringfügig beschäftigt.

«Oder du fängst erst an, wenn wir aufmachen, und verkaufst Karten.»

Ich sah mich um, und plötzlich erkannte ich, wo Lukas mich hingebracht hatte. Kein Kirmesgelände, sondern ein katholischer Wallfahrtsort. Marienfeld, wohl der einzige Platz auf der Welt, an dem knapp eine Million Jugendliche zusammen gefeiert haben, ohne sich krankenhausreif zu saufen. Der Weltjugendtag hat hier stattgefunden. Sogar der Papst war da, dahinten auf dem Hügel, es war damals in allen Nachrichten. Dieses Gelände war die größte Freiluftkirche, die ich je gesehen hatte.

«Hier dürft ihr stehen?»

«Kari darf alles», sagte Lukas und knuffte ihr in die Seite, «außerdem schuldet einfach jeder, der etwas zu entscheiden hat, ihr einen Gefallen.»

«Aber wer soll denn hierher rauskommen, zum Rummelplatz am Arsch der Welt?»

Kari blickte mich ernst an.

«Wir sind keine Kirmesveranstaltung.»

«Sondern?»

«Wir bieten eine transzendentale Erfahrung. Dafür ist das hier genau der richtige Ort.» Sie knuffte Lukas zurück. «Das hat der Oberbürgermeister genauso gesehen», fügte sie hinzu und lächelte sogar fast.

Ich fragte mich, wie aus einem Haufen Bretter und einigen durchtrainierten Leuten eine transzendentale Erfahrung werden konnte.

Ein paar Stunden später hatte ich drei Splitter im Finger und eine Riesenbeule am Kopf. Ich schien ständig im Weg zu stehen. Was immer ich anpackte, war gerade dort abgelegt worden, sollte auf jeden Fall genau dort liegen bleiben oder war so schwer, dass ich es nicht mal einen Zentimeter anheben konnte. Unter Karis strengem Blick gelang mir einfach nichts. Ich wollte die sein, von der alle am Ende des Tages sagten, gut, dass wir sie dabeihaben, ohne sie wäre es nicht gegangen. Aber für mich sahen alle Bretter gleich aus, ich erkannte das geheime System nicht, das Muster, das alle anderen offenbar mühelos durchschauten. Kari scheuchte mich, sie wies mich an, aber ihre Ansagen waren so knapp, dass ich oft nicht verstand, was sie meinte.

«Es ist einfach Übungssache», sagte Lukas und drückte mir eine Flasche Wasser in die Hand, als ich vollkommen fertig im Gras lag. «Wir bauen das Ding seit fünfzehn Jahren gemeinsam auf und wieder ab.»

«Habt ihr immer so verrückte Spielorte?»

«Kari träumt davon, im Vatikan zu stehen», sagte Lukas. «Dagegen ist das hier mal eine echt konservative Wahl. Komm», er zog mich hoch, «ich zeig dir das Gelände.»

Es sah nach Naherholungsgebiet aus, Wiesen, Wälder, Wanderwege. Spät blühende Stauden, Gesumme überall. Ich konnte mir hier weder betende Jugendliche vorstellen noch eine Todeswand mit Motorrad-Stunts und johlendem Publikum.

«Das war früher alles Brachland», sagte Lukas, «Tagebau. Hier wurde Braunkohle gefördert. Die haben einfach einen 250 Meter tiefen Krater in die Erde geschlagen und alles abgeräumt, was im Weg war.»

Und wenn endlich alles wieder blüht, stellt sich eine Bande todeswilliger Motorradfahrer hierhin und faselt was von Transzendenz, dachte ich.

Ich spürte die Anstrengung im ganzen Körper, ich schwitzte an Stellen, von denen ich nicht wusste, dass sie schwitzen können, und ich konnte mich kaum auf den Beinen halten. Ich wollte nach Hause. Mich auf dem Sofa einrollen und noch ein bisschen die Wand anstarren.

«Ich muss los», sagte ich. Aber dann sah ich aus der Ferne, wie Kari und die Muskelmänner die Einzelteile der Wand in die Höhe hievten, mit Seilen und reiner Körperkraft. Riesige Bretterwände erhoben sich langsam vom Boden, wie von Geisterhand bewegten sie sich gen Himmel.

Und dann stand plötzlich, mitten in der blühenden Landschaft, die Todeswand. Als wäre es die Arche Noah.

13

In den nächsten Tagen hämmerte ich und schleppte, ich rieb mir die Schulter, massierte die Knie und pflegte die Blasen an meinen Händen, und dann hämmerte ich wieder und schleppte, bis ich abends todmüde zu Lukas aufs Motorrad kroch und mir im Windschatten seines Rückens fast die Augen zufielen.

Die Männer, die ich für Karis Muskelexekutive gehalten hatte, entpuppten sich als warmherzige Mitstreiter, die mir halfen, wo sie nur konnten, also eigentlich immer. Ich maß ein Brett aus und legte es für die Treppenkonstruktion zurecht, schon kam Mick herbeigeeilt und rief: «Mädchen, Mädchen, Balustrade, Balustrade!»

Mick war ein Mann weniger Worte, die er dafür gern mehrfach verwendete. «Komm komm, schnell schnell», sagte er, wenn wir fertig werden mussten, bevor die Dämmerung einsetzte. Seine Augen waren so traurig, dass ich ihn am liebsten jedes Mal, wenn er mich korrigierte, in den Arm nehmen wollte.

Uwe war klein und drahtig und sortierte die Seile, als ob er spürte, wo sie liegen sollten. «Das Motodrom», erklärte er mir, «baut sich eigentlich von allein, wir helfen ihm nur dabei.»

Achims Erscheinung war schwer einzuordnen. Aus der Ferne wirkte er übergewichtig, aber je näher ich trat, desto sehniger sah er aus. Am meisten trainierte er wohl den Muskel seines Kiefers: mit einer kehligen Lache, die über das ganze Gelände dröhnte. Aber wenn ich patzte, lachte er nicht. Dann pfiff er Mick und Uwe herbei, und zu viert sorgten wir dafür, dass der Fehler schnell vergessen war.

Am Abend des dritten Tages war das Motodrom fertig. Es war ein riesiges, kreisrundes Zelt, lila-gelb gestreift. Darin befand sich der sechs Meter hohe Kessel, in dem die Motorradakrobaten auftraten, die Todeswand. Holztreppen führten an der Wand entlang nach oben, zu einer Balustrade, die den Kessel umschloss und von der aus man in sein Inneres schauen konnte. Kaum zu glauben, dass wir das alles selbst gebaut hatten! Lukas stupste mich von der Seite an. Es war eine Guck-mal-toll-was?-Geste, und ich strahlte plötzlich. Jede Schwiele an meinen Händen schmerzte, aber ich konnte mich nicht erinnern, wann ich das letzte Mal so stolz gewesen war auf etwas, das ich geschafft hatte.

Als Letztes brachten wir über dem Eingang das Schild an. MOTODROM stand darauf, und darunter, in schmalen, eleganten Buchstaben: *Die Himmelsreiter.*

Die Dämmerung setzte ein, und die Jungs zogen los, um Bier zu holen. Ich lief um das Zelt herum, zum Geheimeingang. Einer Holzluke, die direkt in den Boden des Kessels führte. Durch diese Tür kamen die Steilwandfahrer mit ihren Motorrädern in die Arena. Wie Gladiatoren.

Im Kessel schaute ich an der Wand nach oben. Ich stand auf dem Boden eines riesigen Holzfasses. Vom Boden zur Wand führte eine Rampe, etwa ein halber Meter hoch, die etwas geneigt war. Sie diente wohl als Startbrett für die Fahrer.

Oben war das Zelt offen. Ich blickte direkt in den Himmel. Es wurde dunkel, ein paar Sterne leuchteten. Hier unten, auf dem Boden des Kessels, kam ich mir klein vor. Ich trat an die Wand und fasste sie ehrfürchtig an. Sie sah glatt aus, aber wenn ich mit der flachen Hand darüberstrich, bemerkte ich, wie uneben das Holz war. Über neunzig Jahre alt. Diese Bohlen hatten Kräfte ausgehalten, die außerhalb meiner Vorstellungskraft lagen.

Wahrscheinlich gab es ganz einfache physikalische Gründe, warum man mit einem Motorrad an einer steilen Wand hochfahren konnte. Es schien mir dennoch unmöglich. Aber Kari und ihre Leute strahlten bei der Arbeit an der Todeswand eine Gelassenheit aus, die mich an Gottvertrauen erinnerte. Ich wollte unbedingt wissen, wo sie das hernahmen.

Die Tür in der Wand öffnete sich, und Kari schob ein Motorrad herein. Ihre Erscheinung beunruhigte mich immer noch. Sie war auf so wuchtige Art schön, dass ich mich in ihrer Gegenwart fühlte, als würde ich auseinanderfallen. Kurze schwarze Haare umrahmten ein zeitloses Gesicht, es konnte dreißig, vierzig oder fünfzig Jahre alt sein.

Das Motorrad, das sie dabeihatte, war eine elegante Maschine, ganz anders als die schwere Harley von Lukas. Sie war leichter und schmal, der rote Lack glänzte wie neu, aber das Modell war eindeutig ein Oldtimer. Auf dem schwarzen Tank prangten in goldener, geschwungener Schrift vier Buchstaben: KARI.

Ich hatte in den vergangenen Tagen nicht viel mit Kari gesprochen. Bislang hatte sie mir hauptsächlich gesagt, was ich falsch machte. Sie sagte es nicht böse oder herablassend, sondern sachlich. Bei den anderen war ihr Ton schärfer geworden. Sogar bei Lukas, der allerdings ebenso lautstark zurückgebrüllt hatte. Eine Stunde später lagen die beiden auf der Wiese und lachten über etwas. An mich verschwendete Kari noch nicht einmal negative Emotionen.

Ich wollte etwas Geistreiches sagen, aber mir fiel nichts ein, und so sagte ich schlicht «Hi», wie ein schüchterner Teenager.

Kari stellte ihr Motorrad ab.

«Lukas sagt, du bist Theologin.»

Lukas und Kari hatten über mich gesprochen. Warum freute ich mich darüber?

«Theologin, ja, Expertin für Himmel und Erde sozusagen.»

Ich lachte, ein hoher Ton, der nichts mit mir zu tun hatte.

Kari lachte nicht. Ihr Blick war direkt und hatte nichts Warmes. Mein kleiner, eitler Stolz von eben sackte ab in die Magengegend und verwandelte sich in einen Brocken Peinlichkeit. Wahrscheinlich hatten Lukas und sie sich darüber amüsiert, wie tollpatschig ich war, und waren zu dem Schluss gekommen, dass von einer arbeitslosen Theologin nichts anderes zu erwarten sei.

«Was ist mit dem Raum dazwischen?»

Ich hatte keine Ahnung, wovon sie sprach.

«Expertin für Himmel und Erde. Was ist mit dem Raum dazwischen?»

«Das ist doch eher euer Metier, oder?», fragte ich unsicher.

Kari lächelte, und der Brocken schmolz ein wenig.

«Ich drehe eine Runde», Kari deutete auf die Front des Motorrads, wo sich eine Art Gepäckträger befand, «willst du mit?»

Sie musste vollkommen den Verstand verloren haben, wenn sie dachte, dass ich mich da vorne hinhocken würde, während sie eine steile Wand hochfuhr. Aber wenn ich Nein sagte, war ich nicht nur die Tollpatschige, sondern auch der Angsthase.

«Weiß nicht.»

«Früher hat man Affen mitgenommen.»

Beleidigte sie mich gerade?

Kari setzte sich aufs Rad. Es sah bequem aus. Sie gehörte dahin.

«Und Löwen.»

«Löwen?»

«Die saßen auf einer Art Beisitzer am Motorrad.»

Sie holte ihren Tabak raus und drehte sich eine Zigarette. Bestimmt war es total verboten, im Holzkessel zu rauchen. Für alle außer Kari. Wer die Gesetze macht, muss sich nicht an sie halten.

«Einer hatte sogar zwei Löwen gleichzeitig in der Wand. Jimmy und Rex, die berühmtesten Riding Lions der USA.»

Mit einer fließenden Bewegung rollte sie den Tabak in das Blättchen ein. Es entstand die perfekte Zigarette. Als sie das Papier ableckte, um es festzukleben, sah ich beschämt weg. Es kam mir vor, als hätte ich sie beim Entkleiden beobachtet. Ihre Zunge war dunkelrot.

«Fearless Egbert hieß der Typ mit den Löwen.» Kari drehte den überschüssigen Tabak ab und klopfte die Kippe fest. «Aber ganz so furchtlos war er nicht. Einmal standen sie auf einer lauten Kirmes. Der Lärm hat die Löwen total irregemacht, sie haben die Steilwandfahrer durch den ganzen Kessel getrieben. Egbert hat am Ende das Publikum angefleht, eine Leiter herunterzulassen, damit sie rausklettern können. Die Leute dachten, das sei Teil der Show.»

«Wieso haben sie überhaupt Löwen mit reingenommen?»

Kari zuckte mit den Achseln.

«Für den Kick, denke ich.» Sie kramte in ihrer Lederjacke nach einem Feuerzeug. «Die hatten alle gerade den Ersten Weltkrieg überlebt und obendrauf die Spanische Grippe. So ein Publikum ist nicht leicht zu beeindrucken.»

Sie bot mir ihren Tabak an. Ich schüttelte den Kopf. Vielleicht hätte ich sogar eine mitgeraucht, aber ich wollte nicht, dass sie sah, wie schlecht ich Zigaretten drehe.

«Ist sonst nie was passiert?»

«Einem Steilwandfahrer wurde mal der Arm abgebissen.» Kari klemmte sich die Kippe zwischen die Lippen und zündete sie an. Sie inhalierte und blickte mich an.

«Aber weißt du, wovor die Fahrer am meisten Angst hatten?»

«Wovor denn?»

«Fürze.» Kari lachte, hell.

Ich lachte mit, obwohl ich nicht sicher war, ob sie mich auf den Arm nahm.

«Die Löwen haben öfter mal einen fahren lassen während der Vorstellung. Das Publikum stand dann in der Stinkewolke. Aber wer vor dem Ende der Show das Zelt verließ, bekam sein Eintrittsgeld zurück. Furzende Löwen waren also richtig schlecht fürs Geschäft.»

Kari blies den Rauch aus.

Dachte sie sich das alles einfach aus?

«Es lag am Guinness», sagte Kari, «sie haben den Löwen Bier gegeben vor der Show.» Sie aschte auf den Boden.

«Ich wusste nicht, dass Löwen Bier trinken.»

«Sie haben Brot bekommen, das in Bier getränkt war. Der Alkohol sollte sie ruhigstellen, angeblich.»

Das Licht, das von oben in den Kessel fiel, erzeugte einen hellen Kranz auf ihrem dunklen Haar. Trunkene Löwen, die furzend an einer Steilwand im Kreis fahren.

Ich kicherte wie eine Zwölfjährige. Eigentlich war es mir egal, ob die Geschichte stimmte. Ich wollte sie glauben.

Die Holzluke öffnete sich. Lukas kam herein, auch er schob ein Motorrad vor sich her. Nicht seine Harley, sondern ein ähnlich elegantes Modell wie das von Kari. Auf seinem Tank stand «Furious Lucius». Immerhin besser als Fearless Egbert.

Lukas wandte sich an Kari.

«Und? Hast du sie gefragt?»

«Nein», Kari trat ihre Zigarette aus und ließ den Motor an, «nicht, solange sie nicht mitfahren will.» Dann spannte sie den Körper an und fuhr los.

Über die geneigte Rampe stieg Kari in den Kessel ein. Sie beschleunigte und fuhr plötzlich an der vertikalen Wand entlang, drehte Runde um Runde, so selbstverständlich, als sei die steile Wand eine ebene Straße. Kari hatte meine Realität gerade um 90 Grad verschoben.

Ich konnte das Adrenalin spüren, die Kraft, die es kostete, sich in der Steilwand zu halten. Die Luft war durchsetzt von Motoröl, ein scharfer, starker Geruch, der mir sofort in den Kopf stieg. Karis Maschine tönte, es war ein satter, tiefer Klang. Je nachdem, wo Kari sich gerade in der Wand befand, wurde der Ton heller oder dunkler. Ein monotoner Rhythmus, der sich unendlich fortsetzen konnte. Die Maschine fuhr wie von selbst, sie trug Kari auf ihrem Rücken quer durch Raum und Zeit. Plötzlich wünschte ich mir, ich hätte Karis Angebot angenommen und wäre auf den Gepäckträger geklettert. Ich wollte wissen, wie es sich anfühlte, sich zwischen den Dimensionen zu bewegen.

Kari ließ den Lenker los. Sie drehte sich zur Seite und breitete die Arme aus, uns zugewandt. Es war eine Geste, die mir irgendwie bekannt vorkam: aus der Kirche.

14

Jans Abneigung gegenüber Gertrude wuchs von Tag zu Tag. Ihrerseits ließ Gertrude keine Gelegenheit aus, den ersten schlechten Eindruck zu bestätigen. Sie zeterte, sobald Jan den Raum betrat, und pickte nach ihm, wenn er in ihre Nähe kam. Sie benahm sich, als wolle er ihr den Hals umdrehen. Wahrscheinlich lag sie damit auch richtig, aber Jan befriedigte seine Mordlust mit der einzigen Strategie, die er kannte: Er bewaffnete sich bis zu den Zähnen mit frischen Holzspänen, klarem Wasser, Handbesen und Kehrblech, fest entschlossen, aus Gertrudes Käfig einen blitzblanken Teil seiner Küche zu machen. Doch sobald er versuchte, den Käfig zu öffnen, ging Gertrude zum Angriff über. Sie schlug ihre Schlacht in Dezibel, und sie war wesentlich erfolgreicher als Jan mit seinem Reinigungsarsenal. Denn sie rief dramatisch um Hilfe, und es klang so menschlich, dass es keine Minute dauerte, bis ein besorgter Nachbar vor der Tür stand und fragte, ob bei uns alles in Ordnung sei.

Ich beschwichtigte meine Nachbarn, meinen Freund und meinen Vogel so gut, wie ich konnte. Aber heimlich zollte ich Gertrude Respekt für ihr strategisches Gespür, auch wenn es bedeutete, dass ich mit zwei chronisch schlecht gelaunten Wesen eine viel zu kleine Wohnung teilte.

Einmal war es Lukas' Schwester Jenni, die vor der Tür stand und fragte, ob sie die Polizei rufen solle. Ich betrachtete sie etwas genauer, jetzt, da ich wusste, wer ihr Bruder war. Sie war auch groß und sehnig, aber sonst hatte sie wenig mit Lukas gemein. Jenni trug einen dicken, gerade geschnittenen Pony, sie hatte ein aufgeräumtes Gesicht, in dem Augen, Nase und Mund exakt an der richtigen Stelle waren. Sie schien zu wissen, dass ich momentan viel Zeit mit ihrem Bruder verbrachte, denn sie musterte mich auch, während wir Höflichkeiten austauschten und ich die Situation erklärte.

Es stellte sich heraus, dass Jenni nicht gekommen war, um ihre Hilfe anzubieten. Vielmehr hatte sie Bedenken, ob man einfach so Papageien halten dürfe, und was denn Herr Rielke dazu sagte, der strenge Hausverwalter, und überhaupt, war das artgerecht, ein Papagei in der Wohnung, mitten in der Stadt?

Ich hätte Lukas' Schwester wirklich gern gemocht, aber als sich die Tür hinter ihr schloss, hoffte ich, ihr sortiertes Gesicht nicht so bald wiederzusehen.

Als es das nächste Mal klingelte, stand Lukas vor der Tür. Wir waren nicht verabredet, aber er stand da, als sei selbstverständlich, dass er reinschneite. Er wollte mich abholen, zu einer Kneipentour mit dem ganzen Motodrom-Team.

«Wir essen gleich», sagte ich, wie eine spießige Hausfrau, dabei war es Jan, der gerade in der Küche stand und kochte. Ein kompliziertes Gericht mit Kokosmilch. Aber es machte Jan nichts aus. Er zuckte noch nicht einmal zusammen, als Lukas vorschlug, wir könnten uns noch eine Pommes holen, damit ich was im Magen hätte. Ich war froh, den Abend nicht an der Front zwischen Jan und Gertrude verbringen zu müssen, und holte meine Jacke.

Die Kneipe lag nur zehn Minuten von unserer Wohnung entfernt. Sie war dunkel und ein bisschen ranzig, mit langer Theke und einer kleinen Tanzfläche. Genau mein

Geschmack, aber ich hatte gar nicht gewusst, dass der Ort überhaupt existierte. Ich mochte die Vorstellung, dass die Kneipe hier auf mich gewartet hatte, so nah, all die Zeit, bis ich sie endlich fand.

Sobald wir den Laden betraten, war klar, dass der kleine Raum mit dem schummrigen Licht uns allen aus der Seele sprach. Wir verschmolzen auf der Stelle mit ihm. Kari hatte die Kneipe ausgesucht. Offenbar hatte sie eine Art sechsten Sinn für Orte: Sie schien zu spüren, wer wo hingehört.

Nach meinem ersten Gin Tonic traute ich mich, Kari anzusprechen. Ich wollte wissen, warum sie sich so für den Raum zwischen Himmel und Erde interessierte. Für das Dazwischen.

Sie saß neben mir am Tresen und betrachtete mich eine Weile, bevor sie antwortete. Kari wirkte, als gehörte die Zeit ihr allein und niemandem sonst. Ich beneidete sie darum, denn die Zeit, die ich zur Verfügung hatte, verschenkte ich meist an alle, die mich gerade umgaben. Nicht, weil ich es wollte, sondern weil ich dachte, sie hätten einen Anspruch darauf. Kari hielt ihre Zeit so lange fest, wie es ihr richtig erschien. Sie ertrug, dass eine Frage im Raum hängen blieb wie ein vergessenes Handtuch an der Wäscheleine.

Endlich antwortete sie.

«Du willst wissen, ob ich an Gott glaube.»

«Ja.»

Wieder schwieg sie. Ein paar Meter weiter standen Lukas und die Jungs und lachten über irgendetwas. Lukas warf den Kopf in den Nacken und steuerte tiefen, anhaltenden Bass bei. Er türmte über alle anderen hinaus. Sein Haar war etwas zu lang, sein T-Shirt hatte Löcher. Mir gefiel, wie er seine Bierflasche hielt, von oben, am Hals.

Mit zwei Fingern nur, aber sie konnte auf keinen Fall herunterfallen. Ich fragte mich, ob das hier wirklich sein Leben war: immer auf Reisen, von Auftritt zu Auftritt. Ein Dasein ohne Anker, aber mit einem Team, das einträchtiger wirkte als so manche Familie, und einer Matriarchin, die ihre Sippe mit fester Hand führte.

Kari nippte an ihrem Whiskey, einem sechzehn Jahre alten Lagavulin.

«Ich glaube an den ewigen Kreislauf.»

«Samsara», sagte ich. «Bist du Buddhistin?»

Jetzt lachte Kari.

«Nee, ich fahre Motorrad.» Sie deutete mit der Hand die Kreisbewegung in der Todeswand an.

«Ist schon mal jemand verunglückt?»

Wieder dauerte es eine Weile, bis sie antwortete.

«Mein Freund. Ist lange her.»

Ich schwieg. Kari schien gefeit vor jeder Art von Trost. Nichts konnte ihr etwas anhaben. Das kannte ich eigentlich nur von Menschen, die mit dem Leben abgeschlossen haben.

Kari schaute herüber zu den anderen.

«Wenn wir in der Wand sind, rechnen wir den Tod immer mit ein. Jedes Mal. Das hält uns am Leben.»

Sie nahm einen Schluck Whiskey.

«Leo hat sich verrechnet. Ein einziges Mal.»

Kari sah weich aus.

«Er zieht jetzt seine Kreise. Bis in alle Ewigkeit.»

Sie machte wieder die Bewegung mit der Hand.

Ich musste an einen hellen Fleck unter Wasser denken, der sich im immer gleichen, ruhigen Rhythmus fortbewegt, immer weiter weg von mir, der schwimmt, aber nicht atmet, und niemals auftaucht.

«Vielleicht ist er ja jetzt an einem guten Ort», sagte ich.

Ich wollte das unbedingt glauben.

Kari nickte gedankenverloren.

«Ja, vielleicht.»

«Nimmst du mich mal mit?», fragte ich.

«In die Wand?»

Ich nickte.

Kari grinste und prostete mir zu.

«Natürlich.»

Die Tanzfläche war brechend voll, aber das störte mich nicht, ich ging darin auf. Der Elektrobeat durchströmte mich. Ich bemerkte die Bewegungen gar nicht mehr, mein Körper synchronisierte sich von allein zu der Musik.

Um mich herum Leiber, deren Salzgehalt nach außen drang, Arme, Beine, geschlossene Augen, feuchte Haare, T-Shirts, die an Körpern klebten, meine Arme, meine Beine, meine Augen, mein T-Shirt, das am Körper klebte. Ein Meer aus salzigen Menschen, und ich wogte mich darin.

Es trug mich, wie das Tote Meer. Diesmal wirklich.

Das Tote Meer, zehnmal so salzig wie die Ozeane, wurde schon im Alten Testament beschrieben. Als wir klein waren, wollte ich unbedingt in dem Wasser baden, das einen tragen kann. Ich stellte mir vor, dass ich wie Jesus darüber gehen könne, wenn ich nur stark genug an ihn glaubte. Nicht so wie Petrus, der es auf dem See Genezareth versucht hatte, er glaubte nicht fest genug daran, versank in den Fluten und konnte nur knapp von Jesus gerettet werden. Ich würde das auf jeden Fall besser machen.

Als meine Eltern in den Sommerferien Freunde in Israel besuchen wollten, die im Kibbuz von En Gedi lebten, war meine Chance gekommen. Der Kibbuz befand sich in direkter Nähe zum Toten Meer.

Der Strand enttäuschte mich ein wenig, er sah überhaupt nicht biblisch aus. Bunte Schirme und Menschen auf Handtüchern. Unter Freiluftduschen spülten die Badenden sich das Salz vom Leib. Meine Mutter untersuchte meinen Körper sorgfältig nach Schürfwunden, obwohl ich sicher war, dass das Salz mir nicht wehtun würde. Als sie mich endlich freigab, stürmte ich los, auf meinen Bruder zu, der schon im Wasser trieb, die Füße deutlich sichtbar über der Oberfläche. «Langsam!», rief meine Mutter mir hinterher.

Ich plätscherte an einem Mann vorbei, der so viel Auftrieb hatte, dass sein dicker Bauch wie ein Berg aus dem Wasser ragte. Er las in aller Ruhe Zeitung. Es fühlte sich an, als würde ich in Kürbissuppe waten, diese dicke, cremige Sorte, von der man sofort satt wird. Jetzt musste ich zeigen, wie groß mein Glaube war, und dann würde das Meer mich tragen. Ich schloss die Augen und summte, *ich lobe meinen Gott, der aus der Tiefe mich holt, damit ich leeeeeebe*, dann setzte ich einen Fuß auf, *hallelujahaha.*

Aber mein Fuß quoll durch die Kürbissuppe hindurch.

Das Meer trug mich nicht.

Zutiefst beschämt ließ ich mich ins Wasser sinken, auf den Rücken, und trieb neben den anderen Touristen umher. Mein Glaube hatte nicht gereicht.

Als die Musik verebbte und ich die Augen aufmachte, hatte der Raum sich fast vollständig geleert. Neben mir auf der Tanzfläche sah ich Kari und Lukas, eng umschlungen, vollkommen versunken in sich selbst. Es wirkte, als wären sie schon immer Teil voneinander gewesen. Ich wünschte, ich wäre genauso Teil von jemandem.

Es wurde schon hell, als ich nach Hause kam. Die Wohnung war still. Ich sah Jan eine Weile beim Schlafen zu, hörte auf seine ruhigen Atemzüge und betrachtete die feinen Barthaare, die sich über Nacht emporgewagt hatten. Sie erhielten keine Chance, Jan duldete kein Haar im Gesicht. Es rührte mich, dass die Natur so unbelehrbar war. Dass sie es immer wieder versuchte, obwohl unweigerlich am nächsten Morgen der Rasierer schnurrte. Ich ging in die Küche und machte Kaffee. Die gurgelnde Maschine weckte Gertrude, also öffnete ich den Käfig und hielt ihr die Hand hin. Sie sah mich an, misstrauisch, ignorierte dann die Ausstiegshilfe und flatterte mir direkt auf die Schulter.

Mit dem Kaffee setzte ich mich auf den Balkon und sah der Welt beim Erwachen zu. Mein Handy leuchtete auf, eine Nachricht von Lukas.

Kurz und knapp:

Morgen Probefahrt. Und bring doch den Vogel mit!

Gertrude war in ihrem Element. Kein Zetern, kein Picken, keine Hilferufe. Sie tat so, als sei sie schon immer mit einer Bande Motorradakrobaten unterwegs gewesen. Während Kari und die Jungs an ihren Maschinen schraubten, flatterte sie im Holzkessel herum. Ich hatte noch ein paar Stunden geschlafen und fühlte mich seltsam ausgeruht. Gertrude landete auf Lukas' Schulter, sie knabberte an seinem Ohr. Es kitzelte ihn, er kicherte. Gertrude schien das anzuspornen, sie knabberte weiter, bis Lukas den Vogel mit beiden Händen packte und von seiner Schulter nahm. Er setzte sie auf den Sitz seines Motorrads, sanft, aber bestimmt. Ich staunte, dass Gertrude sich das gefallen ließ.

Mir fiel ein, wie Lukas und Kari vergangene Nacht

getanzt hatten. Ich fragte mich, wo Lukas die Nacht verbracht hatte: zwei Etagen unter mir, bei seiner Schwester, oder hier nebenan, in Karis Wohnwagen. Hatte er in Karis Bett gelegen, als er mir schrieb?

Beim Gedanken daran wurde ich rot.

Kari baute an ihrer Maschine etwas um, und ich sah, dass es sich um einen zusätzlichen Sitz handelte, den sie vor ihrem eigenen Sattel auf dem Tank befestigte. Eine Art Lederkissen. Ich musste wohl doch nicht nach vorne auf den Gepäckträger. Kari betankte die Maschine, scheuchte die Jungs aus dem Weg und rief mich herbei. Es ging los.

Das Motorrad passte perfekt, es schmiegte sich an meinen Körper. Alles an mir entspannte sich. Ich konnte meine Verwunderung darüber kaum verbergen. Aber Kari sagte, ihre Indian Scout könne jeden bekehren. Die Maschine hatte ihrem Vater gehört, der ein legendärer Steilwandfahrer war.

Jetzt setzte sie sich hinter mich, so nah, dass sie meinen Rücken mit ihrem Körper abschirmte. Ich wurde nervös, als mir klar wurde, dass es hier keine Sicherheitsnetze, keine Gurte, nicht mal einen Helm gab. Ich konnte mich nur vorne am Lenker festhalten, in der Mitte, denn links und rechts hatte Kari ihn fest im Griff. Von hinten hörte ich ihre Stimme, ruhig, kehlig.

«Je schneller wir sind, desto fester sitzt du.»

Das beruhigte mich nicht wirklich. Dann fuhr sie los, einfach so. Ich spürte, wie viel Kraft in der alten Maschine steckte. Sie lief tadellos, geschmeidig. Zuerst fuhren wir ein paar Runden an der Rampe entlang, und das fühlte sich an wie auf Lukas' Harley: ein ruhiges, kraftvolles Segeln. Doch dann beschleunigte Kari ihre Indian Scout, und wir schossen vertikal die Wand hoch. Wir segelten nicht mehr. Wir flogen. Mein ganzer Körper prickelte, mir wurde schwarz vor Augen, aber ich spürte, wie ich in den Sitz gedrückt wurde, ich saß bombenfest, und ich riss die Augen weit auf. Ich wollte keinen Moment verpassen.

Höher und höher stiegen wir, und ich löste mich von der Erde und der Schwerkraft und von allen Dingen, die mich am Boden hielten. Jemand jubelte, laut, euphorisch, und das war ich, es brodelte aus mir heraus.

Ich sah Karis Hände, ihre Knöchel waren weiß. Am Armgelenk trug sie eine Uhr, die stehen geblieben war, zumindest bewegte sich der Sekundenzeiger nicht. Ich sah den Ärmel ihrer Lederjacke, die feine Maserung der Rinderhaut, gestochen scharf. Der Boden, der eigentlich die Wand war, rauschte an mir vorbei, ein helles Braun mit schwarzen Spuren, helle Flecken, dunkle Flecken, helle Flecken, dunkle Flecken. Es war ein Rhythmus, der mich beruhigte. Das Adrenalin ebbte ab, und mein Herzschlag passte sich an. Mein Atem wurde tief und regelmäßig. Wir flogen über die Wand wie über einen stillen, klaren Fluss, auf dessen Grund ich plötzlich blicken konnte, und ich sah etwas, was mich zutiefst erstaunte: mich selbst. In einem Zustand reinen, gegenwärtigen Glücks.

Sobald ich wieder am Boden war, vermisste ich die Wand. Fassungslos blickte ich hinauf. Dass ich soeben noch dort oben gewesen war, schien mir genauso unmöglich wie zuvor, aber am liebsten wäre ich sofort wieder losgefahren. Lukas übergab mir Gertrude, die artig auf seiner Schulter gesessen hatte. Er strahlte übers ganze Gesicht, als hätte ich den Mount Everest bezwungen. Wahrscheinlich strahlte ich auch. Er nahm mich in den Arm und drückte fest zu, wiegte mich kurz hin und her. Ich spürte Wärme und roch eine Mischung aus Tabak und Restalkohol, aber angenehm. Ich drückte zurück, fest. Mick, Achim und Uwe standen Schlange, um mir ebenfalls zu gratulieren. Kari hielt sich im Hintergrund, bis alle durch waren, dann kam sie, drückte kurz meinen Arm, sagte: «siehste», und lächelte mich an. Ich hätte nicht glücklicher sein können.

Kari suchte eine Art Ansagerin.

«Wir nennen es Spieler.» Achim schaute mich an und fügte hinzu: «Aber Spielerin geht auch, natürlich.»

Ich sollte die Leute mit Ansagen durch die Vorstellung führen. Wobei es für Kari mehr war als eine Show, für sie war es eine Art Gottesdienst, eine transzendentale Erfahrung eben. Mit meinen Ansagen sollte ich das fürs Publikum erlebbar machen.

«Und wer könnte das besser als eine Pastorin?», fragte Kari.

15

Die Nachrichten meiner Mutter waren nur etwa 12 Sekunden lang. Dafür waren es mindestens zehn. Alle allerdings im gleichen Tenor: *Ruf doch mal bitte zurück. Papa hatte wieder einen Infarkt.* Kurze Pause, und dann: *Hier ist deine Mutter.*

Der erneute Infarkt war schwächer als der erste, aber das Herz meines Vaters war vollkommen aus der Balance geraten. Die rechte Herzkammer pumpte noch einigermaßen, die linke versagte komplett ihren Dienst. Deshalb staute sich sein Blut, und Wasser trat ins Gewebe aus. Mein Vater hatte Einlagerungen auf dem Fußrücken, an den Knöcheln und am Schienbein, aber auch im Rippen- und Bauchfell. Es musste jetzt unbedingt verhindert werden, dass Wasser in die Lunge eindrang. Er bekam ein Sauerstoffgerät und Entwässerungstabletten.

Mein Vater ertrank von innen. *It's all just a little bit of history repeating*, sang Shirley Bassey in meinem Kopf. Mein Bruder war gestorben, weil Wasser in seine Lunge kam, und das hatte das Herz meines Vaters derart ausgeleiert, dass nun seinerseits Wasser in seine Lunge einzudringen drohte.

«Kommst du?», fragte meine Mutter.

«Ich kann doch jetzt gar nichts machen.»

«Aber da sein kannst du doch?»

Ich wollte nicht da sein. Nicht zusehen, wie der Kreis sich schließt. Wie mein Vater langsam seinem Sohn nachfolgte.

«Ich muss arbeiten», sagte ich. Als meine Mutter hörte,

dass ich nicht kommen konnte, weil ich als Ansagerin bei einer Motorshow arbeiten würde, antwortete sie nicht. Diesmal war es nicht ihre Sprachlosigkeit, die sie schweigen ließ. Sie wusste einfach nicht, was sie dazu sagen sollte.

Lukas lud mich ein, zu Jenni herunterzukommen, damit wir in Ruhe an den Ansagen arbeiten konnten. Den Vogel durfte ich gerne mitbringen, wenn damit dem Hausfrieden gedient sei. Ich war mir nicht ganz sicher, ob seine Schwester das genauso sah, aber da sie bei der Stadtverwaltung arbeitete und sowieso tagsüber nicht da war, willigte ich ein.

Jennis Wohnung war eine exakte Kopie unserer eigenen, nur spiegelverkehrt. Alles war da, aber auf der anderen Seite, was mir ein merkwürdiges Gefühl von vertrauter Fremdheit gab. Hier herrschte eine Sauberkeit, die Unbehagen in mir auslöste. Nichts anfassen, nahm ich mir vor, und Gertrude sollte wohl besser auf meiner Schulter bleiben. Sie setzte sich allerdings ab, sobald ich die Wohnung betrat. Aber zu meiner Erleichterung plünderte sie keine Regale, sondern ließ sich nieder in der einzigen Ecke des Raums, die nach Leben aussah: dem Sofa, wo sich Bettzeug, Bücher, Zeitschriften, Klamotten, Motorradsachen und Tabak stapelten. Offenbar hauste Lukas dort. Er fischte einen Pizzakarton aus dem Berg heraus und schnupperte rein, befand den Inhalt noch für gut und bot mir kalte Salamipizza an. Eigentlich auch nur Wurstbrot, dachte ich und biss hinein. Es schmeckte erstaunlich gut. Ich mochte Jenni plötzlich doch ein bisschen. Mit Lukas war in ihrer Wohnung eine Bombe eingeschlagen, und sie ertrug es offenbar, ohne hinter ihrem Bruder herzuräumen.

Mir fiel der tote Winkel im Haus meiner Eltern ein. Ob das Zimmer wirklich noch im Ursprungszustand war, so, wie Chris es an jenem Tag verlassen hatte? Mit zerwühlten Laken, Klamotten auf dem Boden und Sportsachen in der Ecke? Mein Bruder war so unordentlich wie die meisten Siebzehnjährigen. Vielleicht lagen dort seit Jahren noch die Bücher herum, die er zuletzt gelesen, die Musik, die er gehört, und Socken, die er getragen hatte. Eingekapselt in der Zeit, liegen geblieben für den Fall, dass alles ein Versehen war. Dass wir bald aufwachten an einem frischen Septembermorgen im Jahr 2003, und aus diesem Tag könnte alles werden, Chris würde seinen Kater pflegen, und ich könnte zum Tanzkurs gehen und anschließend mit Hendrik Pommes essen, und nach diesem Tag kämen weitere, ganz normale Tage, und mein Leben würde eine Richtung nehmen, eine wirkliche Richtung, eine, die ich mir ausgesucht hätte.

Ich setzte mich auf Lukas' Sofa, mitten auf den Berg an Sachen. Lukas erzählte etwas, aber ich hörte nicht zu. Ich brauchte einen Moment, um den toten Winkel abzuschütteln. Dann öffnete ich den Laptop, den ich mitgebracht hatte, und wandte mich Lukas zu. Wir hatten zu arbeiten.

Eine Vorstellung, erzählte Lukas, konnte noch so tolle Stunts zeigen. Sie war nichts wert, wenn es den Akrobaten nicht gelang, die Zuschauer für sich einzunehmen. Der Funke musste überspringen, und als Spielerin war es meine Aufgabe, dafür zu sorgen, dass das Publikum Feuer fing.

Lukas wusste aus eigener Erfahrung, wie schwierig es sein konnte, Menschen für sich zu gewinnen. Wenn er nicht gerade Motorradstunts machte, war er Sozialarbeiter in Berlin und arbeitete mit Jugendlichen, die auf der Straße gelandet waren. Ich sah den großen Lukas an, zusammengeknüllt auf dem zu kleinen Sofa, und konnte mir sehr gut vorstellen, dass er für viele junge Menschen ein Rettungsanker war. Eine Chance auf ein gutes Leben.

Jedes Jahr im Sommer ließ Lukas sich für ein paar Wochen beurlauben, um mit Kari und den anderen umherzuziehen. Er war einer von nur etwa 80 Motorradakrobaten weltweit, die in der Lage waren, auf antiken Motorrädern eine vertikale Wand zu befahren. Die meisten Teams bestanden aus Familien, die seit Generationen im Geschäft waren. Aber manche fanden sich auch so und arbeiteten meist dann so lange zusammen, dass sie wie eine Familie funktionierten. Es gab nur noch wenige mobile Steilwände, eine Handvoll in England, Frankreich, den Niederlanden und Deutschland und in den USA. Die Arbeit war gefährlich, hart und schlecht bezahlt.

«Wenn das alles so schwer ist, warum tut ihr euch das an?», fragte ich.

Lukas überlegte.

«Für den Moment, in dem ich den Motor starte», sagte er. «Für die Blicke der kleinen Jungs auf der Empore.» Er hielt inne. «So hab ich auch mal geguckt. Als Kind. Ich hab – etwas gesehen, das größer ist als ich.»

Ich erinnerte mich an den Jubel, der in mir hochgebrodelt war. Wie das Adrenalin abgeebbt war und Platz gemacht hatte für etwas Größeres. Für etwas, das ich nicht erklären konnte. Lukas und die anderen taten im Grunde nichts anderes als ich, wenn ich die Augen zumachte und die Hände faltete. Wenn das Schloss einrastete und ich den ruhigen Fluss der Stille in mir spürte.

Früher jedenfalls, bevor Gebete in mir Schimpftiraden ausgelöst hatten.

Lukas sah mich an. Seine Augen waren braun, aber die Sonne, die in die Wohnung fiel, hellte sie zu Ocker auf. Ich sah da gerne hin.

«Wie funktioniert das eigentlich?», fragte ich.

In der Wand, erklärte Lukas, hielten die Naturgesetze den Menschen an seinem Platz. Die Zentrifugalkraft drücke die Fahrer in die Wand, sie müssten dafür nur schnell genug fahren, niemals unter 45 km/h. Aber dieses Gesetz von der Trägheit des Körpers werde jeden Tag aufs Neue auf die Probe gestellt. Von den Fahrern und ihren Launen, vom Publikum, von der Technik, vom Zufall. Jeder Tag sei eine Herausforderung, die am Ende den Tod bedeuten könne.

«In der Wand ist jeder allein», sagte Lukas. «Jeder will der Star der Show sein. Den coolsten und gefährlichsten Stunt zeigen. Härter an die Grenzen gehen als die anderen. Dabei ist doch der größte Act von allen dieser hier.» Lukas kramte in dem Klamottenberg und holte ein zerknittertes, ausgedrucktes Foto hervor. Es war ein Archivbild, ein altes Foto aus glorreichen Zeiten der Motorshows nach dem Zweiten Weltkrieg. Das Bild zeigte eine Steilwand, und darin fuhren vier Fahrer, parallel, nebeneinander, vertikal in der Wand. Sie hatten alle den gleichen Abstand voneinander, sie fuhren also exakt gleich schnell, sie standen auf ihren Rädern, und sie hielten sich an den Händen.

«Sieht leicht aus, ist aber Königsklasse», sagte Lukas.

Ich glaubte es ihm sofort. Den Lenker loszulassen und darauf zu vertrauen, dass nicht nur man selbst, sondern auch die anderen die Kontrolle über ihre Maschine bewahrten, stellte ich mir geradezu unmöglich vor.

«Die totale Versöhnung», sagte ich, und Lukas lächelte mich an.

«Ja! Ich wusste, du bist die Richtige dafür.»

Ich versuchte, mein Grinsen im Zaun zu halten. Ich war nicht sicher, ob ich die Richtige war. Aber versuchen wollte ich es.

Nachmittags fuhren wir zum Motodrom. Ich genoss die Fahrt, der Wind zerrte an mir, aber in Lukas' Rücken fühlte ich mich sicher. Ich hielt mich an ihm fest, meine Hände lagen auf seinem Unterbauch. Ich konnte unter dem T-Shirt Muskeln spüren, und eine Weichheit, die ich mochte.

Die Harley war Lukas' Straßenmaschine. Seine Indian Scout, mit der er in der Wand fuhr, blieb das ganze Jahr über bei Kari.

Als wir ankamen, holten wir die Indian gemeinsam aus dem Verschlag, wo auch die anderen parkten. Er schob sie sanft über den Rasen zum Motodrom. Eine Maschine, die in der Wand fuhr, durfte niemals Asphalt berühren.

«Das bringt Unglück. Außerdem muss sie in Fahrtrichtung durch den Kessel geschoben werden und in der Wand immer gegen den Uhrzeigersinn fahren.»

Ich musste lachen. Ich traute den Motorradakrobaten inzwischen vieles zu, aber dass sie abergläubisch waren, hätte ich nicht gedacht.

Lukas lachte auch, dann sagte er ernst: «Das ist kein Aberglaube. Es ist Respekt vor der Seele einer alten Maschine.»

Abends rief ich meinen Vater an. Ich erzählte ihm, dass ich eine Art Motorradgottesdienst vorbereitete, aber er war müde, so müde. Er sagte nur gelegentlich «Schön, schön, schön», und so redete ich einfach weiter, ich erzählte ihm von furzenden Löwen und antiken Zweirädern, von Gertrude, die giftig über meine Schulter in die Küche blickte, wo Jan gerade etwas kochte mit grünem Spargel und Parmesan und Kirschtomaten, und die Tomaten würden im Mund aufplatzen wie kleine Bomben. Und als mir nichts mehr einfiel, was ich noch erzählen konnte, beschrieb ich die Bettdecke, auf der ich saß, es war ein Muster in Grau-Braun-Blau, und ich fragte meinen Vater, ob die Decke nicht vielleicht mal weiß-ocker-türkis gewesen sein könnte, vor langer Zeit, als sie noch von meiner Mutter gewaschen wurde und nicht von mir, aber mein Vater konnte sich gar nicht an die Decke erinnern, und dann beschrieb ich den Fleck, der auf dem Muster war, es war vielleicht Kaffee, aber es könnte auch Schokolade sein, hoffentlich kein Blut, das wäre ja eklig. Ich holte Luft, und mein Vater nutzte die Gelegenheit, um zu sagen, dass er sich hinlegen müsse, und legte auf.

16

Wenn Jan kochte, schmeckte man jede Facette seiner Persönlichkeit. Sein Gemüt bestimmte, was es gab. Servierte er zur Vorspeise Chicorée und Orangenfilets, konnte ich sicher sein, dass auch unser Abend eine bittersüße Note haben würde. Gab es Lammklöße in warmem Joghurt, wusste ich, Jan brauchte gerade die Art von Trost, die nur ein vermeintlich einfaches Gericht mit siebzehn verschiedenen Zutaten spenden kann. Hatte Jan schlechte Laune, überbackte er Kartoffelpüree mit fettigem Käse oder briet Schnitzel. Er kochte dann Sachen, auf die man eindreschen konnte und die sich schwer und würzig im Mund breitmachten.

Aber manchmal passten Gericht und Gemüt auch überhaupt nicht zusammen.

Jan knallte mir ein Stück Frittata auf den Teller und klatschte eine Portion Rucolasalat dazu. Geröstete Pinienkerne kullerten übers Porzellan. Den Wein schenkte er nicht ein, er kübelte ihn ins Glas, sodass der Pinot Grigio fast überschwappte.

Leichte italienische Küche, das gab es eigentlich, wenn Jan Lust auf einen unbeschwerten Abend hatte, auf kleine, intime Wortspiele, auf sich kreuzende Blicke.

Jetzt zerschnitt er mit heftigen Bewegungen die perfekt gebackene Frittata, nicht mit dem Messer, sondern mit der Gabel. Er schaufelte sich Eiergemisch in den Mund, kaute, spülte mit einem enormen Schluck Weißwein nach und sagte dann:

«Zitronenpfeffer fehlt.»

Ich probierte die Frittata. Sie war heiß und außerordentlich köstlich. Ich schluckte.

«Ist trotzdem lecker.»

Jan schmiss sein Besteck auf den Teller, dass es schepperte.

«Nee, ohne schmeckt das alles nach Pappe.»

Ich nahm ein betont kultiviertes Häppchen und versuchte, den fehlenden Pfeffer auszumachen. Aber wie soll man etwas schmecken, das nicht da ist?

Jan bestellte seinen Pfeffer bei einer Pfefferboutique in der Südstadt und fuhr quer durch die Stadt, um mit einem Mini-Tütchen edler Körner zurückzukehren, das ein Vermögen kostete. Für mich schmeckte Pfeffer meistens einfach nur scharf, ganz gleich, ob er aus Kampot kam oder vom Lidl.

Es deprimierte mich, dass ich nie genau das schmecken würde, was Jan schmeckte. Oder sehen, was er sah. Ich würde auch nie exakt das fühlen, was Jan fühlte.

Wie sollte man je einen Menschen wirklich kennen, wenn schon die Person, die einem am nächsten stand, in Wahrheit so weit entfernt war?

Ich lobte den Salat, sagte, das Dressing passe hervorragend, aber Jan hatte kein Interesse an Friedensangeboten. Er kippte wütend den Inhalt seines Tellers in den Müll.

«Ich esse nichts, was mir nicht schmeckt.» Er sah mich dabei so zornig an, dass ich das Gefühl bekam, er meinte nicht nur die Frittata.

Zwischen Jan und Gertrude war der Krieg eskaliert. Gertrude hatte zwar die Schreigeräusche, sobald Jan in ihre Nähe kam, eingestellt. Dafür sabotierte sie jetzt seine Arbeit. Wenn er Kunden anrief, brüllte sie im Hintergrund den Namen des Kunden und imitierte verächtliches Gelächter.

Jan packte sie und stopfte sie in die Katzenbox, die eigentlich nur für den Transport gedacht war. Sie zerkratzte ihm dabei die Unterarme und biss ihm in die Finger, aber Jan kannte keine Gnade und stellte die Box ins Schlafzimmer. Dort zeterte sie so laut, dass es sich für den Kunden so anhörte, als säße Jan im Urwald. Mein Vorschlag, sich vielleicht ein Büro zu suchen, machte Jan noch ungehaltener. Er lasse sich nicht von einem Vogel aus seiner Wohnung vertreiben.

Ich setzte mich zu Gertrude aufs Bett und holte sie vorsichtig aus dem Käfig. Sie war so aufgeregt, dass sie sogar mir in den Finger zwickte. Ich packte ihren Schnabel mit Daumen und Zeigefinger und wogte ihn ein bisschen. Normalerweise liebte sie das, aber jetzt entzog sie sich mir.

«Was hast du denn mit ihm?», flüsterte ich. Da legte sie mir lieb, aber vorwurfsvoll den Schnabel an die Wange, als ob sie sagen wollte, wenn du das nicht selber weißt, dann kann ich dir auch nicht helfen.

Ich nahm Gertrude jetzt mit, wenn ich zum Marienfeld fuhr. Ich redete mir ein, dass sie Jan nicht weiter auf die Nerven gehen sollte, aber in Wahrheit war sie eine Art Ersatz dafür, dass ich nicht Motorrad fahren konnte. Die Motorradakrobraten waren eine eingeschworene Gemeinschaft. Ich hatte das Gefühl, dass ich mich qualifizieren musste, wenn ich Teil davon sein wollte. *Wenigstens hat sie einen Papagei auf der Schulter.*

Ich hatte meine Ansagen geschrieben und sie Kari mitgebracht. Sie saß auf einem Plastikstuhl vor ihrem Wohnwagen und las konzentriert. Kari trug eine große Sonnenbrille, die die Hälfte ihres Gesichts bedeckte, und hatte die Beine elegant übereinandergeschlagen. Ein buntes Tuch hielt ihr die Haare aus dem Gesicht. Die Szenerie sah größer aus, bedeutsamer, als Plastikstuhl und Wohnwagen es vermuten ließen. Kari brachte alles um sich herum zum Leuchten.

Ihre entspannte Haltung verriet nichts darüber, wie sie die Seiten fand, die ausgedruckt auf ihrem Schoß lagen. Sie hatte beim Lesen kein einziges Mal hochgeguckt, was ich genau wusste, denn ich hatte sie nicht aus den Augen gelassen. Ich fühlte mich wie beim Schulaufsatz in der dritten Klasse, wenn Frau Meffert gleich entscheiden würde, ob ich eine Belohnung verdient hatte. Von Frau Meffert gab es fast immer einen Aufkleber. Kari hingegen konnte ich überhaupt nicht einschätzen. Ich fragte mich, wann der richtige Moment wäre nachzufragen, ob ihr bewusst sei, dass ich direkt neben ihr stand und auf eine Reaktion wartete. Wie machten die anderen das, wenn sie etwas von Kari wollten? Lukas holte sich wahrscheinlich einfach von ihr, was er brauchte. Schon wieder ertappte ich mich dabei, dass ich gerne wissen wollte, was genau das war.

Jetzt drehte Kari langsam den Kopf und sah mich an.

«Ist gut geworden.» Sie lächelte.

Schöner als jeder Aufkleber.

Vor der Premiere fuhren Achim und ich mit seinem weißen, klapprigen Lieferwagen herum und klebten Plakate. Auf dem Auto war ein lachendes Klavier abgebildet. Im normalen Leben transportierte Achim Instrumente durch ganz Europa.

Wir schlängelten uns durch den dichten Verkehr der Innenstadt, ich kurbelte das Fenster herunter. Es war laut und stickig. Vor mir baute sich der Dom auf, in seiner ganzen katholischen Prächtigkeit. Ich beneidete Katholiken um das Pathos, mit dem sie Gotteshäuser bauten. Der Kölner Dom war ein riesiger Ruhepol inmitten des alltäglichen Treibens. Ich habe ihn noch nie ohne Gerüst gesehen, immer gibt es eine Stelle, die ausgebessert werden muss.

Momentan hing das Gerüst am linken Turm. Ein rechteckiger Kasten, der nicht zum filigranen Bauwerk passte. Darauf bewegten sich schwarze Punkte, offenbar Menschen, die dort nichts zu suchen hatten. Sie wirkten wie Piraten, die ein fremdes Schiff geentert hatten. Unten auf der Domplatte fuhren zwei Polizeiwagen vor, langsam, weil der Platz voll war mit Touristen, die herumstanden und nach oben guckten.

Die Gerüststürmer ließen jetzt ein großes Laken herab, auf dem in bunten Lettern etwas geschrieben stand. Ich reckte den Kopf weit aus dem Fenster, um besser sehen zu können. Warmer Sommerwind kam mir entgegen, dick, eine Luft, die man nicht gerne einatmet.

DIE ERDE IST DES HERRN, stand auf dem Laken.

Achim kriegte sich nicht mehr ein, für so einen Spruch der ganze Aufwand!

Aber ich lachte nicht mit. Mich rührte die Aktion, auf eine Weise, die ich nicht erklären konnte. Ich spürte plötzlich Sehnsucht, so stark, dass mir Tränen in die Augen stiegen. Simpel und klar schien mir die Botschaft: Die Erde ist des Herrn, und ihr Menschen, die ihr so sehr an einen Gott glaubt, dass ihr ihm große Tempel baut: Gesteht euch ein, dass der Planet, den ihr kaputt macht, nicht eure Schöpfung ist.

Mir ging es nicht um einen moralischen Zusammenhang. Es war die zwingende Notwendigkeit, die diese Menschen da oben empfanden. Der innere Kompass, der sie leitete. Ich wollte bei denen stehen. Bei denen, die genau fühlen, was zu sagen ist und wann und warum. Die das Richtige tun, was auch immer es ist.

Als ich abends nach Hause kam, war die Wohnung leer. *Bin im Garten*, schrieb Jan, ich solle doch nachkommen, und den Wein mitbringen.

Ich machte den Kühlschrank auf. Der Grauburgunder lag quer darin. Kleine Tropfen bildeten sich auf der Flasche, es sah appetitlich aus. Ich würde den Wein in Kühlelemente wickeln und noch Cracker und Käse in meine Tasche packen. Gertrude füttern und besänftigen. Mich im Spiegel betrachten, Mascara auflegen. Deo links und rechts. Einen leichten Pullover überziehen, aufs Rad, die Straße entlang bis zur ersten Kreuzung, vier Kilometer geradeaus, und dann das Rad schieben bis zur Parzelle 16. Jan säße da und würde lächeln und sagen, schön, setz dich.

Unendliche Müdigkeit machte sich in mir breit. Es fühlte sich an, als hätte ich eine Prüfung abzulegen.

Ich nahm den Wein heraus und wischte die Tropfen von der Flasche. Mit dem sicheren Gefühl, die Prüfung eh längst vermasselt zu haben, holte ich ein Glas aus dem Schrank und öffnete die Flasche.

17

Auf ihren hohen Beinen stand Jenni vor der Tür. Sie trug eine superkurze Hose, die eher Hüften umschloss als Beine bedeckte. Ihr Shirt war bauchfrei. Aber der Pony: wie mit dem Lineal gezogen.

Sie fragte, ob Jan da sei, wegen eines Computerproblems. Ob er mal gucken könne. Mein Unmut wanderte vom Pony zum Informationsfluss im Haus. Ich hatte bis vor Kurzem kaum den Namen unserer Nachbarin gekannt, während Jenni offenbar nicht nur wusste, dass Jan Computerprobleme beheben konnte, sondern sich auch berechtigt fühlte, seine Hilfe dabei in Anspruch zu nehmen. Widerwillig ließ ich sie ein.

Jenni betrat die Wohnung mit einer Forschheit, die mich noch mehr aufbrachte. Sie schaute sich nicht um, sie sagte nicht, ihr habt es ja schön hier oder, witzig, bei mir sieht es genauso aus. Sie bewegte sich in unserer Wohnung, als wäre es eine Verlängerung ihrer eigenen und sie müsse nur mal kurz in die Küche, um den Zuckertopf zu holen. Ihre glatten, braun gebrannten Beine staksten in Riesenschritten über den kleinen Teppich im Flur, vorbei an der wurmstichigen Kommode, einem Erbstück meiner Oma. Darauf stand ein Schälchen mit Sachen, die ich aufhob, kleine Gegenstände wie Steine oder Korken oder Eintrittskarten.

Jenni fegte daran vorbei, als ob das nicht ein ganzes Leben wäre, das sich hier im Flur schutzlos darbot. Sie betrat die Küche, in der Jan arbeitete. Er hatte sie schon kommen hören und war sehr freundlich zu ihr. Natürlich könne er sich kümmern, gleich nach der nächsten Telefonkonferenz, kein Problem. Sie nickte und stelzte den ganzen Weg zurück. Die Tür fiel hinter ihr ins Schloss, und ich hatte das Gefühl, sie hätte etwas Wichtiges mitgenommen.

Abends rief mein Vater an. Er schickte weder meine Mutter vor, noch wartete er, bis ich selbst es aussprach. Er fragte einfach, so selbstverständlich, als würde er mich bitten, die Blumen zu gießen:

«Kannst du mich für eine Weile vertreten?»

Nachdem er es gesagt hatte, drehte die Welt sich weiter, und ich musste antworten, als ob es eine ganz normale Frage wäre.

Ich wollte die Kari-Strategie anwenden, aber ich war lausig darin zu schweigen, wenn mich jemand ansprach.

«Ich weiß nicht.»

Er hustete so wohlplatziert, dass er gleichermaßen mein Mitleid und mein Misstrauen erregte. Ich nahm mir vor, die Symptome einer Herzinsuffizienz zu recherchieren. Dann fiel mir ein, dass Krankheiten googeln nie eine gute Idee ist.

«Ich kann doch nicht einfach ... Und ich muss eh erst Vikariat machen.»

«Du kannst das ganz sicher. Und die Vertretung kann ja Teil deines Vikariats sein. Oder wir nennen es Praktikum oder so. Da muss ich nur ein paar Anrufe machen.»

Er machte eine Pause, in der ich ihn schwer atmen hörte. Mein Herz lief über. Ich schämte mich dafür, dass ich gerade noch für möglich gehalten hatte, er mache mir was vor.

«Was soll denn die Gemeinde ohne dich, Papa?»

«Ach, die sind vielleicht froh, wenn sie mich alten

Trottel mal für eine Weile los sind. Ich kann mir nichts mehr merken in letzter Zeit. Die Ärzte sagen, das liegt daran, dass das Herz es nicht mehr schafft, das Gehirn ausreichend mit Blut zu versorgen.» Mein Vater lachte matt. «Weißt du, dass mir kürzlich der Segen nicht mehr eingefallen ist? Auf der Kanzel, im Gottesdienst. Das war vielleicht peinlich!»

Ich hörte mich selbst beschwichtigend lachen. Der Apfel fällt nicht weit vom Stamm, dachte ich.

«Die lieben dich alle in der Gemeinde, die lassen dich nicht einfach gehen, nur weil du mal was nicht mehr weißt.»

«Deshalb wäre es ja schön, wenn du mich erst mal vertrittst, solange ich in der Reha bin.»

Seine Stimme klang heiser. Ich konnte die Atemnot hören.

«Hm.»

«Weil die Gemeinde dich doch kennt.»

«Ja.»

«Ja, die Gemeinde kennt dich, oder ja, du machst es?»

«Papa ...»

Er hustete wieder, ich seufzte.

«Kann ich wenigstens darüber nachdenken?»

«Wir können ja morgen noch mal sprechen.»

Und er legte auf.

Das plötzliche Ende schockierte mich mehr als das Telefonat selbst. Wenn ich mit meinem Vater sprach, war das Abschiedsritual normalerweise fast so lang wie das gesamte Gespräch. Es wurden gute Wünsche hin- und hergeschoben, Pläne für den Rest des Abends erfragt, Grußformeln ausgesprochen. Mein Vater konnte einer Zimmerpflanze Grüße ausrichten lassen, wenn er noch keine Lust hatte aufzulegen. Jetzt hatte er schon zum zweiten Mal in Folge unser Gespräch abrupt beendet. An seine neue Direktheit, seine Ungeduld, konnte ich mich gewöhnen. Aber es schnürte mir die Kehle zu, dass er keine Lebenszeit mehr verplemperte. Es machte mir bewusst, dass er vielleicht nicht mehr viel davon übrig hatte.

Es gab Käsetoast mit Senf. Jan benutzte den alten Sandwichmaker, den meine Mitbewohnerin mir untergejubelt hatte, als ich aus unserer WG ausgezogen war. Er stammte noch aus der Zeit, als alle der Meinung waren, in jede WG gehöre ein solches Gerät, mit dem man Toast und Käse in eine geschlossene, geschmolzene Einheit verwandeln konnte. Als der Trend abebbte, bemühte man sich, das Teil loszuwerden, weil es nur Platz wegnahm. Dieser Sandwichmaker war jahrelang von Wohngemeinschaft zu Wohngemeinschaft gewandert. Er zog Staub und Fett hinter sich her, nur um bei der nächsten Gelegenheit weitergereicht zu werden, bei einer WG-Party oder beim Schrott-Wichteln. Jan hatte ihn noch nie benutzt. Jetzt stellte er mir den Teller hin, groß, weiß, halb leer. Ein Klecks Senf am Rand. In der Mitte lag das Sandwich-Dreieck, wie versehentlich abgelegt. Es roch noch nicht einmal nach Käse. Es roch überhaupt nicht. Als ich reinbiss, schöpfte ich dennoch etwas Hoffnung: Im geschmolzenen Käse schmeckte ich eine eigentümliche Würze, ein feines Aroma.

«Wacholderbeeren», sagte Jan, als er meinen Blick sah.

Ich fasste Mut.

«Kommst du eigentlich mit, am Freitag?»

Jan sah verschlossen aus. Ich kannte diesen Ausdruck in seinem Gesicht nicht.

«Zur Aufführung von den Motodromleuten.»

«Ich weiß schon. Deine Ansagen. Jenni hat mir davon erzählt.»

Ich wusste nicht genau, was ich schlimmer fand: Jans trüben Blick, den Käsetoast oder dass es Jenni war, die ihm von meinen Ansagen erzählt hatte.

Aber es stimmte schon, ich selbst hatte Jan nie gesagt, welche Rolle ich bei der Show spielte, ich ließ ihn in dem Glauben, dass ich nur beim Aufbau half. Warum, wusste ich auch nicht. Vielleicht weil ich dann hätte beschreiben müssen, wie gut es sich anfühlte, in der Wand zu sein, und dass ich seit langer Zeit nicht mehr so glücklich gewesen war wie auf dem Motorrad.

«Jenni und du, ihr seid ja dicke», spuckte ich aus.

Jan loderte. Ich konnte es sehen an dem leichten Zucken seines Mundwinkels und an der linken Augenbraue, die einen halben Zentimeter in die Höhe schnellte. Ich hörte, dass sein Atem kurz stockte und er dann tiefer und länger ausatmete als sonst.

«Ja, genau. Das sind wir», sagte er und stand auf, um den Sandwichmaker zu schrubben.

Mit den Resten meines Toasts ging ich nach unten in den Hof. Es war kühl hier, die Sonne längst weg. Hagebuttenbüsche dufteten nach Schullandheim, die Holzbank war frei. Ich setzte mich und atmete durch. Ich wollte, dass die Dinge sich ordneten. Ich wusste nur nicht, wie.

Mein Handy plingte, und ich öffnete die Nachricht. Es war ein Foto, so intim, dass ich mich fast schämte, als ich es mit Daumen und Zeigefinger größer zog. Ich wollte jedes Detail sehen. Die Nase. Den Mund. Erstaunlich dicke, kurze Lippen. Die Augen, voller Vertrauen geschlossen. Finger, so klein, so perfekt, dass es absolut keinen Grund gab, warum sie wachsen sollten.

Darunter stand, kurz und schlicht: *Chris ist da.* Und ein rotes Herz, das pulsierte.

Mir kam Wacholderkäse hoch. Ich würgte richtig. Wie konnte ein Wesen, das so eindeutig unfertig war, so vollendet aussehen?

«Zum Kotzen, diese Babys», sagte Lukas und fläzte sich neben mich.

Schnell machte ich das Foto zu und steckte mein Telefon weg.

«Ich hab nur was Komisches gegessen», sagte ich, aber dann öffnete sich etwas. Ich sah die Details dieses kleinen Gesichts vor mir, und plötzlich drehte sich alles. Lukas bot mir sein Bier an, ich trank einen Schluck und atmete durch.

«Und jetzt erzählst du mal», sagte er.

Und ich erzählte.

Als ich hochgehen wollte, war es dunkel. Ich sah nur noch das Glimmen von Lukas' Zigarette und seine Silhouette, die mir in den letzten Stunden so vertraut geworden war. Lukas inhalierte, zog den Rauch ein, und es war ein bisschen, als ob er *mich* in sich aufsöge. Dass Worte so einfach den Besitzer wechseln konnten und dass sich das nicht anfühlte, als hätte ich etwas weggegeben, sondern als hätte ich etwas bekommen, rief in mir ein Kichern hervor. Lukas legte seinen Daumen auf meine Lippen.

«Nicht lachen», sagte er leise.

Ich spürte, wie meine Haut sich spannte. Mein ganzer Körper war gerade eine Nummer zu klein. Er beugte sich zu mir und küsste mich, und ich weitete mich noch mehr aus, drohte zu zerbersten. Aber dann weichte sich alles auf, wurde fließend, die Dinge ordneten sich und lösten sich auf.

Die Wohnung war still. Ich schlüpfte ins Bett, neben Jan, der erstaunlich friedlich schlief. Alles hatte noch die falsche Größe. Ich versuchte, meinen Atem an Jans Atemzüge anzupassen. Sog Luft ein, hielt an, lauschte. Es brannte in meiner Brust. Jan atmete immer noch nicht aus. Was stimmte denn nicht mit ihm? Oder mit mir? Wenn Jan in diesem Rhythmus sogar schlafen konnte, sollte ich es doch schaffen, einfach mal ein- und auszuatmen. Aber er war so langsam, dass ich bald nach Luft schnappte. Ich löste mich vom Diktat seines Atems, und das kam mir vor wie der größere Verrat.

Irgendwann fiel ich in einen schweren Traum. Am Boden lag ein kleiner Spatz, ganz zart. Er zuckte ein bisschen. Ich schaute ihn mir genau an, das braune Gefieder, die dünnen Beinchen, der hektische Blick. Der Schnabel ging auf und zu. Er versuchte wegzufliegen, aber es fehlte ihm an Kraft. Mein Fuß landete mit voller Wucht auf dem bebenden Körper, es knackste, und dann bebte nichts mehr. Mein ganzes Gewicht ruhte auf dem Geschöpf. Ich drehte meine Ferse noch einmal, als würde ich eine Zigarette austreten.

Als ich aufwachte, schlief Jan immer noch, ruhig und fest. Er hatte sich zu mir gedreht und die Beine angewinkelt. Das Mondlicht beschien seine Locken, sein Gesicht lag vollkommen still.

Der Traum fühlte sich so echt an, als hätte ich den Vogel wirklich getötet. Ich spürte noch die volle Absicht und wie meine Hacke sich gedreht und damit eine kleine Wollust in mir ausgelöst hatte. Eine kleine, schlimme Freude daran, über Leben und Tod zu entscheiden. Sie machte mir Angst, aber sie war eindeutig Teil von mir. *Das bist jetzt du*, flüsterte eine Stimme. *Gewöhn dich dran.*

Kari bat mich, sie zu treffen, zum Morgenkaffee, schrieb sie. Ich war gerade aufgestanden, die Nacht steckte noch in mir. Ich zog mich an und nahm die Bahn. Die Sonne hing schwer am Horizont, als der Zug über die Felder fegte.

Kari wohnte direkt neben dem Motodrom im Wohnwagen. Er trug den gleichen Schriftzug wie ihre Indian, ihr Name in großen Buchstaben. Ich wollte gerade klopfen, als die Tür aufging und sich zwei Meter geballte Freundlichkeit durch die niedrige Tür zwängten, entspannt, in T-Shirt und Shorts. Strähnige, blonde Haare, von der Nacht zerzaust, eine Zigarette zwischen den Lippen. Nackte Füße, die gepflegt aussahen.

Ich sah auf diese Füße. Das passte gar nicht, dass einer wie Lukas sich so sorgfältig pedikürte. Aber woher sollte ich wissen, was zu ihm passte? Wenn ich noch nicht mal wusste, dass er bei, und wahrscheinlich auch mit, Kari schlief.

Kari, die schöne Kari, die coole Kari, wie hatte ich jemals denken können, dass Lukas *nicht* hier übernachtete? Er setzte sich in die Tür des Wohnwagens, kniff die Augen wegen der Sonne zusammen und inhalierte tief. Er sog Teer ein und Nikotin.

«Na», sagte er, lang gezogen und freundlich. Eine alltägliche Begegnung, die zwei Buchstaben wert ist. Zwei Buchstaben, die aus dem selben Mund kamen, der sich gestern auf meinen gelegt hatte; Lippen, die ich gespürt, die ich geschmeckt hatte, die kühl waren und fest und die sich jetzt um eine Zigarette legten.

Und ich, ich wollte verschwinden, auf der Stelle. Einfach nur nicht hier sein, oder lieber: nicht jetzt sein. Ich wollte zurückspulen in der Timeline, ein paar Stunden, bis vor dem Kuss, oder besser gleich ein paar Wochen, bevor wir uns überhaupt getroffen hatten. Ich würde einfach den Sommer über bei meinen Eltern bleiben, mich um meinen Vater kümmern und um meine Mutter und um Röschen. Ich hätte nie mitbekommen, dass die Sonneninsel in unserem Innenhof von einem baumlangen Mann mit einem Motorrad besetzt wurde, ich hätte nie erfahren, dass das Motodrom in der Stadt ist. Vielleicht würde mir dann später mal ein zerknüllter Flyer in die Hand fallen, Werbung für eine Aufführung, die ich verpasst hatte, und ich würde das Papier glatt streichen und einen Typen sehen, der auf dem Motorrad steht und die Arme ausbreitet, und denken, das sieht gefährlich aus, und all das hätte nichts mit mir zu tun.

Auf keinen Fall würde ich in diesem Moment hier stehen, fröstelnd in der Morgensonne, sprachlos, vor einem zerzausten, in sich ruhenden Mann, und mich fühlen wie eine Zufallsbekanntschaft, die mal geküsst wird, wenn es gerade passt.

Lukas gähnte und streckte sich.

«Willst du Kaffee?»

Ich wollte keinen Kaffee, ich wollte Lukas wehtun. Aber nicht einmal das konnte ich, denn verletzlich ist man nur, wenn man sich öffnet, und Lukas, mit seiner ganzen offenen Art, seiner ausnehmenden Freundlichkeit, war so geschlossen wie eine Auster.

Kari kletterte aus dem Wagen. Sie hatte eine Thermoskanne und drei Campingbecher dabei und wies mir den Plastikstuhl zu. Sie selbst setzte sich auf die Stufen vor der Tür, zu Lukas. Es war eng, ihre Schulter berührte sein Knie. Sie trug einen formlosen, grob gestrickten Pullover, drei Nummern zu groß und von Löchern übersät. An ihr sah er glamourös aus. Kari, die sonst auf ihren Worten saß, plapperte fast, wie sehr sie sich auf meine Ansagen freue. Sie weckte sofort mein Misstrauen. Ich beschränkte mich auf zustimmendes Nicken und nahm den Kaffee entgegen. Er schmeckte nach Wasser und Plastik.

Kari ließ sich von Lukas eine Zigarette drehen, er reichte sie ihr nach unten. Sie zündete sie nicht an, sondern steckte sich die Kippe hinters Ohr. Bei jeder anderen hätte die Geste bescheuert ausgesehen. Im Gegenzug reichte sie Lukas eine Tasse Kaffee hoch. Ihr Gewicht verlagerte sich, sodass sie jetzt an seinem Knie lehnte. Lukas pflückte gedankenverloren ein Fussel von Karis Schulter. Nichts erinnerte daran, was gestern passiert war. Er verbarg es nicht, es war einfach, als wäre es nie geschehen.

Am Plastikstuhl, auf dem ich saß, hafteten Matsch vom letzten Regen und schwarze Reste von Spinnennetzen. Ein Kaugummi klebte an der Lehne, genau dort, wo ich meinen Arm hinlegen würde, wenn ich bequem sitzen wollte. Mir ging auf, dass Kari mich mit Absicht hier platziert hatte, ihnen gegenüber, als Zuschauerin dieser vertrauten Morgenszene. Es war der einzige Grund, warum sie mich herzitiert hatte. Damit ich sah, in welchem Stück ich mitspielte. Ich war ihr Publikum, und sie hatte für mich den billigsten Platz reserviert.

Lukas bot an, mich mit zurückzunehmen in die Stadt. Ich lehnte ab. Lieber würde ich nach Hause laufen, als mich zu ihm auf die Harley setzen. Seinen Körper umklammern, den breiten Rücken direkt vor mir haben, ganz nah und doch so abgewandt, wie man nur sein kann. Lukas fragte nicht, warum ich lieber Bahn fuhr. Er hatte ein feines Lächeln für mich übrig, spöttisch vielleicht oder amüsiert.

Den ganzen Weg nach Hause sah ich dieses Lächeln vor mir. Es machte mich rasend.

18

Jan hatte die Gabe zu sagen, was er dachte, ohne sagen zu müssen, was er dachte. Am Abend der Vorstellung sagte er, dass er dringend in den Garten müsse, weil das Unkraut die Nutzpflanzen überwuchere. Sogar die Dahlien seien in Gefahr, und das dulde keinen Aufschub. Ich sah vor mir, wie wilde Pflanzen über Nacht aus dem Boden schossen und Rosen, Geranien und Dahlien platt machten. Jan wünschte mir viel Erfolg bei der Vorstellung, verbal jedenfalls. Der Ton und seine Körpersprache wünschten mir die Pest an den Hals.

Achim holte Lukas, Jenni und mich ab. Ich hatte die Reisebox mit Gertrude auf dem Schoß, zu den Knien die Tüte mit meinem Kostüm für die Vorstellung.

Im Auto hing ein sanftes Mandelseifen-Aroma. Lukas trug ein weißes, sauberes Shirt, langärmlig, weit aufgeknöpft. Die Haare waren zurückgegelt und die Augen mit schwarzem Kajal umrandet. Er sah umwerfend aus, eine Mischung aus Kurt Cobain und nordischem Gott.

Jenni wirkte lässiger als sonst. In Lukas' Beisein sah sie unordentlich aus, als hätte er sie einmal durchgepustet. Sogar der Pony fiel fransig, mal hierhin, mal dorthin.

Wenn sie direkt neben Lukas saß, war nicht zu übersehen, dass sie Geschwister waren. Sie hatten exakt die gleiche Haltung. Sie betonten ihre Sätze gleich. Sie prusteten im Chor los, als Achim einen Witz machte. Ich lachte nicht mit. Beide hatten keine gute Laune verdient. Auf diffuse Art störte es mich zutiefst, dass sie so viel

Spaß hatten. Dass Bruder und Schwester so verbunden waren.

Ich stierte aus dem Fenster, um niemanden mehr sehen zu müssen, und dachte an Jan, der sich gerade durch einen Urwald aus Giersch schlug, um seine Dahlien zu retten. An meinen Vater, der auf meinen Anruf wartete, an Eva, die wahrscheinlich gerade ihr Baby in den Schlaf wiegte. Ich fragte mich, wie es geschehen konnte, dass ich so sauer war auf alle Menschen um mich herum, einschließlich mich selbst.

Achim war empört, dass Jan nicht mitkam, nicht wegen der Show, sondern für mich.

«Das ist doch deine Premiere!»

Ich nahm dankend das Angebot an, meinen Groll auf eine Person zu konzentrieren. Achim hatte schließlich recht. Es war meine Premiere, und Jan zog es vor, Unkraut zu jäten. Aber für die Computerprobleme der Nachbarin hatte er Zeit.

«Gegen seine Dahlien kann ich nicht anstinken», sagte ich.

Alle lachten, und ich legte noch mal nach. Ich machte Witze auf Jans Kosten, über den Kleingarten und seinen Putzfimmel, über Pastasoßen mit drei Zutaten, über Kriege, die mit einem Papagei geführt wurden. Ich redete mich geradezu in Rage. Am Ende, als wir am Marienfeld angekommen waren, schwiegen Lukas und Jenni, und Achim lächelte mild. Von Jan war nichts mehr übrig. Ich hatte ihn in Grund und Boden gerammt.

Ein kleiner Wohnwagen hinter dem Motodrom-Zelt diente als Lager, Aufenthaltsraum und Kaffeeküche zugleich. Ich nutzte ihn als Umkleide, denn hier gab es einen Ganzkörperspiegel, vor dem ich jetzt stand und vorsichtig meinen Talar ausschüttelte. Ich hatte ihn von meinem Vater zum Examen bekommen und noch nie getragen. Es war ein klassisches Modell, schwarz, samtig, weißes Beffchen.

Ich wiegte ihn kurz, als könnte er Gewicht verloren haben in dem Jahr, in dem er unbenutzt im Schrank gehangen hatte. Dann zog ich ihn mir über den Kopf und blickte in den Spiegel. Er reichte mir bis zu den Knöcheln. Die Ärmel wurden nach unten hin immer weiter, was ziemlich albern aussah, wenn die Arme schlaff am Körper hingen. Aber wenn ich sie ausbreitete, für den Segen etwa, sah ich aus wie ein schwarzer Engel. Weder Kari noch Lukas wussten davon, dass ich den Talar tragen wollte. Ich hatte nicht gefragt, ob sie es für angemessen hielten. Wie wörtlich Kari es meinte, wenn sie aus ihren Vorstellungen Gottesdienste machte, wusste ich nicht. Aber da mir ohnehin nicht mehr klar war, was an Kari und Lukas noch echt war und was zu einer Show gehörte, die ich nicht verstand, hatte ich den Talar einfach mitgenommen. Ich drückte den Rücken durch und breitete die Arme aus, probeweise.

Heute Abend würde ich meinen eigenen Gottesdienst erfinden. Im Talar, mit Gertrude auf der Schulter. Eine Piratenpastorin im Kessel.

Mein Handy klingelte, es war mein Vater. Ich überlegte, ob ich ihn wegdrücken sollte. In letzter Sekunde ging ich ran.

«Papa, ich kann grad nicht.»

«Wir wollten wieder sprechen.» Er klang betont korrekt, als hätte er mich auf Wiedervorlage.

«Ja, ich sagte doch, ich melde mich.»

«Das war letzte Woche.»

«War viel los.»

«Na dann.»

Er legte auf.

Bleiches Licht drang durch das kleine Fenster des Wohnwagens. Jemand hämmerte an der Tür, Achim wahrscheinlich, der sich auch noch umziehen wollte. Im Spiegelbild strich ich die Ärmel meines Talars glatt. Morgen früh würde ich meinen Vater anrufen und in Ruhe alles mit ihm besprechen. Aber erst musste ich die Show hinter mich bringen.

Das Publikum drängte bereits ins Zelt. Familien mit Kindern, Teenager, Großstädter, Biker und alte Leute standen Schlange. Es gab einen Foodtruck und einen Bierstand, und über dem Gelände dröhnte eine Drehorgel.

Gertrude war nervös. Ich hatte sie mir auf die Schulter gesetzt, damit sie sich schon mal an die Hektik und die Musik gewöhnte. Aber als wir uns den wartenden Menschen näherten, setzte sie sich ab. Sie flatterte umher, über die Köpfe der Leute hinweg. Die Menschen schauten nach oben und zeigten, schau, da, ein Papagei. Sie dachten, Gertrude heiße sie willkommen. Aber Gertrude machte die Aufmerksamkeit noch nervöser, sie tauchte ab und landete auf dem Schopf eines kleinen Jungen, der ohrenbetäubend losschrie. Erschrocken flatterte sie davon, in ihren Krallen ein blondes Büschel. Der Junge brüllte. Ich versuchte, Gertrude einzufangen, hielt ihr meine Hand entgegen und rief mit Zuckerstimme ihren Namen. Als sie kam und sich auf meine Schulter setzte, spürte ich, wie aufgeregt sie war. Ich ließ mich auf einen der Plastikstühle nieder. Unser beider Herzfrequenz beruhigte sich langsam.

Kari tauchte vor mir auf. Heute war sie nicht nur schön, sie war eine Erscheinung. Schwarz umrandete Augen, ein weißes, flatterndes Hemd, darunter ein glitzerndes Bustier auf makelloser Haut. Sie und Lukas würden in der Wand aussehen wie ein Königspaar.

Kari musterte mich in meinem Talar. Sie sagte nichts, aber ich fühlte mich plötzlich unwohl darin. Dann zeigte sie auf Gertrude.

«Sie kann nicht mit rein.»

«Wieso?»

«Weil sie nicht zu kontrollieren ist.»

«Aber sie sitzt doch nur auf meiner Schulter.»

«Du hast sie nicht im Griff.»

«Doch, klar!»

Sie sah mich freundlich an.

«Du hast doch noch nicht mal dich selbst im Griff.»

«Aber wir hatten das doch besprochen.»

Genau genommen hatten wir das nicht besprochen. Kari hatte den Vogel bislang einfach gar nicht zur Kenntnis genommen. Aber wer schweigt, stimmt zu.

«Gertrude ist Teil der Show», sagte ich.

«Jetzt nicht mehr.»

Kari drehte sich um und ging.

Ich sprang auf.

«Hey!»

Sie lief weiter.

«HEY!»

Kari blieb stehen, ungehalten.

«Ist das wegen Lukas?»

Kari kam einen Schritt auf mich zu. Sie war jetzt so nah, dass ich die Mascara sehen konnte, die in Bröckchen auf ihren Wimpern lag. Sie erinnerten mich an Fliegenbeine. Unwillkürlich ging ich einen Schritt zurück.

«Wir riskieren da drin unser Leben. Wir alle, nur du nicht. Der Vogel bleibt draußen. Klar?»

Und sie eilte davon.

Voller Wut holte ich die Reisebox. Furzende Löwen und Menschenaffen hatte es in der Wand gegeben, aber eine Papageien-Seniorin war plötzlich verboten. Ich setzte Gertrude in die Box und knallte das Türchen zu. Vor dem Eingang des Zeltes drängten sich Menschen. Aufdringlich lachten sie und schrien, sie stopften Zuckerwatte in sich hinein und feixten miteinander.

Ohne Gertrude konnte ich nicht auftreten. Erst recht nicht im Talar. Ich würde kein Wort herausbringen da drin.

Ich sollte einfach verschwinden, jetzt, auf der Stelle.

Aber mitten in meinen Fluchtversuch platzte Gert hinein, am linken Arm Magda, am rechten der Oberfeldwebel. Magda hatte Zuckerwatte, Gert naschte davon, und sie waren alle drei ausgesprochen gut gelaunt. Sogar der Oberfeldwebel sah für seine Verhältnisse zufrieden aus. Gert verlor kein Wort über meine Suspendierung. Für ihn war es ganz natürlich, dass ein Gottesdienst in Gestalt einer Motorshow daherkommen kann. Er erzählte Magda und dem Oberfeldwebel, dass ich einen langen Urlaub hätte, den ich nutzte, um andere Arten von Kirche zu erkunden. Und wie wunderbar das sei, eine Pastorin auf der Walz! Ich musste grinsen. So konnte man es auch sehen. Aber es tröstete mich auch ein wenig. Offenbar hatte Gert mich noch nicht aufgegeben.

«Wenn das Motodrom weiterzieht, reden wir in Ruhe», sagte er.

Magda tätschelte meinen Arm, der Oberfeldwebel brummte «Hals und Beinbruch», und als die drei abzogen in Richtung Eingang, wusste ich: Kneifen ging jetzt nicht mehr.

Es war warm hier drin. Ich stand in der Mitte des Kessels und atmete Benzin und Motoröl ein. Eine Spannung lag in der Luft, die ich schwer einordnen konnte. Um mich herum war alles dunkel. Ich hörte, wie sich über meinem Kopf Menschen drängten. Dort oben raunte es, wahrscheinlich war es Lachen und Rufen, aber es klang bedrohlich. Schatten erschienen am Rand des Kessels, Konturen, die nur eine Idee gaben von den Menschen. Überall war Bewegung am Kesselrand, einer beugte sich hinüber, um nach unten zu linsen. Er wurde unsanft zurückgezogen. Mein Herz klopfte schnell.

Jemand hatte die Nebelmaschine eingeschaltet, der Boden verwandelte sich in ein Wolkenmeer, das sich um mich herum ausbreitete. Ich ragte aus dem Nebel wie eine Gestalt aus der Unterwelt.

Kühles Scheinwerferlicht fiel auf mich. Es brachte den samtigen Talar zum Schimmern, ein Blauschwarz, das auf Wadenhöhe im Nebel verschwand. Achim hatte mir die Lichtanlage erklärt:

«Sobald der Spot auf dich an ist, legst du los und kündigst uns an, und von da an läuft eh alles von selbst.»

Nichts lief von selbst. Der Nebel zu meinen Füßen hatte sich auch in meinem Kopf ausgebreitet. Ich hob den Blick und sah über den Kessel hinweg nach oben. Die kleine runde Öffnung am höchsten Punkt des Zeltes, die den Himmel freigab, war pechschwarz. Dort oben war Nacht, kein Stern weit und breit. Ich musste an den Nachmittag auf Pellworm denken im Frühjahr. Als ich von Wolken gejagt wurde und sicher war, dass Gott mir eine Lektion erteilte. Wie nah er mir da gewesen sein musste, erkannte ich erst jetzt.

Denn wenn ich nach oben blickte, fühlte ich: nichts.

Es war ganz still im Kessel.

Ich blinzelte in den Scheinwerfer. Ich musste etwas tun. Improvisieren.

Also breitete ich die Arme aus, blickte nach oben und rief:

«Ist da jemand?»

Das Publikum johlte.

Ich rief noch einmal, lauter:

«IST da jemand?»

Hier! Ja! Hier! klang es vereinzelt aus dem Publikum.

Da brüllte ich:

«IST DA JEMAND!», und Uwe, Mick und Achim bretterten auf ihren Maschinen rein. Es war so laut, dass mein ganzer Körper vibrierte. Die drei jagten sich, schraubten sich hoch, bis sie unmittelbar am Kesselrand entlangfuhren, sechs Meter über dem Boden an der steilen Wand. Achim war der Erste, der das Lenkrad losließ und die Arme ausbreitete. Er war so weit oben, dass sein rechter Arm ins Publikum hineinragte. Ich hielt den Atem an, das sah so gefährlich aus. Aber Achim hatte alles im Griff. Die Leute klatschten ihn ab, und Achim hielt hoch konzentriert das Gleichgewicht. Mick stand inzwischen kerzengerade auf seiner Indian und jagte Achim hinterher. Als Letztes ließ Uwe den Lenker los. Mit einer eleganten Bewegung schwang er seine Beine auf eine Seite, sodass er freihändig auf dem Tank seiner Indian saß und dem Publikum zuwinken konnte.

Achim wurde langsamer, er blickte mich auffordernd an. Er wartete auf mein Zeichen, meinen Text. Mir kam die ganze Show plötzlich albern vor. Das ganze Aufhebens. Meine Ansagen, die irgendwo zwischen Autoscooter und Andacht verortet waren. Mein Ringen um einen Gott, der partout nicht in meinen Kopf zurückkehren wollte. Hier stand ich, mitten in einem Zirkuszelt voller

Motorradfans, und trug meinen Talar wie eine Karnevalsverkleidung.

Ich lachte auf. Ich hätte das längst sehen müssen. Die angeblichen Zeichen, die Symbolik dieses Ortes Marienfeld. Wie Kari unbedingt eine schlichte Motorshow in etwas Transzendentes verwandeln wollte. Da draußen, da oben, zwischen Himmel und Erde – da war nichts. Und was nicht da war, konnte man auch nicht mit ein paar Kunststücken heraufbeschwören.

Der Nebel umfing mich, er roch scharf. Ich sog ihn ein, bereit, mich darin aufzulösen. Aber der nächste Act wartete, der Höhepunkt der Show. Das Nebelmeer teilte sich und machte Platz für Lukas und Kari, links und rechts flankiert von ihren Indians. Sie hätten nicht spektakulärer ausgesehen, wenn sie Löwen dabeigehabt hätten.

Achim wartete nicht länger auf meine Ansage. Er kam nach unten, Uwe und Mick folgten ihm. Sie positionierten sich hinter Lukas und Kari und ließen ihre Motoren noch mal aufheulen. Wieder durchdrang das Knattern jede Faser meines Körpers. Jetzt schossen Lukas und Kari los. Sie schraubten sich in die Wand hinein, hintereinander weg. Aber nach den ersten Runden zog Lukas mit Kari gleich. Sie fuhren nun nebeneinander, Vorderrad an Vorderrad, auf unsichtbaren Bahnen. Zwei parallele Geraden, die sich unendlich fortsetzten, ohne sich jemals zu schneiden. Synchron erhoben sich beide von ihren Sitzen, die weißen Hemden flatterten an ihren Körpern, und sie standen kerzengerade nebeneinander auf ihren Indians, während sie an der Steilwand entlangdonnerten. Das Publikum schrie, als sie die Hände ausstreckten und die Finger ineinander verschränkten. Ich konnte sogar von hier unten sehen, dass es eine innige Geste war.

Das Publikum fing an, Münzen über den Kesselrand zu werfen. Achim hatte mir erzählt, dass viele Indians Macken haben, weil die Steilwandfahrer traditionell zum Höhepunkt der Show mit Geld beworfen wurden. Die Münzen galten als Lebensversicherung: Denn keine Versicherung der Welt war bereit, einen Steilwandfahrer unter Vertrag zu nehmen.

Die meisten Geldstücke verfehlten Lukas und Kari. Sie fielen mir klirrend vor die Füße, und sie trafen die Reisebox, die etwas abseits stand. Für Gertrude musste sich das anhören wie Endzeitregen. Die Box schepperte, als Gertrude versuchte, dem unbekannten Geräusch zu entkommen. Da flog die Klappe auf, und sie flatterte ins Freie.

Sie schoss hoch, hin und her, und dann geradewegs auf Lukas und Kari zu. Vielleicht hatte sie Lukas erkannt und wollte sich zu ihm auf die Schulter setzen. Lukas reagierte im Affekt. Er wedelte sie weg mit den Armen, aber dafür ließ er Kari los, und der Ruck, den das verursachte, brachte Kari aus der Bahn, sie scherte aus.

Für eine Millisekunde nur berührte ihr Vorderrad seine Maschine, aber sie reichte aus, um Funken zu schlagen, nicht am Rad, sondern in meinem Kopf, denn Lukas stabilisierte seine Maschine, aber Kari, Kari stürzte zu Boden.

Keine vier Meter von mir entfernt kam sie auf, mit einem Geräusch, von dem ich inständig hoffte, dass es nicht ihre Knochen waren. Eine halbe Sekunde später krachte Karis Indian, die alte Maschine ihres Vaters, auf den Boden und zerbarst in mehrere Teile.

Weit oben im Zelt, in der Öffnung zum Himmel, flatterte etwas in Grau und Rot. Es war Gertrude, die zum Abschied noch eine kleine Runde drehte und sich dann aufschwang, hinaus, der schwarzen Nacht entgegen.

19

Die Stühle im Wartebereich des Krankenhauses waren aus Plastik. Sie hatten diese Hartschalen, die gar nicht zum Sitzen einluden, sondern eher sagten, liebe Zugehörige, die ihr um das Leben eurer Lieben bangt, macht das bitte zu Hause.

Mir tat der Hintern weh. Aber der größere Schmerz saß woanders. Wo, wusste ich nicht genau. Ich befand mich in einer Dolby-Surround-Umgebung aus Schuld.

Da ich nicht mit Kari verwandt war, gab niemand mir Auskunft. Drei Sitze weiter saß Lukas, auch schon seit Stunden. Vielleicht wusste er mehr als ich. Aber ich traute mich nicht zu fragen. Ich traute mich noch nicht einmal, ihn anzusehen. Wir hatten bislang kein Wort gewechselt. Ich rutschte auf dem Stuhl hin und her. Solange ich das Ausmaß meiner Schuld nicht kannte, würde ich die Hartschale am Hintern aushalten.

Ein Arzt kam und sprach Lukas leise an, der sofort aufsprang und ihm folgte. Ich wertete das als gutes Zeichen. Wenn er sie besuchen durfte, schien es ihr doch ganz gut zu gehen.

Als die Tür sich wieder öffnete, kam Lukas direkt auf mich zu. Seine Entschlossenheit füllte den ganzen Flur aus. Ich stand auf und erwartete ihn, wie man eine unausweichliche Naturgewalt über sich ergehen lässt. Lukas packte mich an den Schultern. Sein Körper vibrierte, ich spürte, wie warm und übertourig er war. Er machte mir Angst. Seine Stimme klang noch dunkler als sonst, diesmal ganz ohne wärmende Färbung.

«Fünf Rippen», knurrte er, «fünf Rippen hat sie sich gebrochen.»

Ich sah noch einmal vor mir, in Zeitlupe, wie Karis schmaler, eleganter Körper auf dem Boden aufkam.

«Perforierte Lunge, gequetschtes Herz, soll ich weitermachen?»

«Aber ich wollte doch nicht ...»

Lukas drückte meinen Arm. Es tat weh.

«... und wer, Elke? Wer wollte das? Wer kann was dafür? Der liebe Gott? Oder Kari selbst? Der Vogel? Oder vielleicht doch diejenige, die den Vogel gar nicht erst mit reinbringen sollte?»

Er ließ mich los und ging davon, ohne abzuwarten, ob ich noch etwas zu meiner Verteidigung vorbringen konnte.

Eine nette Krankenschwester berichtete, dass es Kari den Umständen entsprechend gut gehe. Kari hatte nach Lukas gefragt, sogar böse Scherze gemacht und nach ihrem Lieblingspulli verlangt. Allerdings wurde sie jetzt gleich noch operiert, um innere Blutungen zu verhindern.

«Das wird wieder», sagte die Krankenschwester lächelnd, und als ich spontan in Tränen ausbrach, gab sie mir ein paar raue Papiertücher aus dem Spender im Flur und klopfte mir kurz auf den Arm, bevor sie weiterging.

Ein alter Mann kam den Flur hinunter, er tastete sich an der Wand entlang. Entweder sah er schlecht, oder er brauchte dringend etwas, woran er sich festhalten konnte. Irgendwie kam er mir bekannt vor. Trotz seines Alters wirkte er drahtig, in seinem Körper hatte mal ordentlich Kraft gesteckt. Mit einem tiefen Seufzer ließ er sich neben mir nieder.

«Schrecklich, diese Stühle», sagte er, und ich nickte ihm zu.

«Warten Sie auch?», fragte er, und jetzt wurde mir klar, warum er mir bekannt vorkam. Er sah aus wie Kari.

«Sie sind wegen Kari hier.»

Das Gesicht des Mannes leuchtete auf.

«Wissen Sie etwas Neues über meine Karin?»

Karin. Wer Karin hieß, konnte gut backen und hatte Kunst und Deutsch auf Lehramt studiert. Es wunderte mich nicht, dass Kari sich vom «n» verabschiedet hatte.

Ich berichtete ihm kurz, dass sie jetzt operiert wurde. Dann fiel mir ein, dass er sich noch gar nicht vorgestellt hatte.

«Und Sie sind – der Vater?»

Er streckte mir die Hand entgegen. Der Händedruck war erstaunlich fest.

«Paulsen», sagte er, und dann: «Wissen Sie denn vielleicht auch, wie es der Indian geht?»

Natürlich. Pitt Paulsen, legendärer Steilwandfahrer, Karis Vater und der ursprüngliche Besitzer von Karis Indian. Die Maschine, die vor meinen Augen zerschellt war.

«Kann man bestimmt reparieren», sagte ich, aber ich bekam rote Ohren. Ich hoffte, dass Pitt Paulsen wirklich nicht gut sah.

«Meine Karin ist die Beste in der Wand», sagte er, «aber das wissen Sie sicher. Sie haben sie doch bestimmt mal fahren sehen?»

«Ich bin sogar mit ihr gefahren», sagte ich, und jetzt dachte Pitt Paulsen natürlich, dass ich auch Steilwandfahrerin war.

«Was ist denn da passiert? Karin geht wirklich nie ein Risiko ein.»

Doch, dachte ich, natürlich macht sie das. Indem sie instabile Pastorinnen einstellt, zum Beispiel.

«Es ging alles so schnell.» Meine Ohren waren jetzt knallrot. «Sie ist gestürzt beim Auftritt mit ihrem Partner.»

«Der Partner, war das Lukas?»

«Ja.»

«Aber er ist o. k.?»

«Ja, ihm fehlt nichts. Sie haben ihn gerade verpasst, er war eben noch hier. Er holt Sachen für Ihre Tochter.»

«Gott sei Dank. Wenn Lukas etwas passiert wäre ...» Paulsen seufzte. «Das hätte Karin nicht verkraftet.»

Lukas gehörte praktisch zu Karis Familie. Er hatte nie einen Hehl daraus gemacht. Ich hatte es nur nicht sehen wollen.

Paulsen wollte im Krankenhaus bleiben, bis Kari aus dem OP kam. Ich leistete ihm beim Warten Gesellschaft. Er erzählte gern Geschichten, und ich war dankbar für die Ablenkung. Ich erfuhr, dass Pitt Paulsen seine Frau Mila auf einem kleinen Jahrmarkt in Bayern kennengelernt hatte, wo er mit seiner Steilwand gastierte. Sie verkaufte Süßwaren, Schokofrüchte und gebrannte Mandeln. Als sie ihm zum Abschied ihr schönstes Lebkuchenherz schenkte, war sie schon schwanger.

Ein paar Jahre tourten sie gemeinsam mit der Wand durch ganz Europa, und Pitt sah schnell, dass seine Tochter ein Jahrhunderttalent wurde. Mit acht Jahren war Kari der Star der Show: Sie saß vorne auf Pitts Lenker, und wenn das Publikum sich gerade daran gewöhnt hatte, dass er ein Kind mitnahm, stellte sie sich hin und winkte ihnen zu. Geboren für die Bühne, sagte Pitt.

Nur Mila, die hat das nicht verstanden. Mila hatte genug vom Umherziehen, sie wollte Blumen auf dem Balkon, Elternabende, Grillen mit den Nachbarn. Aber Pitt konnte die Wand nicht aufgeben. Und Kari wollte bei Pitt bleiben, und bei der Steilwand. Sie zogen zu zweit weiter. Pitt brachte ihr alles bei, was er konnte. Sie betrieben die Steilwand gemeinsam. «Eigentlich bis Lukas kam», sagte Paulsen. «Da wusste ich, jetzt kann ich in Rente gehen.»

Paulsen trug eine Kette, ein einfaches Lederband mit einem Anhänger aus Silber. Mit Blick auf den Talar, den ich immer noch trug, nahm er die Kette ab und bat mich, den Anhänger zu segnen. Ich wollte sagen, ich bin evangelisch, wir segnen keine Gegenstände, nur Menschen. Aber er drückte mir das Amulett schon in die Hand. Es hatte die Form einer Endlosschleife: ein Möbiusband, bei dem Anfang und Ende miteinander verbunden sind. Vorsichtig strich ich mit dem Finger darüber. Wenn ich dem Band auf der einen Seite folgte, kam ich unweigerlich auf der anderen Seite heraus – zurück an den Anfang. So entstand Unendlichkeit: Der Anhänger enthielt verknäuelte Zeit.

Ich gab ihn Paulsen zurück und legte meine beiden Hände über seine. Und ich sprach: *«Der Herr segne dich und behüte dich; der Herr lasse sein Angesicht leuchten über dir und sei dir gnädig; der Herr hebe sein Angesicht über dich und gebe dir Frieden.»*

Die nette Krankenschwester kam zurück und berichtete, dass Kari die OP gut überstanden habe und bald aufwachen werde. Paulsen blinzelte mir zu, sein Gesichtsausdruck sagte «gut gemacht».

«Das war nicht der Segen, das waren die Ärzte hier», flüsterte ich. Vor Erleichterung umarmte ich ihn zum Abschied.

«Wollen Sie nicht bleiben, bis sie wach ist?», fragte

Paulsen erstaunt, aber ich verneinte und verabschiedete mich schnell.

Erst als ich aus dem Krankenhaus trat und die kühle Morgenluft im Gesicht spürte, ging mir auf, dass ich den Segen gesprochen hatte, ohne auch nur einen Moment über die Worte nachzudenken.

Es war noch nicht lange hell, das Licht gewöhnte sich erst an den neuen Tag. Zum ersten Mal roch es nach Herbst. Ich entschied mich, nach Hause zu laufen. Ich brauchte Klarheit im Kopf. Ein Fahrzeug der Stadtreinigung schob sich gemächlich durch die leeren Straßen, als mir bewusst wurde, was geschehen war.

Es war wieder da.

Alles.

Vater unser im Himmel. Geheiligt werde dein Name. Dein Reich komme. Dein Wille geschehe, wie im Himmel, so auf Erden.

Ich hielt an. Das konnte nicht sein. Nicht jetzt.

Unser tägliches Brot gib uns heute.

Meine Stimme wurde lauter.

Und vergib uns unsere Schuld,

wie auch wir vergeben unseren Schuldigern.

Der Typ, der das Reinigungsfahrzeug fuhr, lehnte sich aus dem Fenster und sprach mich im reinsten Kölsch an.

«Ich vergebe dir, Mädchen!»

Ich brüllte ihn an:

Und führe uns nicht in Versuchung!

Sondern! Erlöse uns! Von dem Bösen!

Der Reinigungstyp machte eine Du-spinnst-wohl-Geste und zog sich zurück in die Fahrerkabine. Aber ich war nicht mehr zu bremsen.

Dein!

ist!

das!

Reich!

Und die Kraft!

Und die Herrlichkeit!

Auf der Straße vor mir lag eine Bierdose. Ich trat mit voller Wucht dagegen, sodass sie im hohen Bogen gegen das Fahrzeug krachte und an der Fahrertür abprallte.

In Ewigkeit!, schrie ich.

Der Typ schloss hektisch sein Fenster. Bierreste rannen am Auto herunter, als er aufs Gas trat und sein schweres Fahrzeug einen Satz nach vorne machte.

Amen.

20

Gegen fünf Uhr morgens schloss ich die Haustür auf. Es roch nach Kaffee. Plötzlich konnte ich es kaum erwarten, Jan zu sehen. Nichts brauchte ich jetzt mehr als eine warme Tasse Kaffee und ein tröstendes Wort.

Aber Jan hatte den Kaffee nicht für mich gekocht, und Trost war wohl auch nicht zu erwarten. Am Küchentisch saßen Jenni und er, ganz eng, Jan hatte seinen Arm um sie gelegt, ihr Kopf lehnte an seiner Schulter. Sie schauten beide gleichzeitig hoch, herausgerissen aus ihrer Privatheit. Sie fühlten sich gestört, nicht ertappt. Ich hatte hier nichts zu suchen.

«Entschuldigung», sagte ich reflexhaft und knallte die Tür wieder zu. Ich stand zitternd im dunklen Flur. Kurze Zeit später öffnete die Küchentür sich wieder, leise. Ein Streifen warmes Licht drang aus dem Raum. Jenni schob sich durch den Spalt, umständlich, als ob die Tür nicht weiter aufginge. Dann huschte sie an mir vorbei und verließ die Wohnung.

In der Küche wusch Jan Tassen ab. Er stand mit dem Rücken zu mir und verdeckte die Spüle, aber ich hatte es schon gesehen: Er hatte meine alten Kaffeetassen benutzt. Unsere. Die, mit denen alles angefangen hatte. Jan mochte nicht religiös sein, aber einen Sinn für Rituale hatte er schon. Er wusste, dass das Hochverrat war.

«Was wollte Jenni hier?»

«Sie brauchte wen zum Reden, nach dem Unfall.»

«Und da fällst *du* ihr ein?»

«Und da falle ich ihr ein.»

«Mitten in der Nacht?»

«Mitten in der Nacht.»

«Und bleibt bis morgens um fünf?»

«Und bleibt bis morgens um fünf.»

«Kannst du damit aufhören?»

Er drehte sich um zu mir, die Spülbürste in der Hand. Anklagend zeigte er damit auf mich.

«Du hast echt Nerven, weißt du das? Hetzt den Scheißvogel auf deinen Lover, damit seine Freundin abstürzt.»

Ich hatte Jan noch nie so gesehen. So vollgepresst mit Wut.

«Nein, nein! So war das nicht! Gertrude ist von ganz allein ...»

Jan knallte die Bürste in die Spüle.

«Hatte Jenni also doch recht.»

Er ließ sich resigniert auf einen Stuhl fallen.

«Sie hat euch knutschen sehen, unten im Hof. Ich hab's ihr nicht geglaubt. Hab gesagt, das ist Elke, die macht so was nicht. Die ist treu. Nicht nur mir, auch sich selbst.»

Ich wollte fragen, wie man sich selbst treu sein konnte, wenn man eigentlich keine Ahnung hatte, wer man war. Und wer sich selbst nicht treu war, wie konnte er dann anderen treu sein?

Aber Jan sah nicht danach aus, als ob er das Thema auf einer Metaebene diskutieren wollte.

«Du schleppst hier einen exotischen Vogel an, ohne mich zu fragen. Du versteckst tote Tiere in der Wohnung. Du lässt dich hochkant rauswerfen von Leuten, die dir einen echten Job anbieten wollten. Einen bezahlten.»

«Ich weiß, so klingt das alles echt blöd, aber ich hatte ja auch diese Gottdemenz ...»

Jan sah müde aus.

«Du denkst dir sogar irgendwelche Krankheiten aus. Und ich, ich mach das alles auch noch mit. Ich zahle die Miete, ich putze die Wohnung, ich koche für dich. Ich gehe sogar mit dir in deine gottverdammte Kirche, damit du deine Psycho-Fantasien ausleben kannst.»

Jan stand auf. Er nahm das Geschirrtuch, das über seiner Schulter lag, herunter und faltete es. Dann legte er es auf die Anrichte. Ein exaktes Viereck.

«Mir reicht es, Elke.»

Die beiden abgewaschenen Tassen stellte er umgekehrt auf dem Viereck ab.

«Sei bitte weg, wenn ich wiederkomme.»

Und er schloss die Tür hinter sich.

Das Morgenlicht fiel durchs Dachfenster auf die Ecke des Sofas, in die ich mich verkrochen hatte. Ich badete in dem fahlen, trüben Tag. Es war eine Helligkeit, die nichts schönt. Zum ersten Mal sah ich, wie fremd ich in der Wohnung war, die ich Zuhause nannte. Fast alles hier gehörte Jan. Er hatte mit viel Liebe die Einrichtung zusammengesucht, auf Flohmärkten und in Vintage-Läden. Wenn er ein Möbelstück fand oder ein Kissen oder einen Teppich, etwas, das zufällig zu der übrigen Einrichtung passte, freute er sich, als hätte er ein verlorenes Familienmitglied wiedergefunden. Er gab den zusammengewürfelten Dingen eine neue Ordnung, in seinem Zuhause.

Was ich beigesteuert hatte, konnte ich an einer Hand abzählen: ein paar Klamotten, die Kommode, das kleine Schälchen mit persönlichen Gegenständen. Ich war zwei Jahre lang zu Besuch gewesen bei einem sehr höflichen, zuvorkommenden Gastgeber, der mir seine Räumlichkeiten und seine Gesellschaft zur Verfügung gestellt hatte, inklusive gastronomischem Service und gelegentlichem Beischlaf. Ich hatte gar nicht versucht, hier anzukommen.

Und jetzt war es zu spät.

Schwerfällig stand ich auf und warf ein paar Kleidungsstücke in eine Tasche. Gertrudes Käfig stellte ich auf den kleinen Balkon. Ob sie zurückfinden würde? Oder würde sie Röschen suchen gehen? Die Stadt musste für sie die reinste Wildnis sein. Konnte sie überhaupt überleben, da draußen, allein? Ich blickte über die Dächer und wischte mir ein paar Tränen aus dem Gesicht. Gertrude und ich, wir waren beide verloren.

Innerhalb einer Viertelstunde hatte ich fertig gepackt. Aus dem Hausstand, in den ich mich eingenistet hatte, konnte ich mich entfernen, ohne dass es auffiel. Ich würde gar nicht fehlen.

21

Je weiter der Zug mich von Jan fortbrachte, desto wachsamer wurde ich. Jans Abwesenheit schärfte meine Sinne. Jeder zweite Typ im Zug oder an den Gleisen sah aus wie er. Vor mir im Gang stand jemand, der die gleichen Schuhe trug. Ich lief an einem Vierertisch von jungen Anzugträgern vorbei, die über ihre Laptops gebeugt saßen, und roch Jans Shampoo. Im Abteil hinter mir lachte jemand, der klang wie Jan. Fehlalarm reihte sich an Fehlalarm.

Am Ende war ich so erschöpft, dass ich in Tränen ausbrach, als ich aus dem Zug stieg und meine Mutter am Bahnsteig stehen sah. Sie breitete ihre Arme aus, und ich flüchtete mich hinein wie ein kleines Mädchen.

Es war erst ein paar Wochen her, seitdem ich meinen Vater das letzte Mal gesehen hatte, aber sein Zustand hatte sich sichtlich verschlechtert. Er ging vor mir die Treppe hoch und musste mehrfach pausieren, um die Stufen zu meistern. Ich wartete und legte stützend meine Hand auf seinen gekrümmten Rücken. Er atmete schwer und hielt sich fest am Treppengeländer. Als er mir die Tür zu seinem Arbeitszimmer öffnete, schlug mir der Geruch von Pfeifentabak und alten Büchern entgegen. Mein Vater rauchte schon seit Jahren nicht mehr. Aber in diesem Raum blieb alles hängen.

«Ich habe dir hier was freigeräumt», sagte er und wies auf den riesigen Schreibtisch, der unter der Last der gestapelten Bücher, Zeitschriften und Papiere zusammenzubrechen drohte. Tatsächlich war eine kleine Freifläche auszumachen. Mein Vater hatte mir eine Lichtung gerodet in seinem Dschungel. Sie hatte etwa die Größe eines DIN-A4-Blocks.

«Danke, Papa.» Ich setzte mich an den vorgesehenen Platz.

Hier würde ich keine Sekunde arbeiten können.

«Frau Harms wollte aufräumen», sagte mein Vater, «hab ich dann aber selbst gemacht.»

«Wer ist noch mal Frau Harms?»

«Elke, Schatz, das ist doch die Gemeindesekretärin.»

«Ist die neu?»

«Nein, nein, die kennst du noch. Sie hieß früher Bartels.»

Eine fröhliche Frau mit bunter Brille fiel mir ein.

«Wieso räumt die für dich auf?»

«Nicht für mich, für dich. Frau Harms räumt alles auf. Wirst schon sehen.»

Dann ließ er mich allein, damit ich mich in Ruhe einfinden konnte.

Am Tag nach Karis Unfall hatte ich meinen Vater angerufen und zugesagt, ihn zu vertreten. Seitdem gab er sich Mühe, mir nicht zu zeigen, wie froh er war. Schließlich war es schlimm, dass Jan sich von mir getrennt hatte, und er wusste, dass die Vertretung für mich eine Notlösung war. Aber ganz verbergen konnte er seine Freude nicht.

Mitten im Chaos des Schreibtisches stand ein klobiger Monitor. An den Seiten klebten haufenweise Zettel mit Botschaften, die gut aus einem anderen Jahrhundert stammen konnten, Zahlenreihen, Adressen, Namen.

Der Computer röhrte, als ich ihn einschaltete. Kriechend langsam wurde der Balken voller. Wahrscheinlich konnte man Kaffee kochen, bis der Rechner hochgefahren war.

Als das Gerät Betriebsbereitschaft signalisierte, hätte ich es am liebsten sofort wieder ausgemacht. Das Chaos auf dem Schreibtisch setzte sich eins zu eins auf dem Desktop fort.

Ich wurde unruhig. Was dachte mein Vater eigentlich? Dass ich das alles einfach so konnte, ohne dass er mich anleitete, ohne dass er an meiner Seite war? Ohne dass er mir sagte, was er von mir erwartete, was er sich von mir für die Gemeinde wünschte? Dieses Arbeitszimmer war bis unter die Decke vollgestopft mit unausgesprochenen Wünschen, und ich hatte keine Ahnung, wie ich auch nur einen einzigen davon erfüllen sollte.

Jetzt erst sah ich den Zettel, der oben links am Monitor hing. ELKE & FRAU HARMS, 9:00 Uhr, Gemeindebüro, und das Datum von morgen.

Ich schob einen Bücherstapel ein bisschen weiter weg, um Platz zu schaffen, und legte meinen Kopf auf der Schreibtisch-Lichtung ab.

Morgen.

Am nächsten Tag fuhr mein Vater zur Reha. Als er fertig gepackt hatte, wanderte er im Wohnzimmer auf und ab. Seine Hand glitt über den Tisch, er hob kurz den Kerzenständer an und strich an den Regalen entlang. Er fasste die Bücher an, die kleine Bronzefigur.

Überall hinterließ er noch eine kleine Spur, ein wenig DNA.

«Jetzt bist du da», sagte er zu mir. Der tiefe Seufzer, der folgte, enthielt Erleichterung, aber auch Furcht. Ich verstand das. Er hatte genauso viel Angst vor dem, was jetzt kommen würde, wie ich.

Ich wollte etwas Tröstendes sagen, aber ich traute mich nicht. Mein Vater war ein Trostspender, keiner, der selber Trost empfing. Ich ließ ihn im Wohnzimmer zurück, um meiner Mutter beim Packen zu helfen.

Sie wollte meinen Vater in die Klinik begleiten und dann weiterfahren nach Rügen. Für zehn Tage hatte sie eine Ferienwohnung gemietet, die direkt aufs Meer blickte, nur für sich allein.

«Das sind meine Herbstferien», sagte sie knapp, aber dann zeigte sie mir doch voller Stolz die Bilder auf dem Buchungsportal. Das Apartment bot eine prächtige Aussicht. Ganz viel Himmel und ein glitzerndes Meer.

«Das wird schön, Mama», sagte ich, als sie vergeblich versuchte, den Koffer zu schließen, sich dann aufs Bett sinken ließ und die Hände ratlos in den Schoß legte.

«Ich sollte hier sein, jetzt», sagte sie.

Ich setzte mich neben sie aufs Bett. «Ich bin doch jetzt da.»

Meine Mutter berührte kurz meine Hand.

«Ja, deswegen ja.»

Ich winkte dem Taxi nach. Als es am Ende der Straße um die Ecke bog, ging ich ins Gemeindebüro, ein kleiner, flacher Bau neben der Kirche. Von unserem Küchenfenster aus konnte man es sehen. Als Kind fand ich, dass es aussah wie ein Schuhkarton, eckig und weiß neben der schönen roten Kirche.

Jetzt fühlte es sich an, als würde ich den Raum zum ersten Mal betreten. Das Büro war ein heller Ort mit einem glatten, glänzenden Schreibtisch, einigen Billy-Regalen voller Aktenordner und einem weißen Konferenztisch mit vier Stühlen. Auf der Fensterbank standen kleine Dekofiguren. Es waren Enten.

Enten aus Glas, Enten aus Porzellan, Enten aus Plastik. Holzenten. Enten im Abflug, mitten in der Landung, brütende Enten und schwimmende Enten. Stockenten, Krickenten, Kolbenenten. Auch Mandarinenten und Warzenenten waren dabei. Das wusste ich nur, weil auf dem Schreibtisch eine Legende klebte, die mit Tesafilm fixiert war. Die Enten waren durchnummeriert, daneben die korrekte Entenart. Ich ging zur Fensterbank und drehte ein paar Figuren um. Sie trugen kleine Aufkleber, auf denen in einer sauberen, feinen Schrift die Nummer eingetragen war. Vorsichtig stellte ich sie zurück.

Die Fensterbank säumte ein großes, prominentes Fenster zur Straße. Ich blickte auf die andere Seite, auf das Haus meiner Eltern. Ich konnte direkt in die Küche sehen, meine Kaffeetasse von heute Morgen stand noch da. Aus dieser Perspektive sah der Raum vertraut aus und fremd zugleich. Wer hier aus dem Fenster sah, konnte das Leben der Pastorenfamilie durch die Jahrzehnte hautnah begleiten. Ich stellte mir vor, wie meine Mutter mit langem, glänzendem Haar durch die Küche fegte, ein Kind auf dem Arm und das zweite am Zipfel ihres Sommerkleides. Ich sah, wie die Kinder größer wurden, wie sie sich ausbreiteten mit Bastelkram und Spielzeug. Wie sie auf der Anrichte saßen und Gläser Vollmilch mit beiden Händen umklammerten. Wie sie langsam schlaksig wurden und nur noch durch die Küche schlurften auf dem Weg zum Kühlschrank. Wie es still wurde und leer und das Haar meiner Mutter an Glanz verlor.

Hinter mir warf jemand die Tür auf und schmetterte «Hallöchen!». Frau Harms rauschte hinein, gekleidet in einem Bausch aus lila, gelb und grün. Es war nicht auszumachen, ob sie sich Tücher umgehängt hatte oder ob es sich um eine raffinierte Chiffon-Tunika handelte. Sie trug dazu eine runde, grüne Brille, knallroten Lippenstift und eine bunte Holzkette. Ihre Kurzhaarfrisur war so modelliert, dass sich ein kleiner Kamm auf dem Kopf gebildet hatte. Ich musste unwillkürlich an den Federschopf der Reiherente denken.

«Ich kenn dich noch, da warst du SO!», rief Frau Harms und machte eine Dreikäsehoch-Geste. «Und jetzt schon selbst Pastorin!»

Das Bunte und Herzliche an Frau Harms rief eine diffuse Erinnerung in mir wach. Sie war mir sofort vertraut, obwohl ich sie auf der Straße wahrscheinlich nicht mehr erkannt hätte.

Frau Harms nahm mich im Schweinsgalopp mit auf einen Ritt durch das Gemeindewesen. Sie wusste, was wann wo zu tun war, wer wann mit wem gesprochen hatte, welche Akten wo verstaut waren, wie der Computer anging, wie er ausging, warum man ab und zu noch faxen sollte, wann die Konfer-Freizeit geplant war und wer im Sterben lag, kurzum: Ohne Frau Harms lief nichts. Sie hatte für mich Termine gemacht mit dem Friedhofsverwalter und dem Küster, und bald tagte der KGR.

«KGR?»

«Kirchengemeinderat», sagte Frau Harms ungerührt.

Ich nickte hastig, als hätte ich das natürlich gewusst. Aber es war gar nicht nötig, Frau Harms etwas vorzumachen. Sie war ähnlich schlecht aus der Fassung zu bringen wie Jan. Ich verspürte einen Stich.

«Stück mal ’n rück», sagte sie und setzte sich neben mich. «Wir zwei beide, wir kriegen das hin, das verspreche ich dir.»

«Danke, Frau Harms.»

Ich fragte mich, ob es komisch war, dass ich sie siezte,

während sie mich duzte. Aber es schien mir angemessen, und sie nahm auch keinen Anstoß daran.

«Du weißt, wer Chef vom Ganzen ist?»

Frau Harms selbst, überlegte ich, als Herz und Hirn der Gemeinde? Mein Vater, als Pastor? Die Bischöfin der Landeskirche? Oh Gott, oder meinte sie etwa ...

«... Gott?», stammelte ich.

Frau Harms lachte, laut.

«Ein paar Stufen drunter reicht auch, um uns die Hölle heißzumachen.»

Sie klappte einen Ordner auf, auf dem «Projektion 2060 – Zahlen und Fakten» stand. Darin waren Zeitungsartikel, Protokolle und Studien abgeheftet, alphabetisch geordnet.

«Die Kirche schrumpft, an allen Ecken und Enden. Niemand will mehr Pastor werden. Aber vor allem: Immer weniger Leute wollen einer Gemeinde angehören. Bis 2060 wird die Anzahl der Mitglieder der evangelischen Kirche sich halbieren.» Sie blätterte vor zur entsprechenden Studie und klopfte mit dem Finger auf eine Grafik. «Und das liegt noch nicht einmal daran, dass wir alle zu alt sind und wegsterben und zu wenig Leute nachkommen.»

Sie zeigte mir eine andere Grafik.

«Sondern daran, dass die Leute keinen Sinn mehr sehen im Glauben. Oder in der Kirche. Und dann kostet das auch noch Kirchensteuer. Sie treten aus.»

Sie seufzte.

«Wir haben einfach nichts mehr zu bieten, was mit ihrem Leben zu tun hat.»

Ich fühlte mich ertappt. Sprach sie über mich? Hatte sie irgendwie erraten, was ich in den letzten Monaten durchgemacht hatte? Wenn sie mich jetzt schon entlarvte als gottlose Pastorin, konnte ich sofort meine Sachen packen. Nur wüsste ich gerade keinen Ort, wo ich sonst hingehen könnte.

«Pass mal auf, wir machen jetzt erst mal einen richtig schönen Einführungsgottesdienst für dich, und dann lernst du alles in Ruhe kennen. Ein Schritt nach dem anderen.»

Ich nickte, und Frau Harms setzte sich an ihren Schreibtisch. Bevor ich rausging, fiel mir noch etwas ein.

«Wer ist denn jetzt Chef vom Ganzen?»

Sie blickte überrascht auf.

«Ach, ich dachte, das wär klar geworden. Du natürlich! Unsere Gemeinde liegt jetzt in deiner Hand.»

22

Die Kirche war wie neu.

Keine Plastikplane, kein Baustaub mehr. Statt einer Baustelle prangte im hinteren Teil eine mächtige Empore aus hellem Holz. Darauf thronte die neue Orgel. Sie streckte ihre Pfeifen in die Höhe, als wollte sie den Himmel berühren.

Frau Harms freute sich, dass sich zwei erste Auftritte, meiner und der der neuen Orgel, zusammen in einem Gottesdienst würden erledigen lassen, und ich hatte nichts dagegen, mir die Aufmerksamkeit mit dem Instrument zu teilen. Das lenkte vielleicht etwas ab von der Tatsache, dass mir «Gott» zwar inzwischen wieder über die Lippen kam, aber was sich hinter den vier Buchstaben verbergen sollte – das wusste die Gemeinde wahrscheinlich besser als ich.

Als Nächstes hatte ich einen Termin mit dem Friedhofsverwalter. Wir trafen uns im Gemeindebüro. Da habt ihr wenigstens Platz, hatte Frau Harms gesagt, aber ich vermutete, dass sie uns gern in ihrer Nähe hätte, vielleicht, damit sie von ihrem Schreibtisch aus bei Bedarf soufflieren konnte. Sie hatte Kekse besorgt und Kaffee gekocht.

Udo Behrend war ein Mann, der viel Raum beanspruchte. Ich gab ihm etwas umständlich die Hand. Als wir saßen, steckte ich mir erst mal einen Keks in den Mund.

Der Friedhofsverwalter berichtete von einem Problem, das ihn sehr beschäftigte und das offensichtlich nicht neu war. Nun versuchte er sein Glück bei mir, nachdem er bei meinem Vater nicht weitergekommen war.

«Es geht um die Wasserstandsmeldung», sagte er.

Ich wartete, dass er weiterredete, aber er schwieg und sah mich an.

«Was ist denn damit?»

«Es fehlen 600 Kubikmeter Wasser.»

Ich sah ihn verständnislos an.

«Sechshunderttausend Liter Wasser. Sind weg.»

«Und wo sind die hin?», fragte ich.

«Geklaut, schätze ich mal.»

«Sie meinen, da kommt jemand nachts zum Friedhof mit einem Tanklaster und zapft der Gemeinde Wasser ab?»

«Das haben jetzt Sie gesagt.» Seine Stimme bekam einen konspirativen Ton. «Es könnte der Decker gewesen sein, von Blumen Decker. Als es so heiß war. Das Sprengen seiner Ware muss ja ein Vermögen gekostet haben.»

Mein Gehirn sprang vom Blumenladen zum Gartencenter zum Rhododendron im Kleingarten, mir fiel der Däumling ein, der in Ruhe verweste, Dahlien schoben sich ins Bild und Jan, der mit nacktem Oberkörper Beete umgrub. Ich seufzte. Mein Leben war ein Minenfeld aus Jan-Erinnerungen.

«Ist vielleicht einfach der Wasserzähler kaputt?», fragte ich.

«Der ist neu.»

Ich sah mich Hilfe suchend nach Frau Harms um, aber die beklebte Schnatterente und Spießente mit Etiketten für ihre Legende.

«Und ... was erwarten Sie jetzt von mir?»

Herr Behrend beugte sich zu mir. «Wir wollen unser

Wasser wiederhaben», sagte er und fügte hinzu: «Wie Sie das anstellen, ist mir egal.»

Er stand ebenso umständlich auf, wie er sich hingesetzt hatte, und verschwand.

Frau Harms blickte kaum von ihren Enten auf, aber ich war alarmiert. Wie konnten sechshunderttausend Liter Wasser spurlos verschwinden? Ich nahm mir vor, bald auf dem Friedhof nach dem Rechten zu sehen. Da musste ich eh demnächst hin, wenn mein erster Trauergottesdienst anstand. Helga Bohlen brauchte eine letzte Ruhestätte. Eine alte Dame, die beim Fernsehen für immer eingeschlafen war.

Am Abend schickte meine Mutter Fotos und eine Nachricht, die so lang war, dass ich scrollen musste.

Ich sah mir als Erstes die Fotos an. Die fünf Bilder unterschieden sich nur minimal, jedes zeigte die gleiche Szenerie: glitzerndes Wasser, im Vordergrund ein Glas Weißwein auf dem Balkon und ein tiefblauer Himmel. Nur in der linken unteren Ecke änderte sich etwas. Am Strand liefen zwei Leute mit einem Hund durchs Bild, auf jedem Foto rückten sie etwas weiter vor. Auf dem letzten rannte der Hund in Richtung Wasser. In Großbuchstaben beschrieb meine Mutter, was auf den Bildern zu sehen war, und fügte so eine weitere Ebene hinzu: überbordender Enthusiasmus, ausgedrückt durch die Feststelltaste.

Die Nachrichten allein waren schon ein außergewöhnliches Ereignis, meine Mutter appte nie. Unser Chatverlauf enthielt nur organisatorische Absprachen, *14:15 pünktlich* war meine letzte Nachricht an sie gewesen.

Ihre plötzliche Kommunikationsfreude überforderte mich so sehr, dass ich als Antwort nur ein Emoji zustande brachte. Aber immerhin eins mit Kuss und Augenzwinkern.

Ich durchforstete den Kühlschrank, der so voll war, dass ich darin nichts zu essen fand. Die Möglichkeiten waren schier unendlich: Aus den Vorräten, die meine Mutter mir zurückgelassen hatte, ließ sich jede erdenkliche Mahlzeit zusammensetzen. Mein Appetit verhielt sich umgekehrt proportional zur Größe der Auswahl. Die Vorstellung, dass ich Gemüse klein schneiden und im Topf erhitzen würde, dass ich es würzen und Kartoffeln oder Nudeln dazu garen würde, dass ich Kräuter darüberstreuen und das alles dann auch noch aufessen musste, ließ mich Jan so sehr vermissen, dass ich instinktiv nach meinem Handy griff und auf sein Chatprofil ging. Er war vor einer Minute das letzte Mal online gewesen. Ich hatte ihn so knapp verpasst, dass es sich anfühlte, als hätte ich ihn am Bahnhof stehen gelassen. Als wäre er nur ein paar winzige bits und bytes entfernt.

Ich machte ein Bild von den Essensbergen. Sicher würde es ihn amüsieren, dass ich ohne ihn bei vollem Kühlschrank verhungerte. Ich tippte, aber dann fiel mir ein, dass ich jedes Anrecht auf Jans Kochkunst verspielt hatte, und ich löschte das Bild und die Nachricht.

Als mein Handy eine neue Nachricht meldete, stürzte ich mich darauf. Vielleicht war es Jan, der spürte, wie nah er mir gerade war. Doch die Nachricht stammte nicht von ihm. Es war das Foto eines schlafenden Mannes mit einem Baby auf dem Bauch:

Kann sein, dass wir währenddessen einschlafen, aber dann bleibt mehr für dich. Kommst du bald mal zum Essen vorbei?

Eva.

Helga Bohlens Beerdigung fand noch vor meinem Einführungsgottesdienst statt.

Bis tief in die Nacht zerbrach ich mir den Kopf über eine angemessene Trauerpredigt. Helga Bohlens Mann hatte mir im Vorgespräch nicht viel über seine Frau erzählt. Sie war fromm und sah gern fern. Wie sollte ich daraus eine Predigt stricken?

Diesmal war nicht Gottdemenz das Problem. Gebete, Bibelstellen, Gottesbezüge, alles war da. Aber nichts fühlte sich richtig an. Irgendwann fiel mir ein, dass Herr Bohlen die Lieblingsserie seiner Frau erwähnt hatte. Ich gab «Rote Rosen» ins Internet ein und blieb versehentlich bei den Folgen 1603–1620 hängen. Als ich übermüdet und mit dem Kopf voller Frauenschicksale ins Bett taumelte, hatte ich immer noch keine Predigt.

Am nächsten Morgen schlich ich in das Arbeitszimmer meines Vaters und schmiss den Rechner an. Ich suchte eine Trauerpredigt, die möglichst lange her war und keine aktuellen Bezüge enthielt, änderte den Namen und ein paar biografische Details und druckte den Text aus.

Zur Beerdigung kamen nur eine Handvoll Trauergäste, hauptsächlich Menschen aus der Gemeinde. Herr Bohlen saß allein in der ersten Reihe, direkt hinter dem Sarg. Sein schwarzer Anzug sah neu aus, die Schuhe glänzten, die Haare waren frisch zurückgekämmt. Blumen standen um den Sarg gruppiert, damit es ein wenig feierlicher aussah. Aber auch sie konnten nicht kaschieren, dass die Kirche nur zu einem Drittel voll war.

Ich las die Worte meines Vaters ab, die Sargträger kamen und trugen Frau Bohlen hinaus. Als ich mit der kleinen Gruppe über den Friedhof ging, kam Frau Harms hinter mir hergehastet. Sie drückte mir eine kleine Fernbedienung in die Hand. «Die Glocken!», flüsterte sie. Ich betätigte den grünen Knopf, und über mir fing es an zu läuten.

Innerhalb einer Dreiviertelstunde war alles vorbei, und die Trauergäste machten sich auf ins Gemeindehaus für Kaffee und Kuchen.

Herr Bohlen stand noch am Grab. Er hielt etwas Zartes umklammert, eine prächtige gelbe Rose. Einen ganzen Strauß hatte er dabeigehabt und sie an die Trauergäste verteilt.

Alle hatten ihre Blumen ins Grab geworfen, nur Herr Bohlen selbst nicht. Seine Rose knickte bereits, weil er so viel Kraft darauf verwendete, die Fäuste geschlossen zu halten. Er konnte sie einfach nicht loslassen. Die Blume enthielt vierzig Jahre gemeinsam Einschlafen, vierzig Jahre Seite an Seite Aufwachen. Vielleicht auch vierzig Jahre Schweigen zum Abendbrot und Streit um den Abwasch, aber dennoch: vierzig Jahre Anwesenheit.

Nicht ich, sondern Frau Harms war es, die sanft seine Hand nahm. Die leise sagte, «Mensch, Herr Bohlen, da haben Sie noch eine schöne Rose für Helga», vorsichtig seine verkrampften Finger löste und die Fäuste öffnete. Sie legte ihren Arm um ihn, und da warf er die Rose ins Grab und ließ sich von Frau Harms ins Gemeindehaus führen.

Dort schenkte ich mir Kaffee ein und biss in trockenen Butterkuchen. Die Stimmung war bereits umgeschlagen. Von Helga sprach hier keiner mehr. Neben mir saßen zwei alte Damen, die von Kaffee zu Schnaps übergingen und sich gegenseitig auf den neuesten Stand brachten, welche Enkel und Urenkel geboren, eingeschult, konfirmiert, ausgebildet, verheiratet oder selbst Eltern geworden waren. Von mir nahmen sie nur kurz Notiz.

«Ganz schön war das, Frau Pastorin, ganz schön», sagten sie, prosteten mir zu und widmeten sich weiter den Enkel- und Urenkelinnen.

Mein Mund war trocken, nicht nur vom Butterkuchen. Ich war wirklich damit durchgekommen. Ich hatte Frau Bohlen mit einer Trauerrede unter die Erde gebracht, die mein Vater 2014 für Hermann Marten geschrieben hatte.

Die Predigten meines Vaters waren nach einem System geordnet, das nur er verstand. Er hatte sie an unterschiedlichen Stellen abgelegt, mal sortiert nach Jahreszahl, mal nach Bibelstelle, mal in einem Ordner mit der Aufschrift «Reste 17–19» oder «Sonstiges vom Schreibtisch». Deshalb durchkämmte ich einfach alle Dokumente, die auf dem Computer abgespeichert waren, nach brauchbarem Material.

Als Nächstes stand der Einführungsgottesdienst an. Dafür suchte ich etwas übers Nachhausekommen und fand eine eloquente Predigt, in der mein Vater Lukas 15:20 auseinandernahm, das Gleichnis vom verlorenen Sohn. Da ich eh dabei war, konnte ich auch gleich die nächsten Wochen planen, also machte ich mir ein Bier auf und stellte mich auf eine lange Nacht ein. Ich schürfte das Predigtgold einer langen Karriere und frohlockte jedes Mal, wenn ich wieder ein besonders gelungenes Exemplar erbeutet hatte. Ich empfand keine Schuld. Ich war ja nur die Vertretung, die Gemeinde wollte doch sicher, dass ich wie mein Vater klang. Am Ende spuckte der Drucker einen ganzen Stapel perfekt geplanter Gottesdienste aus. Ich hatte ausgesorgt.

Zum Einführungsgottesdienst war die Kirche ausnahmsweise voll. Ob sie für mich kamen oder für die Orgel, war nicht ersichtlich, denn die Gemeinde beäugte mich ebenso neugierig wie die neue Empore. Der Organist war heute noch blasser als sonst. Er empfand die Verantwortung des ersten Auftritts als schwere Last. Ich hingegen war gar nicht nervös. Mit der Predigt, die nicht meine war, hatte ich mich selbst aus der Schusslinie genommen. Ich war nur eine Hülle, durch die mein Vater sprach. Eigentlich war ich gar nicht hier.

Der Organist spielte den ersten Psalm, und die Gemeinde stimmte ein, mit tiefer Hingabe und gänzlich aus dem Takt. Die Orgel hatte eine volle, dunkle Klangfarbe. Sie füllte das Kirchenschiff aus wie Waldhonig: samtig und herb. Doch dann legte sich über das Orgelspiel ein heulender Ton, der durch die ganze Kirche hallte. Der Organist hielt inne, setzte neu an. Aber der Ton blieb. Hektisch zog er Register, wischte sich Schweiß von der Stirn. Die Gemeinde sang stoisch weiter. Sie war entweder gnädig oder schwerhörig.

Ich trug vor, was mein Vater geschrieben hatte, blickte auf die Reihen vor mir und sah in andächtig lauschende, in sich gekehrte Gesichter. Sie merkten nichts davon, dass sie Teil eines Theaterstücks waren.

Der Organist spielte das nächste Lied. Erneut heulte die Orgel, der Ton hallte nach, als der Organist längst die Hände in den Schoß gelegt hatte.

Ich erhob die Stimme über das tönende Instrument und sprach, lasst uns beten. Und es wurde gebetet.

Hundert Münder formten Worte, zweihundert Augen schlossen sich, und tausend Finger verschränkten sich ineinander. Sie sprachen das Vaterunser. Ich hörte zu, wie die Gemeinde auf mein Geheiß Brot und Schuld und Ewigkeit tadellos aneinanderreihte.

Der Organist setzte zum Schlussakkord an. Die Orgel

heulte, und er haute in die Tasten, als wollte er es ihr persönlich heimzahlen, dass sie ihn dieser Schmach ausgesetzt hatte. Zum ersten Mal in diesem Dienst blieb mein Blick an der neuen Empore hängen. Ich kniff die Augen zusammen.

Bildete ich mir das ein, oder hing die Empore – schief?

23

Die Brüder aus der Orgelbau-Dynastie, die für die neue Orgel verantwortlich gewesen waren, kamen mit klaren Schuldzuweisungen aus Fulda angereist. Der forschere der beiden polterte direkt bei Ankunft, man überlasse doch die Königin der Instrumente nicht einfach einem Jungspund, der nichts von der Sache verstehe. Der Organist, der es schaffte, blass auszusehen und gleichzeitig zu erröten, hielt dagegen, dass er sehr wohl wisse, wie eine Orgel zu bedienen sei, denn er studiere Kirchenmusik, und außerdem habe der Heuler vom ersten Akkord an eingesetzt.

Die Brüder hielten das für unmöglich. Ein Heuler kam vor, wenn Ventile sich nicht richtig öffnen und schließen ließen, das passierte bei besonders heißem Wetter, wenn die Luftfeuchtigkeit abnahm oder wenn Staub oder Wandputz in die Orgelpfeifen gerieten. Aber der Sommer war vorbei, und die Orgel stand ja gerade erst.

Doch beim Probespiel jammerte das Instrument erbärmlich. Der Heulton blieb in der Kirche hängen, als das Spiel längst verklungen war. Die Brüder waren irritiert. Sie sahen ein, dass die Orgel unverzeihlich schlecht klang, aber was konnten sie tun? Die Spannung in der Traktur ein wenig ausgleichen, Ventilfedern verstärken.

«Das könnt ihr nicht machen», rief der Organist, «das wird ihr schaden! Der Anschlag wird schwerer, die Artikulation geht verloren. Und auf Dauer bringt das alles nichts, wenn wir die Ursache nicht beheben. Sie wird immer wieder heulen.»

Ich stand unter der Empore und betrachtete den Stahlträger, auf dem das ganze Konstrukt ruhte.

«Wie schlimm ist das eigentlich für eine Orgel», fragte ich, «wenn sie schief steht?»

Auf einen Schlag war der Disput zwischen Organist und Orgelbrüdern verstummt. Zu dritt inspizierten sie den Stahlträger, zeigten sich gegenseitig die linke und die rechte Seite, und einigten sich schnell: Es gab Handlungsbedarf. Nichts war wichtiger für eine Orgel als ein fester Stand auf einer ebenen Fläche. Wie soll eine Orgel gut klingen, wenn sie schief steht? Und wer um Himmels willen hat denn diese Empore geplant? Der Sündenbock stand fest, und ich rief seufzend den Statiker an.

Der Statiker schob die Schuld weit von sich. Augenmaß könne trügen, und er garantiere, dass beim Bau der Empore alles korrekt berechnet worden sei. Er legte Dokumente vor, die belegten, dass die Empore bei der Bauabnahme vollkommen gerade gewesen sein musste. Dennoch rückte er an, mit einem Messgerät, das innerhalb kürzester Zeit komplexe Geometrien zu erfassen versprach, 3D-Koordinaten, 2D-Schnittbilder, Ermittlung von Horizontal- und Vertikalwinkel, Laserscan. Aus den gewonnenen Daten erstellte sein Vermessungsbüro ein tachymetrisches Gutachten, das ich nicht im Ansatz verstand, bis auf den einen Satz, der ganz unten auf der letzten Seite stand: «Zwischen den Balkenansätzen des sichtbaren Stahlträgers ergibt sich ein Höhenunterschied von 1,01 cm.»

Die Empore sackte ab.

«Und nun?», fragte ich.

«Orgel ausbauen, anpassen, wieder einbauen», merkten die Orgelbrüder an.

«Aber nicht bevor wir wissen, was mit dem Gebäude ist», fand der Statiker.

«Eine neue Empore würde sicher helfen», sagte der Architekt.

«Wer bezahlt denn das?», fragte der Kirchengemeinderat.

«Da hat der Decker seine Finger im Spiel», trug der Friedhofsverwalter bei.

«Erst mal Gottesdienst mit Elektro-Orgel», sagte Frau Harms.

Ich war überzeugt, dass das Absacken der Empore mit mir zu tun hatte. Das Kirchengebäude war mir nicht wohlgesinnt. Was willst du hier, flüsterten die Wände, die Kirchenbänke stimmten mit ein, die Gesangbücher raunten es mir zu. Dieser Raum, der die längste Zeit meines Lebens am nächsten an das herangekommen war, was ich Zuhause nannte, wandte sich gegen mich.

Eines Morgens, als ich die Kirche betrat und mir meine Strickjacke enger um den Körper schlug, weil es ungewohnt kühl war, zog sich über die ganze rechte Seite des Kirchenschiffs ein Riss an der Wand entlang. Er stieg an, fiel wieder ab und stieg dann steil die Wand hinauf in Richtung Bogenfenster. Er endete an einem der Fenster, aber nein, er endete nicht, er setzte sich fort, denn mitten im erhabenen Blau, Grün, Rot und Gelb des Bleiglases prangte ein Loch, durch das ich den Friedhof sehen konnte.

Mein Vater, der noch app-fauler war als meine Mutter, reagierte seit Tagen nicht auf meine Nachrichten. Schließlich rief ich ihn an und sprach ihm die Mailbox voll. Als er endlich zurückrief, wirkte er unbeteiligt. Sorgen mache er sich nicht: Die Kirche sei ein stabiles Bauwerk, die falle schon nicht einfach so in sich zusammen.

«Ein paar Risse gab es immer», sagte er. «Einfache Setzschäden, das ist nichts Schlimmes.»

«Setzschäden? Nach 120 Jahren? Ist das nicht ... etwas spät?»

Mein Vater ignorierte den Einwand.

«Wie läuft es mit der Gemeinde?»

«Super.»

«Schön.»

«Ja.»

«Und deine Predigten?»

«Klappt.»

«Wusste ich's doch. Ich bin stolz auf dich.»

Ich seufzte. Was waren ein paar Risse in der Kirchenwand schon gegen ein zu großes Herz?

«Wie geht es dir, Papa, in der Klinik?»

Mein Vater erzählte vom Wetter, von Büchern, die er endlich las, und vom Zimmernachbarn, der ihm seinen Nachtisch geschenkt hatte. Es ging ihm gut.

Jeden Tag sah ich nach, ob der Riss sich verändert hatte. Er bildete inzwischen kleine Seitenarme, die sich durch die Wand frästen wie Flüsse auf dem Weg zum Meer. Der Küster hatte das zersprungene Fenster notdürftig mit Pappe abgedeckt. Am Sonntag, wenn ich beim Gottesdienst auf der Kanzel stand, dachte ich ununterbrochen darüber nach, wie sich die Kirche unter meiner Ägide langsam in eine Ruine verwandelte. Von oben sah ich auf die Menschen herab. Es waren nicht viele, aber sie kamen treu und nahmen mit Hingabe die gestohlenen Worte auf, die ich aufsagte. Voller Sorge beäugte ich die Empore, die wie ein Damoklesschwert über ihren Köpfen hing. Der Organist, der als Einziger bemerkte, wie abwesend ich war, hämmerte auf seine kleine Yamaha ein wie ein Popstar aus den Achtzigern. Aber ich hörte es nicht. Ich hörte auch nicht, wie inbrünstig die Gemeinde sang. Ich hörte noch nicht einmal meine eigene Stimme. Was ich hörte, war das Krachen der Empore auf Gemeindeköpfe. Das dumpfe Zerschellen einer zwei Tonnen schweren Orgel, die aus über tausend Pfeifen bestand. Das Jammern der Sirenen von herbeieilenden Krankenwagen. Das Wehklagen von Menschen, die aus dem Leben schieden, weil sie einer Fake-Pastorin aufgesessen waren.

Alles blieb heil, aber ich hörte das Krachen noch, als am Ausgang eine Dame mit lila Locken meine Hand drückte und sagte, jetzt komme sie gut durch den Tag, dank mir.

Nach dem Gottesdienst schrieb ich meiner Mutter eine Nachricht. Wann ich sie vom Bahnhof abholen solle und ob wir dann zusammen kochen wollten, sprich, ich würde Wein trinken und ihr bei der Arbeit zusehen. Ich hatte Sehnsucht danach, mit meiner Mutter zusammen zu essen. Überhaupt vermisste ich sie. Ihr Schweigen. Ihr Dasein. Ihr ruhiges Kümmern. Und eine warme Mahlzeit wäre auch mal wieder schön.

Meine Mutter antwortete sofort, jedenfalls signalisierte ihr Profil, dass sie gerade schrieb. Allerdings schien sie statt einer Kurznachricht einen Roman zu verfassen. Mehrmals legte ich das Handy weg, nur um es kurz danach wieder aufzunehmen und festzustellen, dass sie immer noch schrieb.

Als die Nachricht endlich ankam, war sie vergleichsweise kurz. Sie schrieb, dass sie sich am Himmel noch nicht sattgesehen habe. Ihr Apartment könne sie verlängern, in der Schule wisse man schon Bescheid («krankgeschrieben», Zwinkersmiley).

Wie lange?, schrieb ich und löschte dann das Fragezeichen wieder, weil mir das dringlicher vorkam.

Mal sehen!, kam es zurück, und eine ganze Reihe von Emojis.

Und dann:

Wie läuft's denn?

Ich seufzte.

Super.

Eva und Fiete hatten ein Haus gebaut am Rand der Stadt. Es war ein Massivhaus mit attraktivem Fassadenmix und intelligenter Raumaufteilung. Nur sechs Monate hatte es gedauert vom Baustart bis zur Schlüsselübergabe. Fiete führte mich herum und pries es an wie ein Fertighausverkäufer. Ich konnte verstehen, dass ihm das leichter fiel als eine echte Unterhaltung, und so nickte ich ab und zu, als wäre ich bald bereit für den Vertragsabschluss.

Das Grundstück ließ das Bauland erkennen, das es soeben noch gewesen war. Ein paar Sträucher ragten aus der schwarzen Erde empor und ein dünner Baum, der von zwei stabilisierenden Holzpfosten gehalten wurde.

«Der Geburtsbaum», sagte Fiete, «eine alte Apfelsorte.» Ich nickte wieder und versuchte, nicht daran zu denken, wie dieser Baum wachsen und Früchte tragen und einem Kind Schatten spenden würde, das den Namen meines Bruders trug.

Im Haus war alles neu. Unbenutzt. Das Leben, das Eva sich mit Fiete und ihrem Kind eingerichtet hatte, wirkte wie aus dem Nichts geboren. Eva stand in der Küche und rührte in einem Topf, der eine rötliche Masse enthielt. «Mir ist der Auflauf angebrannt», sagte sie entschuldigend, «wir können auch Pizza bestellen, aber ich hab noch Ravioli gefunden. Schmeckt besser, als man denkt.»

Als sie sich zu mir drehte, um mich in den Arm zu nehmen, sah ich, dass sie ihr Baby im Tuch am Körper trug. Das Kind schlief.

Ich umarmte Eva seitlich, um das Baby nicht zu stören. Die Geste misslang, sie wirkte, als sei mir der Körperkontakt nicht recht. Deshalb strich ich ihr noch mal über den Arm und sagte: «Ravioli, endlich traut sich das mal wieder wer!»

Der brandneue Esstisch war bereits gedeckt. Fiete zündete eine Kerze an und faltete noch Servietten. Eva legte ihr Kind in eine Schlafrolle aufs Sofa, es wachte kurz auf, und sie strich ihm über den Bauch, damit es wieder einschlief. Ich schaute nicht hin, sondern studierte das Muster auf den Servietten.

Eva streute frische Petersilie über die rote Masse, aus der bleiche Teigstücke ragten. Sie hatte recht, die Ravioli schmeckten besser als gedacht. Sie versetzten mich in eine Zeit zurück, in der Ravioli und Dosenbier kulinarische Höhepunkte waren, weil wir uns damit selbst versorgen konnten.

Meine Eltern fuhren manchmal für ein paar Tage weg und übergaben Chris die Verantwortung. Er sollte auf mich aufpassen, und er nahm das ernst. An solchen Abenden ließ er mich tatsächlich nicht aus den Augen. Wenn er feiern gehen wollte, nahm er mich einfach mit. Das war zwar nicht gerade die Art von Aufpassen, die meine Eltern meinten, aber für mich waren es unvergessliche

Abende. Chris und seine Freunde nahmen mich dann selbstverständlich in ihrer Mitte auf. Wenn ich nach dem Wochenende in der Schule beiläufig erzählte, wo ich feiern war und mit wem, schlug mir eine Mischung aus Neid und Bewunderung entgegen.

Chris gelang es, Menschen das Gefühl zu geben, gesehen zu werden. Er umarmte meine Eltern, wenn er dachte, sie könnten es gebrauchen. Die Distanz, die andere Teenager zu ihren Eltern aufbauen, spürte er nicht. Er blieb ihnen nah. Eva ergänzte Chris ideal. Sie war genauso charmant wie er. Am meisten mochte ich, wie klug und witzig sie war. Ich wünschte mir nichts lieber, als so zu sein wie sie.

An einem warmen Sommerabend glühten wir vor bei Chris' Freund Sebi, der auch sturmfrei hatte. Seine Eltern hatten eine riesige Hausbar im Keller und bemerkten es nicht, wenn etwas fehlte. Chris hatte ein glänzendes, sonnengelbes Satinhemd an. Sebi und Patrick waren schon angeschossen, als wir eintrafen. Finn machte eine nette Bemerkung über meine Lederhalskette. Ihn mochte ich von Chris' Freunden am liebsten. Er setzte sich zu mir und zeigte mir sein neues Nokia-Handy. Es hatte eine Taschenlampe. Eva trank Waldmeisterschnaps und Bier im Wechsel. Sie war trinkfester als Chris und seine Freunde zusammen.

Als wir aufbrachen, saß sie kerzengerade auf dem Fahrrad, ihr Pferdeschwanz wippte hin und her. In ihrer weißen Jeansjacke sah sie aus wie Britney Spears, die gerade bei den MTV Video Music Awards Madonna geküsst hatte. Sie drehte sich zu mir um und lächelte mich an, und ich fuhr schneller, damit wir nebeneinander waren. Vor uns schlingerten Sebi, Finn, Patrick und Chris umher. Unser Ziel war die Tankstelle.

Chris ging hinein, um Dosenbier zu kaufen, und wir setzten uns auf die Betonplatten zwischen Tankstelle und Straße. Die Sonne war längst untergegangen, aber der Beton war noch warm von dem heißen Tag. Ich legte meine Hände auf den Stein und spürte, wie die Wärme meinen Körper durchzog. Finn hatte Grübchen, wenn er lachte. Jetzt drehte er sich zu mir, ich konnte Grübchen sehen, und ich hatte das Gefühl, dass genau hier und jetzt das bestmögliche Leben war.

Chris hatte mindestens zwanzig Dosen Bier gekauft. Auf diesem Parkplatz war der Meister oder die Meisterin des Dosenstechens zu ermitteln. Es gewann, wer den Inhalt seiner angestochenen Dose am schnellsten wegzischte. Zum ersten Mal durfte ich mitmachen, und ich glühte vor Stolz, auch wenn ich noch gar nicht wusste, wie das geht. Chris machte es mir vor: waagerecht halten, vorsichtig etwas oberhalb des Bodens mit dem Schlüssel ein Loch reinbohren und gut zuhalten. Dann setzten wir synchron die Dose an, Lippen über das Loch, und zogen oben die Lasche auf. Luft strömte in die Dose und verdrängte das Bier, es sprudelte heraus, in mich hinein. Es war eine Flutwelle aus Bitburger, die nur zu bewältigen war, wenn ich schluckte. Aber das Bier floss weiter, ich kam mit dem Schlucken nicht hinterher und prustete, das Bier ergoss sich über Nase, Wangen und Kinn. Bei Chris sah es ganz einfach aus: Er hielt die Dose über den Kopf, legte den Kopf in den Nacken und goss das Bier einfach in sich hinein, ohne zu schlucken. Wie Popeye, der sich mit Spinat stärkt. Innerhalb von wenigen Sekunden war seine Dose leer.

Ich wischte mir den Mund ab und gab mich geschlagen, aber die anderen johlten. Ich hatte die Initiation bestanden. Chris machte sofort die nächste Dose bereit, aber ich schüttelte den Kopf. Ich schied freiwillig aus dem Wettbewerb aus. Meine Nase war voller Bier, mein Kopf prickelte, und ich brauchte Cola. Oder besser noch, etwas ohne Sprudel. Chris lachte, gab meine Dose weiter an Eva und setzte eine neue an.

Es war ein knappes Rennen, aber am Ende entschied Eva es für sich.

Ich löffelte Vanilleeis, um den hartnäckigen Glutamat-Geschmack der Ravioli loszuwerden. Eva legte ihr Baby an die Brust. Nichts erinnerte an die Eva, die das Dosenstechen gewonnen hatte.

«Elli», sagte sie, und plötzlich war sie doch da: die siebzehnjährige Eva, und mit ihr die Fünfzehnjährige, die Elli hieß, jedenfalls bei Chris, seinen Freunden und bei Röschen. Das Vanilleeis rutschte süß und kalt meinen Rachen hinunter.

«Fiete und ich, wir wollen dich was fragen. Und du kannst natürlich Nein sagen. Aber für uns ist es ... es fühlt sich genau richtig an.»

Fiete nahm Evas Hand und nickte ihr zu. Aber sie sprach nicht weiter. Deshalb sagte er: «Wir würden uns sehr freuen, wenn du Chris taufen könntest.»

Das Baby löste sich von Evas Brust und gähnte mit seinem vollendeten kleinen Mund. Dieses Kind zu taufen, würde sich anfühlen, als würden wir meinen Bruder erneut beerdigen. Seinen Namen zu Grabe tragen, weil er anderweitig gebraucht wurde. Aber ich wusste nicht, wie ich Evas Bitte ablehnen sollte.

«Lass uns warten, bis die Orgel wieder geht», sagte ich.

24

Von allen Menschen, die ich in den letzten Monaten enttäuscht hatte, war Röschen die Einzige, die ich wirklich fürchtete. Ich hatte keine Angst vor ihrem Zorn, sondern vor ihrer Weisheit.

Es kam mir schäbig vor, dass ich sie noch nicht besucht hatte, vor allem, weil ich meiner Mutter versprochen hatte, dass ich ab und zu nach ihr sehen würde. Stattdessen ging ich jeden Tag in Röschens verwilderten Garten und wechselte das Schälchen mit Vogelfutter aus, das ich dort in einen Baum gehängt hatte. Ich wusste, dass Papageien keinen Orientierungssinn haben wie Zugvögel. Sie finden nicht einfach so nach Hause. Überhaupt fliegen sie nicht so weit, und Seniorinnen wie Gertrude mit ihren 38 Jahren erst recht nicht. Aber wer auf Wunder hofft, der findet welche, jedenfalls bei Google. So war ein Fall bekannt von einem entflogenen Papagei aus Berlin, der angeblich drei Monate später in Stuttgart wieder auftauchte – bei Verwandten des Besitzers. Ich war fest entschlossen, an dieses Wunder zu glauben, und wollte Röschen erst im Seniorenheim besuchen, wenn ich Gertrude heimlich in meiner Tasche mit hineinschmuggeln konnte.

Immer wenn ich in den Garten kam und das unangerührte Schälchen mit dem Futter sah, sank mir das Herz ein paar Zentimeter.

Aber heute war es anders. Das Schälchen war leer. Ich blickte mich um, nach oben, in die Baumkrone. Bewegte sich dort etwas?

«Gertrude?»

Ich schnalzte mit der Zunge und rief noch mal leise ihren Namen, aber ich konnte nichts erkennen.

Da sprang mir etwas entgegen, es fauchte, und ich brachte mich instinktiv in Deckung.

Aber es war nur eine Katze, die beleidigt wegstapfte und mir mit Todesblicken mitteilte, Vogelfutter sei eh nicht ihr Ding gewesen.

Ich hatte Tierheime abgeklappert, die exotische Vögel aufnehmen. Fragte in Zoos nach und meldete mich bei Papageienzüchtern, die auch Fundtiere aufnahmen. Aber überall hörte ich das Gleiche: Wahrscheinlich hatte Gertrude die ersten Nächte in Freiheit nicht überlebt. Sie konnte sich weder selbst versorgen, noch kannte sie die Gefahren ihrer Umwelt. Es stimmte: Die stolze Gertrude würde sich nicht die Blöße geben, vor einem anderen Tier zu kuschen. Und sie würde eher verhungern, als Würmer aus dem Boden zu picken. Gertrude braucht ein gutes Gegenüber, hatte Röschen gesagt. Wie wenig ich mich dafür eignete, hatte ich eindeutig bewiesen. Nicht nur für Gertrude. Auch Jan war ich kein gutes Gegenüber gewesen. Hatte ich je versucht, ihn wirklich zu verstehen?

Ich hatte Jans Freude an heilen Dingen, an einfachen Abläufen und an Zuständen, die zueinanderpassen, für eine besondere Form von Spießigkeit gehalten, die mich zugleich anzog und abstieß. Mit knapp dreißig interessierte sich Jan für Sternbilder, den Garpunkt von Lammkoteletts und für das Wachstum von Dahlien so leidenschaftlich wie andere für Partys oder Rucksackreisen. Aber er verbarg diese Leidenschaften nicht so, wie ich meine Verbundenheit mit der Kirche und meinen Glauben oft heruntergespielt hatte. Im Gegenteil: Er pflegte sie und teilte sie mit allen, die bereit waren, seine Perspektive einzunehmen. Ich hatte nicht mal ansatzweise versucht, seine Welt zu sehen.

Ich schloss Röschens Tür auf und ging hinein, um frisches Futter zu holen. Das Haus war leer, in jeder Hinsicht. Es wartete darauf, verkauft zu werden. Nur noch vereinzelt standen Möbel herum. Die Buchstabenstapel fehlten mir, Röschen und Gertrude vermisste ich auch. Und am meisten schmerzte mich, dass nichts mehr an das Haus erinnerte, in dem zwei Kinder sich einmal sehr wohlgefühlt hatten.

In der Abstellkammer schüttete ich etwas Saatgemisch in die Schale und stellte das Futter zurück ins Regal. Ganz hinten, vergraben in wolligen Staubknäueln, lag etwas, das mir bekannt vorkam. Mit spitzen Fingern holte ich es hervor. Ich blies den Staub ab und rieb den Dreck weg.

Es war eine Playmobilfigur. Aber eigentlich hielt ich, wenn auch verdammt spät, einen Gottesbeweis in Händen.

Chris und ich hatten zu Weihnachten ein Piratenschiff bekommen. Dass wir es uns teilen mussten, sorgte schon an Heiligabend für Drama. Wer damit wann spielen durfte, hatten meine Eltern nicht festgelegt. Insofern war das Geschenk eher eine Übung in Sachen Teamarbeit, und meine Eltern schauten entgeistert zu, wie ihre Kinder von der ersten Minute an kolossal daran scheiterten.

Das größte Streitobjekt war der Kapitän. Ihn gab es natürlich nur ein Mal, und er bestimmte, wo das Schiff hinfuhr. Die Playmobilfigur hatte eine Augenklappe und trug einen majestätischen schwarzen Plastikmantel, den man an- oder abklicken konnte vom Hals der Figur. Chris und ich stritten erbittert um jede Minute Spielzeit mit

Kapitän Rotbart. So hieß er, seitdem ich ihm mit Filzstift einen roten Dreitagebart ins Gesicht gestippt hatte.

Letztlich führten meine Eltern Rotbart-Wochen ein: Er war eine Woche bei Chris, die nächste Woche bei mir. Nach Ablauf der Zeit machten wir widerwillig eine Übergabe.

In der Zeit waren Chris und ich nach der Schule oft bei Röschen zum Mittagessen, wenn unsere Eltern noch Termine hatten. Es war der letzte Tag des Kapitäns in Chris' Obhut. Am Abend gehörte er wieder mir, und ich hatte schon viele Pläne mit ihm fürs Wochenende. Röschen hatte Fischstäbchen gemacht mit Spinat und Kartoffelpüree. Das gab es bei uns zu Hause selten, und wir liebten es.

Aber heute rührte Chris seinen Teller nicht an. Stattdessen spielte er mit Rotbart herum. Am letzten Tag der Woche legte er Rotbart noch nicht einmal zum Essen aus der Hand.

Er wirkte fahrig. Auf dem Weg war Chris mit seinem neuen Fahrrad mehrfach richtig hart über die Bordsteinkante gefahren, zum Spaß. Jetzt war das Vorderrad komplett verbogen. Da meine Mutter solche Manöver ausdrücklich verboten hatte, würde es schwierig werden, es ihr zu verheimlichen.

«Du sagst einfach, du weißt nicht, wer's war!», sagte ich.

«Oder ich sag einfach, du warst es.»

«Aber ich war das doch gar nicht!»

«Das wissen Mama und Papa ja nicht.»

«Aber Gott weiß, dass ich das nicht war», sagte ich.

Ich hatte das im Kindergottesdienst aufgeschnappt: dass Gott alles weiß und alles sieht. Mir war das etwas unheimlich, aber jetzt war es praktisch. Wenn das stimmte, hatte er gesehen, dass ich mit Chris' Fahrrad nichts zu tun hatte.

Chris lachte sich kaputt.

«Vielleicht kann Gott ja mein Fahrrad reparieren.»

Ich rollte mit den Augen.

«Nei-hein.»

«Aber Gott kann doch alles, dachte ich. Wieso dann nicht mein Fahrrad reparieren?»

Eine richtige Antwort hatte ich darauf nicht.

«Gott reicht es, wenn er alles sieht», sagte ich weise, «dann muss er nicht alles selber machen.»

Chris neckte Gertrude mit Rotbart. Sie schnappte freundlich nach dem Kopf des Piraten. «Na dann», sagte Chris und ließ den Kapitän jetzt vor meinem Gesicht hin und her baumeln, «dann weiß Gott ja wohl auch, wo ich Rotbart verstecke. Und dann kann er dir sagen, wo du ihn findest.»

Voller Eifer wartete ich auf eine Eingebung. Ich wollte Chris unbedingt zeigen, dass Gott auf meiner Seite stand. Außerdem brauchte ich jetzt mal Rotbart wieder. Ich lief mit geschlossenen Augen durch Röschens Wohnzimmer, damit Gott mich führen konnte. Allerdings stieß ich ständig mit irgendetwas zusammen.

«Was machst du denn, Elli?», fragte Röschen.

Ich öffnete die Augen und blickte hoch zu ihr.

«Ich suche Gott», sagte ich.

«Hier, im Wohnzimmer?»

«Nee, in mir drin. Er soll mir sagen, wo Rotbart ist», antwortete ich ernst.

Röschen nickte langsam.

«Soll ich deine Hand nehmen? Damit du dich nicht stößt.»

Ich schüttelte den Kopf.

«Ich glaube, Gott will es nur mir alleine sagen.»

«O. k.»

Etliche blaue Flecken später musste ich einsehen, dass Gott sich überhaupt nicht um mich oder um Rotbart kümmerte. Chris hatte sich längst verzogen, er spielte draußen Fußball mit einem Freund. Ich saß in Röschens Sessel, pflückte Flusen von meiner Strumpfhose und strengte mich sehr an, nicht zu weinen. Röschen hockte sich zu mir und nahm meine Hand.

«Wollen wir Tretboot fahren?», fragte sie. «Das ist fast wie ein eigenes Piratenschiff.»

Ich schnäuzte mir die Nase.

«Nur wir beide?», erwiderte ich.

«Nur wir beide», versprach Röschen. Ich durfte das Tretboot aussuchen, ich nahm ein rotes. Wir waren den ganzen Nachmittag auf dem Wasser, und am Abend, als ich nach Hause kam, hatte ich den Kapitän fast vergessen.

Jetzt hielt ich Rotbart in Händen, verstaubt und dreckig, aber unverkennbar: Sogar der aufgemalte Bart hatte gehalten. Ich klickte den schwarzen Mantel ab. Das Geräusch klang so vertraut, als hätte ich es gestern noch gehört.

Offenbar hatte Chris selber vergessen, wo er den Kapitän versteckt hatte. Oder er hatte heimlich mit Rotbart gespielt und ihn hier gelagert, damit ich es nicht mitbekam.

Ich musste grinsen. Das Versteck war nicht besonders einfallsreich: im unteren Regal von Röschens Abstellkammer. Darauf hätte ich kommen können. Gott aber auch, dachte ich. Ich steckte Rotbart ein und schloss die Tür hinter mir.

25

Ein weiteres Kirchenfenster war zersprungen. Herr Behrend legte mir anklagend die Scherben auf den Tisch. Frau Harms schaute nur kurz auf.

«Erst das Wasser, jetzt die Fenster, die Risse, die Empore», sagte er und verließ schnaufend das Büro. «Da muss doch was bei Ihnen klingeln!», rief er mir hinterher.

Ich schaute ihm entgeistert nach.

«Ich sag's nicht gern, aber irgendwie glaube ich, Herr Behrend hat recht.»

Frau Harms sagte: «Wirst du jetzt etwa auch zur Pöbelliese?»

Ich schüttelte den Kopf.

«Nein. Aber wissen Sie vielleicht, wo wir einen geologischen Sachverständigen herkriegen?»

Der höchste Punkt des Friedhofs bestand aus einem kleinen Hügel, auf dem sich die Grabstätte der Familie von Jungh befand. Von hier oben hatte der Friedhof nichts mit Trauer zu tun, sondern mit Pflege und Fürsorge. Überall sah ich Menschen, die Unkraut zupften, Blumen pflanzten und Gräber wässerten. Sie zapften die zahlreichen Wasserhähne an, die auf dem ganzen Gelände verteilt waren. Ich stellte mir den 3D-Laserscan-Superblick des Vermessungsbüros vor, und die Wasserhähne verknüpften sich unterirdisch zu einem Netzwerk aus Rohren, durch das es unablässig floss, bis, ja, bis das System Alarm schlug, Code Red im Laserscan, eine undichte Stelle, es sprudelte heraus, unkontrolliert, wüst, mit enormem Druck, der das Rohr unter der Erde zum Platzen brachte, und das Wasser floss ab, dort, wo Wasser hinfließt: zum tiefsten Punkt des Friedhofs. Zur Kirche.

Hartmut Albert war Prüfsachverständiger für Erd- und Grundbau. Er schaute sich den Riss in der Kirchenwand an, die zersprungenen Fenster und das Gutachten des Statikers. Er inspizierte den Friedhof und schritt um die Kirche herum. Ging in die Hocke und pulte ein wenig Erde vom Boden, zerrieb sie zwischen den Fingern und roch daran. Dann richtete er sich auf und sagte: «Möglich. Nicht wahrscheinlich, aber möglich.»

«Es könnte ein Wasserschaden sein?», fragte ich.

«Wenn der Rohrbruch recht nah an der Kirche war, ja.»

«Müsste dann nicht irgendwo Wasser zu sehen sein?»

«Nein, nicht wenn das Wasser von der Erde aufgenommen wurde.»

«Und wie finden wir das heraus?»

Der Sachverständige schaute auf sein Handy.

«Ich hab zufällig heute ein Bohrteam da. Wenn Sie wollen, legen wir gleich los.»

Das Team brach das Erdreich auf. Albert wies sie an, hinter der Kirche zu beginnen, dort, wo er den Rohrbruch für am wahrscheinlichsten hielt. Es war eine Beet- und Rasenfläche, die zurzeit keine Gräber enthielt. Das Team legte die Wasserrohre frei und arbeitete sich langsam vor.

Schon eine Stunde später lag es offen vor unseren Füßen: ein Rohrstück, das seitlich eingerissen war. Die Erde um das Leck herum war dunkel. Albert folgte der verfärbten Erde, als würde er Spuren im Sand lesen, sah, dass die Spur in Richtung Kirche führte, und nickte.

«Wir bohren die Kirche an.»

An allen vier Außenwänden der Kirche setzte das Team an, um eine Bodenprobe zu entnehmen. Sie verwendeten ein Gerät, das aus einer hohlen Sonde bestand. Darauf befand sich ein Bohrhammer, der die Sonde gewaltsam in die Erde trieb. Es war tierisch laut. Ich beobachtete das Treiben vom Küchenfenster und spürte große Unruhe. Jetzt ist es wirklich so weit, dachte ich. Ich reiße die Kirche ein.

Abends zeigte Albert mir die Bodenproben. Sie sahen unappetitlich aus, braun, schlammig.

«Ziemlich klare Kiste», sagte er. «Normalerweise ist der Boden in dieser Gegend ein Lehm-Stein-Gemisch.»

«Und das hier?», fragte ich.

«Das ist Matsch.»

Die Bohrungen erwiesen, dass der Untergrund der Kirche unterspült und das Gemäuer dadurch destabilisiert worden war. Das zugeflossene Wasser hatte den Boden aufgeweicht. Er war nicht mehr tragfähig, die Kirche sackte ab. Der Sachverständige ging davon aus, dass dieser Prozess nicht abgeschlossen war: Die Kirche würde weiter sinken. Da sie nun im Schlamm stand, konnte man auch nichts abpumpen.

«Und was machen wir jetzt?», fragte ich.

«Na, nichts. Da kann man nichts tun.» Er packte seine Gerätschaften ins Auto. «Man kann nur abwarten, bis der Boden getrocknet und die Kirche sich festgesetzt hat. Die Kirche sackt so lange, bis sie wieder festen Boden unter sich hat.»

«Kann sie uns auf den Kopf fallen?»

«Nein. So schnell geht das nicht. Das sieht vielleicht bedrohlich aus, aber ist immer noch stabiles Gemäuer.»

Er schlug die Autotür zu.

«Es ist doch schließlich ein Gotteshaus. Haben Sie mal ein bisschen Vertrauen.»

Herr Albert behielt recht, die Kirche stürzte nicht ein. Sie sackte ganz gemächlich weiter ab. Jetzt war die Schieflage bereits von außen zu erkennen: Die Kirche stand eindeutig schief. Doch was ich als Bedrohung empfand, war für andere eine willkommene Attraktion. Ganz Edena staunte über sein eigensinniges Gotteshaus. Sogar aus den umliegenden Ortschaften kamen Schaulustige. Sie wollten den Riss sehen und die abgesackte Empore. Hartnäckig hielt sich das Gerücht, dass die Kirchenbänke abschüssig waren. Immer mehr Leute kamen und nahmen in den Bänken Platz, nicht, um die Predigt zu hören, sondern um von unsichtbaren Kräften zur Seite gedrückt zu werden. Dass die Kirchenbank dafür längst nicht schief genug stand, störte dabei offenbar nicht im Geringsten. Den Spaß ließen sich die Leute nicht verderben.

Zuerst berichtete die Lokalzeitung. Eine Stunde sprach ich mit der Journalistin, erklärte Leckageortungsgerätetechnik und Kernbohrverfahren, und sie schrieb emsig mit. Anschließend fotografierte sie die Risse und die abgesackte Empore, ging über den Friedhof und traf Herrn Behrend, den sie umgehend interviewte. Am nächsten Tag spazierte er vor Stolz berstend durch Edena, weil er der Einzige war, der in dem Artikel zitiert wurde. Er schaffte es, darin dreimal den Verdacht zu äußern, der Rohrbruch könne auch mutwillig herbeigeführt worden sein. Man vermute einen Sabotageakt, an dem mehrere Institutionen beteiligt seien, der örtliche Blumenhändler etwa, möglicherweise auch der Organist, zudem sei auch nicht auszuschließen, dass Würdenträgerinnen der Kirche selbst ihre Finger im Spiel hätten. Die Lokalzeitung verkaufte sich so gut wie nie zuvor.

Jeden Tag erwartete ich, dass ein Investigativteam aus Presse- und Kirchenvertretern mich als das entlarven würde, was ich war: eine Hochstaplerin, die mit geklauten Predigten agierte. Als tatsächlich ein Fernsehteam an der Tür klingelte, sah ich mein Ende gekommen. Doch sie wollten nur einen Beitrag drehen fürs Mittagsmagazin, bunt, nett, zum Schmunzeln, und ob ich für die Dreharbeiten vielleicht meinen Talar anziehen könne?

Ich sollte an dem Riss in der Kirchenwand entlangschreiten, vor dem gesprungenen Fenster stehen bleiben, eine Scherbe ins Licht halten und dabei sinnierend schauen. Es klang einfach, aber entpuppte sich als Vorgang mit vielen Stolperfallen. Einmal war der Akku der Kamera leer, dann stimmte mit dem Licht etwas nicht, danach brach der Kameramann wegen Unschärfe ab, dann drehte ich mich falsch dem Fenster zu, und zuletzt bekam ich einen Lachkrampf, als ich im Talar vor dem kaputten Fenster stand und eine Glasscherbe ins Licht hielt, die gar keine Scherbe des gesprungenen Fensters war, denn die hatten wir längst entsorgt.

Als ich ausreichend sinniert und die Glasscherbe noch ein wenig in der Hand hin- und hergedreht hatte (Nahaufnahme, Schnittbilder), gab ich ein Interview und berichtete, wie voll die Kirche war, seitdem sie absackte.

Der Beitrag zog weitere Kreise, als ich dachte.

Du bist im Fernsehen!, schrieb Eva,

Ihr habt Zulauf? Super!, schrieb mein Vater,

Du sahst ein wenig müde aus, meine Mutter.

Und dann – schrieb Jan.

Er schrieb nicht, dass er mich vermisste. Dass er verstand, warum ich in einer Schieflage war. Dass er mich immer noch liebte. Dass er mir alles verzieh, was ich verbockt hatte. Dass er wollte, ich käme zurück. Dass er mich bekochen würde bis ans Ende der Zeit. All das schrieb er nicht. Dennoch las ich genau das in die achtzehn Zeichen hinein, die auf meinem Display standen:

Coole Glasscherbe.

Die Auswahl einer geeigneten Antwort nahm den ganzen Tag in Anspruch. Ich schrieb und löschte zahllose Nachrichten. Mal lustig, mal ehrlich, mal flehend, mal selbstbewusst. Mal kurz, mal lang, mal mittel. Mal unterlegt mit Selfie (das löschte ich sofort wieder), mal mit Emojis. Mal gänzlich ohne Zeichensetzung (weil jemand auf Twitter geschrieben hatte, dass man Coolness erkennt an fehlender Zeichensetzung), mal mit drei Ausrufezeichen. Am Ende schien es mir geradezu unglaublich, dass Menschen ernsthaft in der Lage waren, Buchstaben so aneinanderzureihen, dass sie nicht nur Sinn ergaben, sondern auch noch komplizierte Gefühle transportierten. Wie sollte ich eine Botschaft senden, die Jan wirklich erreichte, wenn ich nur 26 Buchstaben zur Verfügung hatte?

Es war Abend geworden, draußen peitschte der Regen gegen die Scheiben, als mir klar wurde, dass das gar nicht stimmte. Ich hatte viel mehr zur Verfügung als das Alphabet. Ich sprang auf und öffnete den Kühlschrank. Durchwühlte den Tiefkühler, checkte im Internet das Rezept und besorgte im strömenden Regen die fehlenden Zutaten. Minze, Piment, Koriander. Joghurt, Pinienkerne, Knoblauch, Zitrone. Olivenöl, reichlich. Lammhack, tut mir leid, kleines Tier, ich werde mir Mühe geben, damit es sich lohnt.

Ich mischte das Hackfleisch mit Gewürzen und Semmelbröseln und knetete es. Sofort stieg mir der ungewöhnliche Duft der Zutaten in die Nase. Dass das zusammenpasste, hätte ich nie gedacht, aber zwei Jahre mit Jan hatten mir zumindest beigebracht, dass genau das der Punkt ist, wo es interessant wird. Das Fleisch quoll durch meine Finger, während ich es knetete, und es fühlte sich gut an. Ich knetete meinen Groll hinein, meine Furcht, meine Traurigkeit und meine Wut. Dann formte ich daraus Klöße, sie rollten durch meine Hände, während sie Form annahmen. Ich rieb sie ein mit Schuld und Scham und Sehnsucht, und dann briet ich sie, in reichlich Liebe.

Vorsichtig rührte ich die Joghurtsoße an, in eine Richtung, damit sie nicht flockte, während ich sie erhitzte. Dann deckte ich den Tisch, mit dem schönsten Porzellan, das meine Mutter im Schrank hatte, und zündete eine Kerze an. Die Lammklöße kamen in einer Schale auf den Tisch, die Soße in einer passenden Sauciere daneben, ich schenkte noch ein Glas Rotwein ein und rückte die Kerze zurecht. Es wurde ein fantastisches Foto. Ich schickte es an Jan, ohne Worte, mit nichts als einem pulsierenden Herzen. Orange, nicht rot, schließlich waren wir offiziell nicht zusammen. Fast sofort signalisierten die beiden Häkchen, dass Jan die Nachricht empfangen und angesehen hatte.

Ich setzte mich an den Tisch, legte Lammklöße in einen tiefen Teller und übergoss sie mit warmem, würzigem Joghurt. Es dampfte. Draußen war es dunkel, der Regen hinterließ dicke, helle Tropfen an der Scheibe. Ich spürte Lamm und Soße auf meiner Zunge, warm, weich, scharf. Köstlich, wie Trost, den ich nicht verdient hatte.

Ich spiegelte mich vage im Fenster, mit der ganzen Szenerie. Langsam löste sich mein Blick von diesem anderen Ich.

Jan war sofort wieder offline gegangen.

Ich saß hier, warm, weich, allein.

Als ein dicker Ast gegen das Fenster geschleudert wurde, schreckte ich hoch. Der Regen war zu einem richtigen Sturm geworden. Mir fiel das Gleichnis vom Hausbau ein: *Da gingen Regengüsse nieder, Sturzbäche kamen, Winde wehten und schlugen gegen das Haus, und es stürzte ein, und sein Sturz war gewaltig*. Die Geschichte handelte von zwei Leuten, die beide ein Haus bauten, einer war klug und baute auf Fels, sein Haus widerstand jedem Sturm. Der andere baute sein Haus auf Sand, und seine gesamte Existenz wurde von gewaltigen Sturzbächen weggespült. Er hatte zwar Gottes Wort gehört, aber nicht danach gehandelt.

Dieser Mann mit dem Haus auf Sand, der Mann ohne Fundament: Das war ich, und sein Haus, das war nicht nur meine Kirche, die langsam wegsackte – das war mein ganzes Leben.

26

Beim Zähneputzen sah ich die Person im Spiegel an. Halblanges, braunes Haar. Graue Augen, wacher Blick. Ein Muttermal über der linken Augenbraue, nicht dekorativ, eher als müsste man es wegwischen. Alles wie immer. Aber das war nur die Oberfläche. Was darunter war, das stimmte nicht. Der Blick wirkte nicht mehr forschend, sondern herausfordernd. Mein Spiegelbild teilte mir mit, dass die Tonangebende nicht länger auf meiner Seite des Spiegels stand.

Ich trat auf den Flur und spürte den dicken Teppich unter meinen nackten Füßen. Er schluckte jedes Geräusch. Die Stille im Haus meiner Eltern wirkte größer und trauriger als zuvor. Früher hatte ich es gemocht, wenn nachts Ruhe einkehrte. Es war eine gewollte Stille, die jederzeit unterbrochen werden konnte von Musik oder Stimmen oder Schritten irgendwo im Haus. Jetzt fühlte ich mich von ihr bedroht.

Ich blickte auf die Tür, die einzige, die immer geschlossen war. Der tote Winkel. Wenn es einen Ort gab, von wo Stille sich ausbreitete, dann dort. Ich nickte, als wollte ich mir selbst bestätigen, dass dies der richtige Moment sei. Dann ging ich zur Tür, öffnete sie und tastete links an der Wand in der Dunkelheit nach dem Lichtschalter.

Als Erstes sah ich die Vorhänge. Es waren die gleichen, die auch in meinem Gäste-Kinderzimmer hingen, anthrazitfarben, schwerer Stoff. Auch die Wände waren im gleichen Hellgrau gestrichen. Auf der Fensterbank stand ein

Farn, der außerordentlich gesund aussah. Jemand schien sich gut um ihn zu kümmern. Mitten im Raum prangte ein Sportgerät, das ich noch nie gesehen hatte. Ein Crosstrainer. Über dem Display hing ein kleines Handtuch.

Ich drehte mich um die eigene Achse. An der Wand lehnte ein Bügelbrett. Auf dem Boden standen zwei Wäschekörbe. Darin stapelte sich ordentlich gefaltete Bettwäsche. Ein schlichter weißer Schrank, der mir entfernt bekannt vorkam, enthielt Handtücher, Winterdecken und Bettlaken. Ein paar gelbe Flecken auf dem Furnier riefen mir in Erinnerung, um welches Möbelstück es sich handelte: Es war Chris' alter Kleiderschrank. Chris hatte die Türen gepflastert mit *Herr-der-Ringe*-Postern, die er mit Tesafilm festklebte. Ich trat näher an die Schranktür und nahm sie genau in Augenschein. In der linken oberen Ecke klebte noch ein winziges Stück Tesa. Ich kratzte es mit dem Fingernagel herunter. Als es auf meiner Fingerkuppe lag, zerrieb ich es mit dem Daumen.

Wann hatten meine Eltern dieses Zimmer umgestaltet? Woher hatten sie die Kraft genommen, den Raum nicht nur zu betreten, sondern ihn auch noch in eine Mischung aus Hauswirtschaftsraum und Sportstudio zu verwandeln? Und warum hatte ich von all dem nichts mitbekommen?

Meine Mutter schrieb, das sei doch wirklich lange her, die Renovierung der ganzen oberen Etage, damals, nach meinem Abitur, warum wisse ich das denn nicht? *Frag ich dich*, gab ich giftig zurück. Sie schrieb: *Manchmal sieht man eben nur die Dinge, die man zu sehen bereit ist.*

Ich pfefferte das Telefon weg, machte das Licht aus und versuchte zu schlafen. Aber ich war hellwach. Als ich nach dem Abi von zu Hause auszog, hatten meine

Eltern mein Zimmer renoviert – und offenbar das von Chris gleich mit. Vier Jahre nach seinem Tod. Ich sah auf einmal, was mein Auszug für meine Eltern bedeutet haben musste. Solange ich da war, setzte sich unser Leben, in dem Chris gewesen war, noch fort. Wir waren zwar beschädigt, aber wir machten irgendwie weiter. Mit meinem Auszug begann ein neuer Abschnitt. Offensichtlicher konnte nicht werden, dass die Welt sich weiterdrehte für alle, außer für Chris. Der ewig Siebzehnjährige.

Die Renovierung der oberen Etage musste die Idee meines Vaters gewesen sein: Flucht nach vorne. Meine Mutter war immer schweigsamer geworden, und am Tag, als ich auszog, verabschiedete sie sich gar nicht richtig von mir. Ich hatte immer angenommen, es läge an mir. Aber vielleicht schwieg meine Mutter, weil die Stille, die das Haus bei ihr ablud, schlicht stärker war als sie.

Am nächsten Morgen sah ich wieder nach dem Zimmer. Bei Tageslicht war es erst recht ein ganz gewöhnlicher Raum. Ich trat ans Fenster und öffnete es, die Morgenluft war kalt und klar. Der Sturm hatte sich verzogen und die Luft gereinigt. An dem Blick hatte sich nichts verändert: ein paar Nachbarhäuser. Ein Stück Kirche. Und dahinter: der Friedhof. Mir war früher nie aufgefallen, dass man ihn von hier aus sehen konnte. Chris hatte sein Leben lang darauf geguckt.

Ich zog meine Jacke über und spazierte über die Straße zum Friedhof. Es war ein schöner Tag, der Himmel stahlblau. Am Eingang stand ein leuchtender Ginkgo. Die gelben Blätter fingen die Sonne ein und luden sich mit Licht auf. An Chris' Grab setzte ich mich auf eine Bank aus Stein, die unsere Schule gestiftet hatte. Der Stein war kalt.

«Hi», sagte ich leise, «hier ist Elli.»

Da bist du ja, sagten die Bäume und die Pflanzen und die Erde und die Blumen, die schon ihre braunen Köpfe hängen ließen. Die Steine sagten es, auch das Laub, das am Boden lag, und die helle, kleine Rose, die meine Mutter durch den heißen Sommer gebracht hatte und die jetzt noch blühte. Eine verspätete Hummel stimmte mit ein, und ein leichter Wind, der mich frösteln ließ. Ich steckte meine Hände in die Jackentaschen und stieß auf etwas. Ich holte es hervor, und musste grinsen.

«Hole ich aber in einer Woche wieder ab», sagte ich und setzte Rotbart auf den Grabstein.

Ich nahm den Garteneimer, der neben der Steinbank stand, und sammelte das Laub auf, das sich auf dem Grab gesammelt hatte. Zupfte Unkraut und entfernte die braunen Blumenköpfe. Dann holte ich Wasser, um die kleine Rose zu gießen, und sah einige Gräber weiter eine gebeugte Gestalt. Es war Herr Bohlen. Ich gab der Rose Wasser und pflückte eine besonders schöne Blüte ab.

«Für Ihre Frau», sagte ich und hielt Herrn Bohlen etwas schüchtern die Blume hin. «Von meinem Bruder.»

Herr Bohlen sah auf. Er brauchte einen Moment, um mich einzuordnen.

«Von Ihrem Bruder?»

«Der liegt dahinten.» Ich machte eine Bewegung mit dem Kopf.

Der Groschen fiel, Herr Bohlen nahm die Blume entgegen.

«Ah ja, ich weiß das noch, damals», sagte er. «Ein Badeunfall, nicht?»

«So ähnlich», sagte ich.

«Meine Frau hat Rotz und Wasser geheult bei der Trauerrede, obwohl sie Ihren Bruder gar nicht kannte», sagte

Herr Bohlen. «Aber da hat ja die ganze Gemeinde geweint. Dass der Vater den eigenen Sohn beerdigt!»

Herr Bohlen bemerkte wohl, dass mir das Thema nicht recht war. Jedenfalls bedeutete er mir, die kleine Vase zu nehmen, die auf dem Grab seiner Frau stand, und die verwelkte Gerbera herauszunehmen. Er füllte die Vase mit frischem Wasser und stellte die Rose hinein. Liebevoll schob er die Vase hin und her, um die schönste Position zu finden. Helgas Grab sah hübsch aus, obwohl es noch so frisch war und noch gar keinen Stein hatte. Aber Herr Bohlen hatte schon gepflanzt und Grablichter arrangiert. Man konnte die Hingabe sehen, mit der er sich kümmerte. Ich entschuldigte mich in Gedanken bei Helga für die geklaute Trauerpredigt. Dann ging mir auf, dass nicht sie es war, bei der ich mich zu entschuldigen hatte.

«Herr Bohlen?»

«Hm.»

«Die Trauerrede für Ihre Frau, bei der Beerdigung.»

«Ja.»

Ich wich erst mal aus.

«Glauben Sie, sie hätte Helga gefallen?»

Herr Bohlen schob die Vase an das provisorische Holzkreuz heran, das Dienst tat, bis der Grabstein fertig war. Ich sah nur seinen Rücken.

«Ich weiß es sogar.»

Er hatte die richtige Position für die Vase gefunden und kam mühsam wieder auf die Beine.

«Wollen Sie wissen, warum ich das so genau weiß?»

Eigentlich lieber nicht.

«Woher denn?»

«Helga hat keine Predigt Ihres Vaters verpasst. Und ihr Gedächtnis war sagenhaft. Sie erinnerte sich immer an alles, noch Jahre später.»

Ich ahnte, dass hier nichts mehr zu beichten war.

«Wir haben oft über besonders gelungene Predigten gesprochen, immer wieder.»

Ich konnte Herrn Bohlen nicht ansehen.

«Zum Beispiel über die Trauerpredigt für Hermann Marten, damals.»

«Es tut mir leid», flüsterte ich.

Er seufzte.

«Wie gesagt: Wenigstens weiß ich sicher, dass die Predigt ihr gefallen hat.»

Er trottete weg und ließ mich mit hochrotem Kopf stehen. Ich blickte hinüber zum Pfarrhaus. Das Fenster zu Chris' Zimmer stand noch offen, der graue Vorhang wehte leise im Wind.

27

Das Enten-Panorama von Frau Harms auf der Fensterbank erzählte eine ganz eigene Geschichte. Seitdem ich die Figuren das letzte Mal gesehen hatte, waren Umstellungen passiert. Sie standen jetzt in einem großen Kreis, als ob sie etwas Wichtiges zu besprechen hätten. Hatte Frau Harms Diskussionsbedarf? Sorgenvoll trat ich ein.

«Ist bei Ihnen alles gut?», fragte ich vorsichtig.

Frau Harms nickte ernst und sah mich über ihre grüne Brille an. «Bei mir schon, aber wie ist es bei dir?»

Was sollte ich antworten? Dass Herr Bohlen wahrscheinlich die Gemeinde verließ, wenn ich hier bliebe? Dass die Kirche auseinanderfiel? Dass meine Mutter an die Ostsee geflüchtet war und es offen ließ, wann sie zurückkehrte? Dass mein Freund, Pardon, Ex-Freund, sich nicht meldete, trotz Lammbällchen? Dass ich verantwortlich für den fünffachen Rippenbruch einer jungen Steilwandfahrerin war?

Ich hatte weder von Kari noch von Lukas etwas gehört. Aber ich stellte mir vor, dass Kari mich jedes Mal zum Teufel wünschte, wenn sie sich bewegte. Wenn sie den Brustkorb hob oder senkte. Wenn sie atmete. Kein Tag ging vorbei, an dem ich nicht an sie dachte. Dass ich mich dennoch nie meldete, sondern so tat, als hätte das nichts mit mir zu tun, passte gut zu Frau Harms' strengem Blick. An mir war kaum etwas echt. Ich log alle an, die sonntags in die Kirche kamen, einschließlich mich selbst.

«Kann ich Sie etwas fragen?»

«Aber sicher.»
Ich verlor den Mut.
«Haben Sie schon immer Enten gesammelt?»
Frau Harms betrachtete mich.
«Nein, früher waren es Radiergummis.»
«Oh.»
«Kann ich dich auch etwas fragen?»
«Hm.»
«Möchtest du gern Pastorin sein?»
Vor Frau Harms konnte ich nichts beschönigen.
«Ich weiß nicht, wie das gehen soll. Wie ich Pastorin sein kann.» Ich breitete die Arme aus. «Und dann auch noch hier.»
Frau Harms ordnete ihre bunten Ketten. Die Holzblöckchen hatten sich ineinander verkeilt.
«Hier ist genauso gut wie anderswo. Wenn's hier nicht geht, klappt's nirgendwo.»
Blau und Grün und Rot lagen jetzt ordentlich nebeneinander auf ihrer Brust.
«Der Unterschied ist nur, dass du anderswo nicht so leicht an die Predigten deines Vorgängers kommst.»
Meine Wangen brannten. Natürlich wusste sie es. Es war absurd zu denken, man könnte vor Frau Harms etwas verheimlichen. Wahrscheinlich konnte sie alle Predigten meines Vaters auswendig. Und die seiner drei Vorgänger auch.
«Ich weiß nicht, was ich sagen soll.»
Wieder ein Blick über die Brille.
«Ja, das ist offensichtlich. Aber mir scheint, dass du es noch gar nicht versucht hast.» Frau Harms schrieb etwas auf einen Zettel. «Schau doch mal bei Nadja vorbei. Ich glaube, sie wird dir gefallen. Und wenn nicht, ist das auch eine Erkenntnis.»

Sie drückte mir den Zettel in die Hand und machte eine Nu-geh-schon-Geste.

«Lad sie mal auf ein Eis ein, das zieht bei ihr immer.»

Auf dem Zettel stand eine Adresse in der Nachbargemeinde, und ein Name: Nadja Scholz.

Nadja Scholz verdrückte das größte Spaghettieis, das ich je gesehen hatte. Sie war in jeder Hinsicht eine beeindruckende Persönlichkeit. Ihr rechter Unterarm war tätowiert, bunt und detailreich, wie ein Wimmelbild. Es dauerte etwas, bis mir klar wurde, was ich sah: ein ungestümes Meer, darauf ein Schiff in Seenot, einige Männer im Beiboot, die zu fliehen versuchten, andere, die einen jungen Mann über Bord warfen, direkt in den Rachen eines riesigen Seeungeheuers. Das Tier zog sich bis zum Handgelenk. Nadja hatte die Geschichte von Jona auf dem Arm, der versucht, vor Gott zu fliehen, und dabei im Bauch eines Wals landet. Unwillkürlich fragte ich mich, ob sie noch mehr Bibelszenen am Körper trug. Die schwarzen Haare waren halblang, im Undercut geschnitten. Ihr enges, schwarzes Kleid hatte einen kleinen weißen Kollarkragen. Nadja trug die Insignien einer Pastorin, aber sie hätte auf dem Laufsteg der Fashion Week auch eine gute Figur gemacht. Ich hatte solche Kleidung noch nie gesehen.

«Gefällt es dir?», sagte sie, als sie meinen Blick sah. «Hat eine Freundin gemacht, die entwirft liturgische Kleidung für Frauen.»

Einige evangelische Gemeinden legten Wert darauf, dass ihre Geistlichen erkennbar sind, auch wenn sie gerade nicht den Gottesdienst abhalten. Das wusste ich. Aber dass man dabei so gut aussehen kann, war mir neu.

«In klassischen Kirchenkleidern sehen Frauen doch aus

wie Schränke», sagte Nadja. «Die Klamotten sind eben für Männer gemacht, kastenförmig. Darin wirken wir, als wären wir aus Versehen in den Job eines Mannes hineingeraten. In den Kollektionen von meiner Freundin dürfen wir uns endlich mal weiblich zeigen.»

Sie kratzte den Rest aus ihrem Eisbecher.

«Aber du bist nicht hier für eine Stilberatung, nehme ich an.»

Vielleicht doch, dachte ich. Ich hatte auf jeden Fall bisher ziemlich schlechten Stil bewiesen.

«Ich vertrete gerade die Gemeinde meines Vaters, in Edena. Wollte mir nur ... ein paar Tipps holen.»

Nadjas Gesicht leuchtete auf.

«Ah, Edena! Die schiefe Kirche! Ist eine schöne Gemeinde. Wo willst du hin mit denen?»

Ich stutzte. Mir war bislang nicht klar, dass ich irgendwo hinkönnte mit einer Gemeinde.

«Das ... will ich noch rausfinden. Ich muss noch ... Ich weiß gerade noch nicht genau, was ich machen will.»

«Verstehe. Du weißt noch nicht so richtig, wo du stehst mit Gott und dem ganzen Kram.»

«So ungefähr, ja.»

«Aber dass du nicht an Gott glauben musst, um eine gute Pastorin zu sein, das weißt du, oder?»

Nadja bestellte Espresso, rührte Zucker ein und trank ihn in einem Zug aus. Ihre Geschwindigkeit schüchterte mich ein, auf allen Ebenen: ihr Ess- und Trink-Rhythmus, der Sprechtakt, ihre Auffassungsgabe.

«Wie meinst du das?»

«Willst du wissen, wo ich Gott finde?», sagte sie.

«Wo denn?»

Sie zeigte auf den leeren Eisbecher. «Das Eis hier! Absolutes Highlight, Glücksfaktor zehn. Hat zwar der

Eisdielenmann gemacht und nicht der Schöpfer selbst, aber irgendetwas Göttliches ist da auf jeden Fall drin.»

«Ich mag nicht so gerne Vanilleeis», sagte ich, was wirklich stimmte, aber ich fand es auch reichlich albern, Gott im Spaghettieis zu suchen.

«Das tut mir sehr leid für dich. Aber es geht ja auch nur darum, das wahrzunehmen, was du vor der Nase hast. Was Teil deines Alltags ist. Eher mit dem Herzen sehen statt mit den Augen. Ich verspreche dir, du siehst mehr. Und deine Gemeinde auch.»

Ich rollte mit den Augen.

«Echt jetzt, der Kleine Prinz? Man sieht nur mit dem Herzen gut?»

«Nein! Epheser 1, Vers achtzehn. *Und er gebe euch erleuchtete Augen des Herzens, damit ihr erkennt, zu welcher Hoffnung ihr von ihm berufen seid.*»

«Ich erkenne da nichts», sagte ich.

«Wenn du gar nichts erkennen könntest, wärst du nicht hier.»

Ich dachte nach.

«Ich finde Gott in den Dingen, die mich wütend machen.»

Nadja sah mich ernst an.

«Das klingt doch schon mal vernünftig.»

Nadja lud mich ein zu ihrem Gottesdienst, und ich versprach, mal vorbeizuschauen, wenn es passte. Sie gab auch Yoga-Kurse. Wenn ich ehrlich war, hatte ich dazu mehr Lust.

Auf dem Weg zurück nach Edena überholte ich einen Lkw, der am Wegesrand neben einer Pferdekoppel parkte. Auf der Ladefläche war ein Kran montiert, und daran hing, bestimmt fünf Meter über dem Boden, ein totes Pferd. Es wurde von der Koppel auf die Ladefläche gehievt. Daneben stand ein junger Mann. Er hatte die Arme um den Körper geschlungen, als wollte er sich schützen vor dem, was er sah. Der Kranführer senkte den Kran und wurde immer langsamer, sodass zunächst nur ganz zart die Beine des Tieres die Ladefläche berührten, und dann glitt der Körper auf den Lkw, als würde das Pferd sich schlafen legen. Die Sanftmut des Kranführers, vielleicht war sie es, die man eher mit dem Herzen als mit den Augen sehen konnte.

«Und?», fragte Frau Harms, als ich wieder in Edena war.

«Hab ein totes Pferd gesehen», sagte ich nachdenklich.

«Das kommt vor.»

«Haben Sie vielleicht ein paar Kisten für mich?»

«Natürlich.»

Mit fünf leeren Kartons betrat ich das Arbeitszimmer meines Vaters. Ich prägte mir seine Ordnung ein, für alle Fälle. Es fühlte sich an, als würde ich ein Heiligtum schänden. Aber wenn ich Platz schaffen wollte, musste ich den Ort entweihen.

Behutsam verstaute ich die Bücher und Papiere vom Schreibtisch in den Kartons, beschriftete sie und brachte sie auf den Dachboden. Dafür musste ich mit einer Stange die Luke an der Decke öffnen, die Falttreppe ausziehen und mich auf dem wackligen Ding nach oben wursten, ohne mich festzuhalten, schließlich hielt ich eine Kiste in den Händen.

Seit meinem Auszug hatte ich mir die Mühe nicht mehr gemacht, hier hochzusteigen. Als ich meinen Kopf durch die Decke steckte, sah ich sofort, was sich seitdem verändert hatte: Chris' Sachen standen hier. Säuberlich verpackt in Kisten, ähnlich beschriftet, wie ich die Kartons meines Vaters beschriftet hatte. Ich kletterte hinauf und stellte die Sachen ab. Ein Lattenrost und eine weiße Furnierplatte lehnten an der Wand: Chris' Bett und Schreibtisch. Auf allem lag eine dicke Staubschicht. Meine Eltern kamen offenbar auch nicht besonders oft hoch. Die oberste Kiste enthielt die Aufschrift «Chris – Privat».

Ich fegte etwas Staub herunter, dann atmete ich tief durch und öffnete sie. Aber darin waren nur Schreibsachen und ein paar Bücher. Erleichtert machte ich die Kiste wieder zu. Dieser Raum hier oben beherbergte nur Sachen. Chris war nicht hier.

Ich kletterte hinunter und widmete mich nun dem restlichen Arbeitszimmer. Die Bücher, die kreuz und quer herumlagen, sortierte ich in die Regale ein. Den Schreibtisch wischte ich ab. Er war auf einmal riesengroß. Ich öffnete die Fenster und ließ frische Luft herein. Der alte Duft nach Büchern und erlebter Geschichte würde sich nicht vertreiben lassen, und das wollte ich auch gar nicht. Ich brauchte nur etwas Luft zum Atmen.

Als ich fertig war, lag ein neuer Raum vor mir. Immer noch enthielt er alles, was je geschehen, geschrieben und geäußert worden war. Aber er bot jetzt Platz für einen neuen Ton, der die alte Geschichte fortschreiben könnte. Mein Laptop war noch in meiner Tasche, ich hatte ihn nicht angerührt, seit ich hier war. Ich holte ihn hervor und legte ihn auf den leeren Schreibtisch.

28

Am Ende der Bank saß jemand. Er war keiner von den Touristen, die sehen wollten, wie schief die Kirche ist. Seine Haltung drückte eher aus, was ich fühlte, wenn ich in der Kirche war: Unbehagen. Als er hörte, dass er nicht mehr allein war, stand er hastig auf und ging zum Ausgang. Erst als er direkt an mir vorbeiging, erkannte ich ihn.

«Sebi.»

Er blieb stehen.

«Elli.»

«Lange nicht gesehen.»

«Eigentlich nenn ich mich inzwischen Sebastian.»

Ich musste lachen.

«Und ich Elke.»

«Bist du jetzt die Pastorin hier?»

«Hm.»

«Dass du das kannst, hier ...»

Er meinte nicht den Schiefstand der Kirche.

«Ich weiß noch nicht, ob ich bleibe.»

Sebi hob kurz die Hand.

«Na, dann.»

Er ging weiter.

«Sebi?»

«Ja?»

«Komm gern her, wenn dir danach ist.»

«Ja.»

Ich setzte mich auf den Platz, auf dem Sebi zuvor gesessen hatte. Die Kirchenbänke waren überhaupt nicht abschüssig. Die Schiefe-Kirche-Touristen spürten hier wohl vornehmlich ihre eigene Vorstellungskraft.

Was würde Nadja mit einer solchen Kirche machen? Bestimmt fände sie einen Weg, in alldem etwas Positives zu sehen. Sie sah ja Gott sogar im Spaghettieis.

Ich musste grinsen, als mir einfiel, wie fromm Chris und ich als Kinder waren. Es war an einem Sommerabend, als wir schon im Bett lagen, aber die Stadt da draußen noch in der Restsonne glühte. An Schlaf war nicht zu denken. Zu schön war der Abend noch, zu gemütlich die Stimmen und das Gelächter, die aus den umliegenden Gärten durchs geöffnete Fenster zu mir drangen. Ich wälzte mich hin und her, und offenbar ging es Chris nebenan genauso. Er vertrieb sich die schlaflose Zeit, indem er inbrünstig Fantasie-Psalme intonierte. Chris erfand eine Melodie, die an *Komm, Herr, segne uns* erinnerte, und dichtete dazu einen Text, der seine Liebe zu Jesus besang: «Jeh-sus, du bist liiiehb, und ich bin dein Freu-heuend», und als er zu der Stelle kam, an der die Melodie sich aufschwingt, schmetterte er: «Nieee bist du allein, stets bin ich bei diiiiihiiiier», und ich dachte, ob Jesus sich darüber freut, dass Chris ständig bei ihm rumhängen will, das glaube ich nicht. Am nächsten Morgen, auf dem Weg zur Schule, trafen wir eine Nachbarin, eine biedere Dame, die wir nicht sehr mochten. «Du hast ja schön gesungen», sagte sie zu Chris, «da ist der Papa bestimmt stolz, dass er so einen frommen Sohn hat», und Chris, der schon fast neun war und seine Liebe zu Jesus gern als Privatsache betrachtet hätte, antwortete: «Das war Elli.» – «Ach», so die Nachbarin, «na, eine fromme Tochter ist auch etwas Schönes.»

Herr Albert riss mich aus meinen Gedanken. Der Sachverständige hatte einen Gutachter von der Versicherung mitgebracht, um ihm die Fließrichtung des Wassers zu zeigen. Nur wenn zweifelsfrei bewiesen war, dass der Wasserrohrbruch ursächlich war für die Absenkung der Kirche, übernahm die Versicherung den beträchtlichen Schaden. Es musste ausgeschlossen werden, dass sonst jemand regresspflichtig war.

«Und was ist, wenn keiner schuld ist?», fragte ich.

«Wenn niemand schuld ist, war es höhere Gewalt», sagte der Gutachter.

«Und wenn es keine höhere Gewalt gibt?»

«Die gibt es immer.»

«Dann schauen wir mal nach der Fließrichtung», sagte Herr Albert und schob den Gutachter zum Ausgang.

Ich zog es vor, mich in das neu eingerichtete Arbeitszimmer zurückzuziehen und Jans Chatprofil zu beobachten. Seitdem ich ihm das Foto geschickt hatte, war er dreiundzwanzigmal online gewesen, ohne mir eine Nachricht zu senden. Noch weigerte ich mich einzusehen, dass genau das die Botschaft war. Sicher wollte er eine Antwort gestalten, die genau so aufwendig war wie meine Nachricht. Oder hatte er vielleicht meine Nachricht missverstanden? Vielleicht hatte er gar nicht erkannt, dass ich *für ihn* über Kochtöpfen geschwitzt hatte? Dass es ein Versuch gewesen war, die Dinge so zu durchdringen, wie er es tat? Hielt er es für anmaßend, dass ich ihm Instagramreife Bilder meines Abendessens schickte? Konnte das nicht auch bedeuten: Schau, wie schön ich es habe – ich brauche dich nicht?

Fiebrig tippte ich ein paar Versuche der Erklärung, beschrieb ausführlich, was ich mit dem Bild gemeint hatte, aber löschte dann die Worte wieder. Sie machten alles nur schlimmer.

Ich googelte Jan und ließ mir alle Bilder anzeigen, die mit seinem Namen verknüpft waren. Es waren einige darunter, die ich nicht kannte, der Kleingartenverein musste sie gepostet haben. Bilder aus diesem Sommer, Jans Locken glänzten dunkel in der Sonne, um ihn herum blühte es. Er sah müde, aber glücklich aus, und mir wurde schmerzlich bewusst, dass ich das mutwillig verpasst hatte. Ich hätte einen Sommer mit Jan haben können. Einen Sommer mit Tomatenpflanzen und erdverschmierten Salatköpfen, mit Weißwein in der Sonne und Würsten auf dem Grill, und Jan dazwischen, und ich, und wir beide, und wir würden die Dinge wachsen sehen.

Wieder spürte ich Sehnsucht danach, die Zeit zurückzudrehen. Vielleicht zurück zu dem Abend, an dem ich den Wein lieber allein auf dem Balkon getrunken hatte statt mit Jan im Garten.

Die Versicherung teilte bald nach dem Besuch des Gutachters mit, dass die Fließrichtung eindeutig bestätigt und der Wasserrohrbruch demnach als ursächlich für den Schaden anzusehen war. Es sei nicht zu erkennen, dass dem Rohrbruch Fremdverschulden zugrunde liege.

«Ist doch gut!», sagte Frau Harms. «Für den Kirchenhaushalt jedenfalls.»

Die noch bessere Nachricht kam von Herrn Albert. Der Prüfsachverständige für Erd- und Grundbau hatte die Absenkung der Kirche gründlich untersucht und erkannt, dass die Kirche sich gesetzt hatte. Der Boden war ausreichend getrocknet, der Schlamm hatte sich verfestigt. An der Position der Kirche würde sich von nun an nichts mehr ändern. Sie stand zwar schief, aber auf festem Fundament.

Zur Feier des Tages sortierte Frau Harms die Enten auf ihrer Fensterbank so um, dass sie wild durcheinanderstanden. Sie rief die Orgelbrüder an und verkündete die frohe Botschaft. Die beiden reisten an und versprachen, die Orgel neu aufzubauen, und zwar so, dass sie besser klänge als je zuvor.

Sie begannen umgehend, das Instrument liebevoll auseinanderzunehmen. In nackten Einzelteilen lag es auf dem Boden der Kirche. Nun wurde auf der Empore ein stabiles Podest gebaut, das die Neigung ausgleichen sollte.

Nadja kam vorbei. Sie scherzte mit den Orgelbrüdern und trank Kaffee mit Frau Harms. Ich hörte die beiden laut lachen im Gemeindebüro, und als Nadja wieder fuhr, standen die Enten auf der Fensterbank einander noch zugewandter als zuvor.

Die Menschen in Edena, die die kuriose Attraktion in ihrer Stadt begrüßt hatten, waren nun doch froh, dass die Kirche wieder stabil war und die Orgel gerade gerückt wurde. Von der ganzen Gemeinde ging ein emsiger Optimismus aus, den ich nicht verstand und erst recht nicht teilte. Was konnte eine wiederhergestellte Orgel schon groß verändern, wenn alles andere derart in Schieflage war?

29

Nadja veranstaltete mit ihrer Gemeinde einen Herbstflohmarkt. Jeder durfte mitmachen, außerdem sollte es was zu essen geben und ein schönes Feuer zum Abschluss. Den Erlös wollten sie spenden. Frau Harms hatte ihr versprochen, dass wir auf jeden Fall einen Stand beisteuerten.

Mit «wir» meinte sie: mich. Es kostete sie drei Anrufe, um fünf Kuchen zu organisieren, und einen Karton mit ausgemustertem Geschirr hatte sie auch schon bereitgestellt. Ich lud die Sachen ins Auto meiner Eltern und startete den Motor. Dann hielt ich inne. Stieg wieder aus, hoch auf den Dachboden, Stange ran, Treppe raus, und trug Sachen runter. Die Holzplatte. Tischbeine. Kisten.

Als ich bei Nadja ankam, war das Auto bis unter die Decke voll. Auf dem Kirchenvorplatz war schon viel los. Leute bauten ihre Stände auf, packten ihre Sachen aus und richteten sich ein. Manche Kinder hatten eine Decke auf den Boden gelegt und boten Spielzeug an. Jemand backte Waffeln, es duftete über den ganzen Kirchenvorplatz. Auf einer kleinen Bühne fand sich einmal pro Stunde der Chor von Nadjas Gemeinde zusammen und sang ein Lied, das man sich wünschen konnte. Neben der Bühne hing eine Liste mit den Titeln, die der Chor beherrschte. Eine lebende Jukebox!

Ich baute meinen Stand direkt neben Nadjas auf. Sie verkaufte lauter Krimskrams und ein paar der Kleidungsstücke ihrer Freundin. Wunderschön, aber sie sahen nicht so aus, dass sie mir passen könnten.

Nadja half mir beim Auspacken, wir schraubten die Beine an die Schreibtischplatte und legten darauf aus, was ich mitgebracht hatte: hauptsächlich Bücher, Poster und CDs. Dazu einen Kirschkuchen, einen Apfelkuchen, eine Schmandtorte, einen Russischen Zupfkuchen und einen Streusel mit Vanillepudding. Mein Stand hatte von Beginn an enormen Zulauf. Aber auch meine mitgebrachten Sachen fanden großen Anklang. Offenbar hatten sie schon antiquarischen Wert.

«So gut erhalten!», frohlockte einer und hielt ein tadelloses Filmplakat von *Der Herr der Ringe, Die Gefährten* hoch. «Hast du noch mehr davon?»

Ich wühlte durch die Kisten, die ich noch nicht ausgepackt hatte, und fand ein ähnlich gut erhaltenes Plakat von *Die Zwei Türme*, außerdem DVDs der beiden Filme mit Bonusmaterial und ein Wendeposter aus der BRAVO, das auf der einen Seite Legolas aus *Die Gefährten* zeigte und auf der anderen Seite Kylie Minogue in einem knappen blauen Badeanzug.

«Cool, und was ist mit der *Rückkehr des Königs?*», fragte der *Herr-der-Ringe*-Fan.

Chris hatte die ersten beiden Filme von *Der Herr der Ringe* vergöttert und alles gesammelt, was er dazu in die Finger bekam. Als dann kurz vor Weihnachten der dritte Teil ins Kino kam, konnte ich noch nicht einmal den Trailer ertragen. Ich warf es dem Blockbuster übelst vor, dass die Welt sich so banal weiterdrehte. Dass die Trilogie Vollendung fand, obwohl derjenige, der sich seit einem Jahr darauf gefreut hatte, nicht mehr dabei sein konnte.

«Die Sammlung ist leider nicht vollständig», sagte ich.

Der Mann kaufte mir trotzdem alles ab, was ich hatte, und noch zwei Stück Schmandtorte dazu.

Nadja sicherte sich auch gleich ein Stück, und zwar von jedem Kuchen. Als erstes verschlang sie den Streusel mit Vanillepudding.

«Alles gut bei dir?»

Offenbar hatte Nadja ähnlich gute Antennen wie Frau Harms.

Ich nickte. Tatsächlich war alles gut. Die Sachen loszuwerden, fühlte sich an, als würde sich in mir etwas geraderücken.

«Wusstest du immer, dass du Pastorin werden willst?» fragte ich.

Ich schnitt mir ein Stück Kuchen ab. Es war die beste Schmandtorte, die ich je gegessen hatte.

«Hm, ja. Mit sechs wusste ich das. Natürlich eher intuitiv. Das Gefühl, dass ich wirklich etwas zu sagen haben könnte, das hatte ich dann so ab achtzehn.»

Nadja hatte den Mund voll Schmandtorte.

«Und du?»

«Erst drei Semester Lehramt, dann drei Semester Anglistik, und dann dachte ich, ich sollte dahin gehen, wo ich mich am meisten zu Hause fühle, und hab mit Theologie angefangen.»

«Und jetzt stellst du fest, dass du dich doch nicht so zu Hause fühlst.»

«Jedenfalls nicht so, wie ich sollte.»

Nadja biss jetzt ein Stück Russischen Zupfkuchen ab. Wenn sie mit vollem Mund sprach, wirkte es nicht unhöflich. Eher so, dass sie beim Sprechen einfach keine Zeit verlieren wollte.

«Wer sagt denn, wie es sein soll? Das entscheidest du doch selbst?»

Es klang so einfach, dass ich nichts zu entgegnen hatte.

«Aber deine Gemeinde meint es auf jeden Fall gut mit

dir.» Sie biss noch ein Stück Kuchen ab und fuhr fort: «Sonst hätten sie dir nicht dieses göttliche Backwerk mitgegeben.»

«Machst du es dir da nicht ein bisschen einfach?»

«Nö, wieso? Steckt doch Liebe drin», sagte Nadja. «Wer Liebe aussendet, kann auch Liebe empfangen, so einfach ist es halt.»

Das ließ mich verstummen.

Wann hatte ich mich zuletzt emotional zu Hause gefühlt? Im Albertusstift, bei den Menschen, mit denen ich betete oder in der Bibel las. Aber das waren nicht die Momente, die mich am meisten erfüllten: Eher die Augenblicke, in denen ich mit ihnen schwieg. Ihnen zuhörte. Ihnen Geschichten erzählte oder mit ihnen sang. Längst nicht alle Menschen wünschten sich von mir als Seelsorgerin einen Gottesbezug. Die meisten wollten, dass ich einfach für sie da war.

Ich hatte es immer als eine Ehre empfunden, sie ein Stück ihres Weges begleiten und Gefühle mit ihnen teilen zu dürfen. Diese einzigartige Erfahrung hatte ich weggeworfen. So wie ich alles in meinem Leben, was gut war, leichtfertig entsorgt hatte.

Die Glocken schlugen zur vollen Stunde, und die Stände leerten sich. Offenbar waren die meisten Leute, die Sachen verkauften, auch Mitglieder des Chores. Nadja sprintete zur Bühne. Als das Geläut vorüber war, stimmte der Chor einen Kanon an: *Schläft ein Lied in allen Dingen*, eine vertonte Fassung des Eichendorff-Gedichts. Das Publikum, das sich um die Bühne scharte, machte spontan mit. Nadja dirigierte. Sie bildete vier Gruppen, die ihre eigenen Einsätze fanden:

Schläft ein Lied in allen Dingen,
Die da träumen fort und fort,
Und die Welt hebt an zu singen,
Triffst du nur das Zauberwort.

Wenn eine Gruppe eine Zeile beendet hatte, fing die nächste Gruppe mit dieser Zeile von vorne an. Im Kanon klang alles in allem mit, Anfang, Mitte und Ende des Liedes. Es konnte endlos so weitergehen, wenn niemand von außen Einhalt gebot. Leise summte ich mit. Die Lieder aller Dinge, die mich umgaben, erwachten, und sie erhoben ihre Stimmen, und sie trugen mich fort, weit weg von hier.

Am Abend schrieb ich meiner Mutter.

Ich habe heute einen Herr-der-Ringe-Fan sehr glücklich gemacht.

Sie schrieb sofort zurück: *Ich bin sehr stolz auf dich.*

Ich schickte ein Emoji mit Umarmung. Dann: *Was macht das Meer? Stürmt es mal?*

Kein bisschen, hier ruht alles.

Es folgten Bilder vom Balkon, von Möwen, von Bratkartoffeln mit Matjes, und dann: ganz viel Himmel und ein ruhendes Meer.

Und du?, fragte ich. *Kommst du auch zur Ruhe?*

Das nächste Bild war ein Selfie. Meine Mutter am Wasser, dahinter ein wolkenverhangener Himmel.

Ich sah ein Gesicht, das ich besser kannte als irgendein anderes. Jede Falte, jeden Altersfleck. Jede Unebenheit der Haut. Die Brauen, die ein bisschen buschig waren. Wangen, in den letzten Jahren eingefallen. Aber den Ausdruck – den erkannte ich kaum. Das weißgraue Haar umwehte ihr Gesicht und bildete einen Kontrast zu den klaren, blauen Augen, die fest in die Kamera blickten. Offen. Frei. Sie sah hellwach aus.

Ich kann schlafen, schrieb sie.

Endlich, antwortete ich.

Die Orgelbrüder hatten nicht zu viel versprochen: Das Instrument klang besser als je zuvor. Am Nachmittag kam der Organist zum Probespiel und füllte das Kirchenschiff mit warmen, vollen Tönen, die mir Schauer über den Rücken jagten. Er spielte Bach, das eine Stück, das jeder schon an den ersten drei Tönen erkennt. In der *Toccata und Fuge in d-Moll* war alles enthalten: Glück und Freude, Trauer und Tod, Pathos und Zartheit.

Ich setzte mich in die letzte Bank und heulte, als ob es kein Morgen gäbe. Nicht nur wegen der Musik, sondern auch, weil ich nun nicht länger aufschieben konnte, wovor ich mich am meisten fürchtete.

30

Der Kinderwagen stand mitten auf dem Steg, mit angezogener Bremse. Es gab keinen Grund, warum er ins Wasser rollen sollte, aber der Anblick machte mich dennoch nervös. Ich ging hinüber und linste hinein. Das Kind schlief. Was für ein friedliches Leben, umsorgt und geborgen. Eva schloss das Bootshaus ab und winkte mir zu. Bald würde der Verleih zumachen für den Winter.

«Wir möchten aber Winterpaddeln anbieten», sagte sie. «Und wir sparen für ein Ausflugsboot!»

Ich löste die Bremse und schob den Kinderwagen den Steg hinunter. Die Holzbohlen sahen gut gepflegt aus, sie glänzten ölig in der Herbstsonne. In den Ritzen zwischen den Latten schimmerte das Wasser. Es bewegte sich.

Von diesem Steg hatte Chris sich abgestoßen, wackelnd, feixend, schäumend vor Siebzehnjährigkeit. Diese Bretter waren der letzte feste Boden unter den Füßen meines Bruders gewesen.

«Du hast dem See verziehen», sagte ich.

«Mir bleibt gar nichts anderes übrig. Ich lebe davon.»

«Du hättest doch alles Mögliche machen können. Dein Vater hätte schon eine Nachfolge gefunden für den Bootsverleih.»

Eva übernahm den Kinderwagen. Wir spazierten auf dem neuen, asphaltierten Weg, der um den gesamten See führte. Sie dachte nach, dann sagte sie:

«Ich meine das nicht finanziell. Das hat mit dem Bootsverleih erst mal nichts zu tun. Ich meine das so, dass ich dem See verzeihen musste, um überhaupt weitermachen zu können.» Sie blickte mich scheu von der Seite an. «Dem See, und mir selber auch.»

Der See hatte meinen Bruder auf dem Gewissen. Das stimmte natürlich nicht, denn er kennt nur Naturgesetze. Ein See hat kein Bewusstsein. Aber Eva hatte eins. Sebi, Patrick, Finn. Und ich.

In jener Nacht sollte Evas glorreicher Sieg beim Dosenstechen gebührend gefeiert werden.

«Du musst einen ausgeben!», rief Sebi, der inzwischen so lattenstramm war, dass ihm die Buchstaben auch bei kurzen Imperativen durcheinandergerieten.

«Auf jeden», pflichtete Patrick bei, der das gleiche Problem hatte, aber einfach die Hälfte der Worte wegließ, damit es nicht so anstrengend wurde. Er hatte sich mitten auf den Parkplatz der Tankstelle gelegt und machte keine Anstalten, je wieder aufzustehen. Chris versuchte, ihn am Arm hochzuziehen. Er hängte sein ganzes Gewicht hinein, was ziemlich tollpatschig aussah, denn auch er stand nicht mehr so stabil. Ich konzentrierte mich aufs Atmen, mir war ziemlich schlecht vom Bier, und außerdem hatte Finn seinen Arm um mich gelegt.

Eva war immer noch erstaunlich nüchtern, wenn man bedachte, wie viel Bier sie sich im hohen Tempo den Rachen hinuntergestürzt hatte. Sie sprach noch in ganzen Sätzen und sah mitten in der Parade ihrer herumalbernden Freunde aus wie eine Göttin in Weiß. Sie fummelte in der Brusttasche ihrer Jeansjacke herum.

«Ooookaaaay ...» Sie streckte das Wort so lange, bis sie gefunden hatte, was sie suchte. Dann reckte sie die Faust in den Himmel. Darin schimmerte etwas Silberfarbenes.

«Ich gebe eine Runde Paddeln aus!»

Es war der Schlüssel zum Bootshaus.

Das Baby war aufgewacht. Eva nahm es aus dem Wagen, und wir setzten uns auf eine Bank, damit sie stillen konnte. Zum ersten Mal betrachtete ich das Kind in Ruhe und ertappte mich dabei, dass ich nach bekannten Gesichtszügen Ausschau hielt. Als ob der Name dafür ausreichte.

«Wieso wolltest du das unbedingt, ihn nach Chris benennen?», fragte ich.

Eva blickte über den See. Sie lächelte.

«Ist schräg, oder?»

«Irgendwie schon.»

Eva strich gedankenverloren über den Kopf ihres Sohnes.

«Fiete sagt, er kennt mich schon sein ganzes Leben. Aus der Schule, vom Handball, vom Jugendzentrum. Aber für mich ist das anders. Ich hab Fiete erst gesehen, wirklich gesehen, als er am Schalter bei der Sparkasse vor mir stand und ich ein Konto bei ihm eröffnen wollte.»

Mit ihrem kleinen Finger streichelte sie das Ohr des Babys.

«Ein Typ mit Hemd und Krawatte. Er wirkte wie neu, obwohl er es eigentlich nicht war.»

Der Säugling öffnete die Augen.

«Genau das habe ich gebraucht. Fiete ist sowohl alt als auch neu. Er verbindet Vergangenheit mit Zukunft.»

Eva hob ihr Kind in die Höhe, es krähte vergnügt. «Deshalb der Name. Ich brauche das Neue. Aber ich wollte nicht, dass alles neu ist. Ich will, dass wir uns erinnern.»

Mein Kopf fühlte sich schwer an.

«Aber woran denn?», sagte ich.

«An alles.»

Dass Eva sich anmaßte, Chris in seiner Gesamtheit zu erinnern, ihn in ihrem Geist zu besitzen, empfand ich als Affront. Eva schien das zu spüren.

«Elli, es ist nur ein Name. Eine Erinnerung an einen Menschen, der mir nah war.» Sie wiegte ihr Baby. «Dessen Tod mein Leben verändert hat.»

Ich betrachtete Eva. Ihr sauberes Gesicht, die klaren Augen, den blonden Zopf. Wie sie ihr Kind in den Wagen legte und gleich mit ihm nach Hause schieben würde, wo Fiete vielleicht schon mit einer Dose Ravioli und einer Geschichte vom Hausbau auf sie wartete. Ich sah, wie gut das alles war und wie sehr ich dagegen brachlag.

Der Steg lag im Dunkeln. Die Konturen des Bootshauses waren kaum zu erkennen, einzig Evas weiße Jacke hob sich ein wenig ab von der schwarzen Nacht. Jemand rülpste im Akkord. Das konnte nur Sebi sein. Daneben kicherte es, hoch und albern. Patrick. Federnde Schritte vom Bootshaus zum Ende des Stegs, dann ein dumpfes Krachen auf den Holzlatten: Chris schleppte ein Paddelboot und ließ es unsanft fallen, um gleich das nächste zu holen. Als er fertig war, lagen sechs weiße Kajaks auf dem Steg.

Ich ging ins Bootshaus, um Paddel zu holen. Finn kam mit und leuchtete mir mit seiner Nokia-Taschenlampe. Er berührte ganz leicht meinen Arm. Ich nahm Finn das Handy aus der Hand und machte die Lampe aus. Im Dunkeln tastete ich nach ihm. Er stand näher, als ich dachte. Ich schmeckte schales Bier. Es war ein komisches, raues Gefühl auf der Zunge, ganz anders, als ich es mir vorgestellt hatte. Ziemlich bald hatte ich genug davon und zog Finn hinaus, zu den anderen, auf den Steg. Eva schloss ab, und wir bestiegen die Boote. Sie wackelten beim Einsteigen so sehr, dass ich dabei auch im nüchternen Zustand schon häufig ins Wasser gefallen war. Für die Jungs war der Wackelfaktor der größte Spaß. Sie legten es darauf an, dass ihre Boote in Schieflage gerieten. Aber wir hatten Glück: Niemand von uns wurde nass. Es war immer noch warm, das Wasser strahlte eine verlockende Kühle ab. Wir paddelten hinaus, auf den See, hinein in die Finsternis.

Ich begleitete Eva zurück zum Bootshaus. Schweigend sah ich ihrem Sohn beim Atmen zu, ein ruhiger Rhythmus, unmerklich fast, aber gleichmäßig.

Ein, aus, ein, aus. Ein, aus.

Ich dachte an einen hellen Fleck, der sich unter Wasser fortbewegt, immer weiter fort von mir. Ganz gleich, wer sich an ihn erinnerte oder wer nach ihm benannt würde: Chris kam nicht zurück.

Eva lief an die Spitze des Stegs, sie stand genau dort, wo wir die Boote ins Wasser gelassen hatten. Die Silhouette in der dunklen Regenjacke verriet nichts über sie. Aber ich spürte den stillen Widerstreit, mit dem sie über den See blickte, Tag für Tag, auf der Suche nach Antworten.

Was ich für Evas funktionierendes System gehalten hatte, war Ausdruck ihrer eigenen brachliegenden Seele: ein Versuch, die Zeit fortzuschreiben für denjenigen, der vorzeitig ausscheiden musste. Es war Evas persönlicher Deal mit der Ewigkeit. Wenn sie es brauchte, dass ihr Kind diesen Namen bekam, dann würde ich dem Kind diesen Namen geben.

Ich ging zu ihr und stupste sie an.

«Euch ist bewusst, dass Chris von Christophorus kommt, oder?»

Sie grinste zurück.

«Dafür wollen wir wenigstens eine eigene Predigt. Oder hast du einen Christophorus aus dem 19. Jahrhundert für uns ausgegraben?»

«Frau Harms hat gepetzt?»

«Ach was, das hat jeder gemerkt, dass du die Predigten geklaut hast.»

31

Es war Achim, der mir die Nachricht übermittelte. *Wir haben sie beim Abbau gefunden*, schrieb er. *Es tut mir sehr leid.*

Dann erst schickte er das Foto. Ich zögerte, bevor ich es aufmachte.

Jemand, wahrscheinlich Achim, hatte sie in einen Schuhkarton gelegt. Sie sah unversehrt aus, ohne Makel. Das Gefieder glänzte sogar noch ein wenig. Ihre Augen waren geschlossen, friedlich. Als würde sie Mittagsschlaf halten.

Von tief unten kam etwas hoch, das ich nicht herunterschlucken konnte.

Nur ein Vogel, flüsterte ich, nur ein Vogel, nur ein Vogel. Aber es war eben nicht nur ein Vogel, der tot in dieser Kiste lag. Es war Gertrude.

Willst du sie dir abholen?, schrieb Achim.

Ich bin nicht in Köln, schrieb ich zurück. *Bei meinen Eltern in Edena.*

Ich hab morgen eine Tour nach Kopenhagen, schrieb Achim. *Da komm ich fast an Edena vorbei. Wenn du willst, pack ich sie auf Eis und bring sie dir.*

Es war ein scharfer, kluger Blick, mit dem Gertrude mich ansah. Aufrecht hielt sie sich, wie eine Richterin, die bald ihr Urteil fällt. Das Bild klebte mit Tesafilm an der Tür von Zimmer 342. Ich blieb davor stehen und öffnete meine Jacke. Ordnete mein Haar. Wühlte in meiner Tasche herum, wo war mein Handy eigentlich? Als mir nichts mehr einfiel, womit ich die Begegnung noch hinauszögern konnte, klopfte ich.

«Ja», klang es fest.

Ich trat ein. Seit meinem letzten Besuch waren die Buchstabenstapel in Röschens Zimmer stark angewachsen. Sie füllten nicht mehr nur die Regale und Fensterbänke, sondern bevölkerten inzwischen auch den Boden. Es sah fast wieder so aus wie bei ihr zu Hause. Ich umrundete den W-Stapel, der aus einem Wecker, einer Wasserflasche, einem Waschlappen und einem Wanderstock bestand.

Röschen saß in ihrem Sessel am Fenster, mit dem Rücken zur Tür. Ich sah nur die Lehne und einen Teil ihres Oberkörpers.

«Elli», sagte sie.

Ich wollte sie fragen, woher sie wusste, dass ich es war. Aber Röschen traute ich zu, dass sie Dinge wusste, die niemand wissen konnte.

Ich setzte mich zu ihr. Die Haut in ihrem Gesicht war dünner geworden. Direkt darunter pulsierte das Blut durch ihre Adern.

«Was macht die Hüfte?»

«Gut.»

«Das Essen?»

«Wie zu erwarten.»

«Und sonst?»

Sie blickte mich an, ohne zu lächeln, mit dem gleichen Blick, den Gertrude auf dem Foto an der Tür hatte.

«Sag es einfach, Elli.»

«Es geht um Gertrude.»

«Was ist mit ihr?»

Während ich erzählte, wandte Röschen ihr Gesicht ab. Ich wollte ihre Hand nehmen, aber Röschen entzog sie mir. Sie holte aus ihrem Ärmel ein hineingestopftes Tempo hervor und schnäuzte sich. Wieder versuchte ich, sie in den Arm zu nehmen, aber sie schüttelte mich ab. Schluchzer erschütterten ihren Körper, den sie, so gut es ging, von mir abwandte. Sie verbarg ihre Tränen nicht, sie wollte sie nur nicht mit mir teilen. Das schmerzte mich mehr, als wenn sie in meinen Armen ausgiebig geheult hätte. Wäre ich eine bessere Pastorin, dachte ich, könnte ich jetzt wenigstens mit ihr beten, dafür, dass Gertrude nicht gelitten hatte. Dass es schnell gegangen war. Dass sie keine Angst verspürt hatte, im Dunkeln, allein.

Dann sprach Röschen.

«Du kannst jetzt in den Speisesaal gehen und einen Kaffee trinken. Wenn du zurückkommst, bringst du mir eine Tasse mit. Aber das sollte nicht in der nächsten Stunde sein.»

Ich akzeptierte die Verbannung und ging in den Speisesaal. Er war leer, das Mittagessen war vorbei. Ich hörte das Rauschen der Kühlschränke in der Küche. Etwas piepte, der Geschirrspüler vielleicht. Ich zog einen Kaffee aus einem Automaten und setzte mich ins Halbdunkel. Der Kaffee schmeckte so scheußlich, wie ich es verdient hatte.

Als die Stunde endlich um war, kehrte ich mit einem Automaten-Cappuccino für Röschen zurück. Ihr Ärmel war ausgebeult, er reichte nicht mehr, um alle Taschentücher zu halten.

Der Baum vor dem Fenster hatte seine Blätter bereits abgeworfen. Die Rinde glänzte vom Regen.

Röschen nahm den Kaffee und nippte daran.

«Habe ich dir mal erzählt, warum ich Röschen heiße?»

Ich schüttelte den Kopf.

«Das ist natürlich nicht mein richtiger Name. Im Pass steht Rosemarie.»

Sie nahm einen Schluck.

«Dr. Rosemarie Selbiger, um genau zu sein. Klingt gut, oder?»

«Sehr seriös», sagte ich.

Röschen nickte. «Ich war die erste Frau aus Edena, die Jura studierte. Habe promoviert und wurde sogar Richterin. Deutschlandweit gab es zu der Zeit keine hundert Frauen, die das schafften. Die über Männer richten durften.»

Röschen stellte den Becher weg.

«Ich wollte immer eine gute Juristin sein. Aber ich galt vor allem als die Frau, die Richterin ist. Dr. Rosemarie Selbiger eben. Es fühlte sich ... nicht vollständig an. Da hilft auch kein seriöser Name. Er befeuert nur, dass die Leute mich ausschließlich als die Frau sehen, die es zufällig nach oben geschafft hat. Wie ein Schlaglicht auf einen Teil von mir, und alles andere bleibt im Dunkeln.»

Sie lächelte.

«Und dann höre ich eines Tages einen Vogel in meinem Garten, der krächzt etwas. Macht richtig Krach. Ich geh raus, und da sitzt ein Papagei im Baum, der sich ständig wiederholt. Dieses eine Wort.»

«Welches Wort?», fragte ich.

Ihr Blick wurde noch weicher.

«Röschen», sagte sie. «Vielleicht hab ich mir das auch eingebildet. Aber sie hat mich so gerufen, und es klang für mich total richtig. Als dürfte ich jetzt neben Richterin auch Röschen sein. Das hat Gertrude mir geschenkt.»

«Gertrude ist dir – zugeflogen?»

«Ja, ich weiß bis heute nicht, wo sie herkam. Sie war einfach da. Und blieb.»

Jetzt nahm Röschen meine Hand.

«Es tut mir leid, dass ich nicht besser auf sie aufgepasst hab», sagte ich leise.

«Sie sollte eigentlich auf dich aufpassen.» Röschen umfasste meine Hand. Ihre war warm. «Es passt zu ihr, dass sie selbst wählt, wie sie geht.»

Ich schniefte. «Hast du noch ein Taschentuch?»

«Nee, das nicht, aber ich kann dir einen ziemlich fiesen Cappuccino anbieten.»

Ich lachte durch meine Tränen hindurch.

«Wollen wir sie zusammen beerdigen? Ein Freund transportiert gerade ein Klavier, und wir liegen auf seiner Route. Er könnte sie uns morgen vorbeibringen.»

«Ein sehr stilvolles letztes Geleit, mit Klavier. Das sieht ihr ähnlich.» Sie schaute aus dem Fenster. «Wir können sie im Garten begraben, wenn die Heimleitung uns nicht erwischt.»

Ich grinste. «Wie hast du dich denn nun eingelebt, hier?»

Röschen deutete auf das Chaos um sie herum. «Ist doch fast wie zu Hause, oder?»

Ich nahm den Wanderstock vom W-Stapel. «Braucht den nicht jemand hier?»

«Ich hab ihn nicht geklaut, falls du das meinst. Gefunden! Im Speisesaal.»

«Wieso machst du das eigentlich? Die Buchstabenstapel?»

«Ich fühle mich damit einfach wohler.»

«Mit dem ganzen Kram?»

«Ich kann besser denken, wenn ich von Buchstaben umgeben bin», sagte sie. «Es ordnet das Chaos.»

«Aber das hier sieht mehr nach Chaos als nach Ordnung aus.»

«Alles eine Frage der Perspektive. Du kannst aber auch gern ein anderes Wort dafür verwenden. Die Buchstaben hier sind Teil einer ... einer Schöpfungsmaschine.»

«Was meinst du damit?»

«Na, Sprache! Sprache ordnet, indem sie etwas benennt. Und damit etwas in die Welt bringt, das vielleicht vorher nicht da war.»

Wie eine Frau, die erst mit einem neuen Namen vollständig wird, dachte ich. Oder ein Kind, das mit seinem Namen die Vergangenheit in die Zukunft trägt.

«Sechsundzwanzig Buchstaben, die alle möglichen Welten beinhalten», sagte sie. «Was kann es Tröstlicheres geben?»

Röschen stand mühsam auf und hielt sich am Ohrensessel fest, um sich zu stützen. Aber dann stand sie mit beiden Beinen fest auf dem Boden. Sie nahm einen Apfel vom A-Stapel und biss hinein. Legte ihn auf den Stapel daneben ab. Es musste der Z-Stapel sein, jedenfalls lag obenauf ein Ziegelstein. Ich fragte mich, wie sie sich den beschafft hatte. Vielleicht hatte sie einen Pfleger zum Baustellenklau angestiftet.

«Alpha und Omega», sagte sie, «Anfang und Ende, nebeneinander. Das ganze Universum auf fünfzehn Quadratmetern.»

Ich sah den Apfel und den Ziegelstein. Was blieb noch übrig, wenn Anfang und Ende eins wurden? Wenn das Universum nicht linear zu erfassen war, sondern simultan?

«Ich mag den Gedanken, dass alles einfach *ist*», sagte Röschen. «Dass ich im Moment versinken kann, der jetzt gerade ist. Statt ihn ständig abzugleichen mit dem, was war, und dem, was kommt.»

Das konnte ich verstehen. Genau das hatte ich gespürt,

als ich mit Kari in der Todeswand war. Tiefer war ich noch nie in die Gegenwart eingetaucht.

Wahrscheinlich kam es gar nicht darauf an, welches Ordnungssystem man verwendete. Ob Sprache, so wie Röschen, oder Gott oder – ja, was eigentlich? Was für ein Ordnungssystem wäre es, das ich verwenden wollte?

32

Achims weißer Lieferwagen parkte direkt vorm Haus ein. Aus dem Küchenfenster sah ich, wie der Wagen elegant, aber definitiv zu schnell die schmale Lücke zwischen Laternenpfahl und Zaun füllte. Mit Schwung öffnete sich die Beifahrertür, und ein Typ mit Dreitagebart und kurz geschorenem dunklen Kopf kletterte hinaus. Er langte noch mal ins Auto und beförderte mit Umsicht eine kleine Kühlbox zutage. Ich erkannte ihn an der Art, wie er sich bewegte.

Es war Jan.

«Hier kommst du also her», sagte Jan. Er schlenderte durchs Wohnzimmer wie durch ein Museum: interessiert, distanziert.

«Was hast du mit deinen Haaren gemacht?»

Er rieb sich den Kopf, und ich hatte den Drang, die kurzen Stoppeln unter meinen Fingerkuppen zu spüren.

«Ja, kurz, ne.»

«Krass.»

«Hm.»

Jan war nicht meinetwegen gekommen. Und schon gar nicht wegen Gertrude. Er hatte von Jenni gehört, dass Achim zu mir fahren würde, und ihn gebeten, die Kommode mitzunehmen, die noch bei ihm in der Wohnung stand. Achim erklärte sich dazu bereit, aber nur, wenn Jan mitkam und die Kommode selbst ablieferte. Er wolle sich nicht einspannen lassen in Beziehungsgeschichten. Ich kniff Achim freundlich in den Oberarm, denn ich hatte den Eindruck, dass er genau das tat, indem er Jan mitgebracht hatte. Meine Theorie erhärtete sich, als er sagte, er bleibe auf einen Kaffee, aber dann müsse er dringend weiter Richtung Kopenhagen, ich könne doch sicher nachher Jan zum Bahnhof bringen?

Wir trugen gemeinsam die Kommode herein, und ich setzte Kaffee auf. Niemand wusste, was er sagen sollte. An dieser Situation stimmte einfach nichts. Verschiedene Formen von Vertrautheit vermischten sich, die überhaupt nicht zusammenpassten. Die Küche, die zu meiner Kindheit gehörte. Achim, der sich vertraut anfühlte, obwohl ich ihn eigentlich kaum kannte. Jan, der mir fremd vorkam, obwohl mir kaum jemand vertrauter war. Gertrude, die jetzt in der Kühltruhe lag. Und ich. Ich trank in meinem Elternhaus Kaffee mit einem Steilwandfahrer und einem Ex-Freund, den ich zuvor nie mit hierhergebracht hatte.

Achim entschied offenbar, dass die Situation nicht merkwürdiger werden konnte.

«Willst du hören, wie es Kari geht, oder lieber nicht?»

«Doch, natürlich.»

«Sie hat sich wirklich schnell erholt, sie war nur ein paar Tage im Krankenhaus. Jetzt braucht sie noch viel Ruhe und Reha und so. Aber sie zieht erst mal zu Lukas nach Berlin.»

«Klingt gut.»

«Ja, sie hat riesig Glück gehabt.» Er nahm einen Schluck Kaffee.

«Auch, dass Lukas für sie da ist.»

Jan und ich schauten beide betont teilnahmslos.

Wir schwiegen, als Achim kurze Zeit später so elegant, wie er eingeparkt hatte, seinen Wagen aus der Parklücke manövrierte und hupend davonfuhr. Jan sah im Profil aus wie ein neuer Mensch. Alle Aufmerksamkeit, die bislang seine spektakulären Haare auf sich gezogen hatten, war jetzt frei für sein Gesicht.

Er checkte sein Handy.

«Mein Zug fährt erst in zwei Stunden.»

«Willst du meine schiefe Kirche sehen?»

Er wandte sich mir zu.

«Oder wir beerdigen den Vogel.»

«Wirklich?»

«Warum nicht?» Er grinste. «Späte Rache an einer ebenbürtigen Rivalin.»

Röschen kommentierte Jans Erscheinen mit einem kurzen «Ah!» und nahm die Box entgegen, in der Gertrude sich befand. Sie setzte sich in ihren Sessel, die Kiste auf dem Schoß, und seufzte tief.

«Sollen wir Sie kurz allein lassen mit Gertrude?», fragte Jan. Er sprach den Namen korrekt aus, und seine Stimme klang sanft. Ich hatte vergessen, wie präzise Jan den richtigen Ton treffen konnte.

Röschen schüttelte den Kopf. «Nein, es ist in Ordnung. Und du kannst mal aufhören, mich zu siezen.»

Sie öffnete die Box und betrachtete Gertrude. Strich ihr ein wenig das Gefieder zurecht. Dann nickte sie. Sie konnte jetzt loslassen.

Röschen nahm eine kleine Schaufel vom S-Stapel. Wir fuhren mit dem Fahrstuhl nach unten, Jan stützte Röschen, und ich trug Gertrude. Die Gartenanlage der *Drei Hyazinthen* war kein Ort, der sich für ein heimliches Begräbnis eignete. Gerade, asphaltierte Pfade führten durch eine altersgerecht aufgeräumte Anlage mit kurz geschnittenem Rasen und Sträuchern, die pflegeleicht blühten. Alle paar Meter stand eine Bank, die meisten waren besetzt. Röschen verließ den Pfad und steuerte zielstrebig auf eine Linde zu, die mitten auf einer Grünfläche stand.

«Hier», sagte sie.

«So mittendrin?», fragte ich.

«Ja, die Linde kann ich von meinem Fenster aus sehen.»

Der Gedanke gefiel mir: Gertrude nährte einen Baum, deren Blätter Röschen im Wind beobachten konnte. Jan nahm die Schippe und grub eine kleine Kuhle am Fuß des Baumes. Von verschiedenen Bänken wurde unser Treiben interessiert beobachtet, aber niemand schritt ein. Wir legten Gertrude in das Loch und deckten sie mit Erde zu.

«Willst du etwas sagen?», fragte ich Röschen.

«Nein, sie weiß schon alles.»

Meine Hand suchte ihre, sie nahm sie und drückte sie.

«Dann lasst uns einfach kurz an sie denken», sagte ich.

So standen wir und nahmen Abschied, Abschied von Gertrude.

Jan wollte den Bus nehmen, aber ich bestand darauf, ihn zum Bahnhof zu bringen. Es bescherte mir zwanzig Minuten mehr Zeit mit ihm. Das ist sie also, dachte ich. Die Gnadenfrist. Die letzte Zeit, die wir gemeinsam verbringen. Es machte mich so traurig, dass ich pausenlos schwatzte. Jan fuhr sich schon wieder über den Kopf. Langsam lernte ich seine neue Gestik: Das Nachspüren der Stoppeln auf der Kopfhaut mit der Innenseite der Handfläche deutete ich als «Bitte, sag endlich etwas Wichtiges».

«Das war scheiße mit Lukas», sagte ich.

Fingerkuppen fuhren am Halsansatz entlang.

Er räusperte sich. «Wieso hast du nie etwas gesagt?»

«Was denn gesagt?»

«Überhaupt mal, irgendwas. Ich wusste noch nicht einmal, dass du für deinen Vater einspringen sollst. Vielleicht sogar ihm nachfolgen.»

«Ich wusste nicht, ob ich das wollte.»

«Aber das kriegt man doch gemeinsam raus?»

«Du würdest doch nicht mit mir nach Edena ziehen!»

Er seufzte.

«Du hast ja auch alles dafür getan, dass ich mir dazu keine Meinung bilden kann.»

Wir waren inzwischen am Bahnhof angekommen. Jan stieg aus und nahm seine Tasche von der Rückbank.

«Manchmal denke ich, dass wir uns überhaupt nicht kennen. Weil du nichts preisgibst von dem, was dich beschäftigt.»

Er schlug die Autotür zu und beugte sich dann noch mal hinunter ins geöffnete Fenster.

«Die wichtigen Dinge, die wirklich wichtigen Dinge. Die hast du nie erzählt.»

Er klopfte zum Abschied aufs Auto.

Voller Wut fuhr ich zurück nach Edena. Da kam der mal eben kurz angefahren mit seiner neuen Frisur und tat so, als hätten wir zwei uns jahrelang angeschwiegen. Vor Empörung bog ich ein paarmal falsch ab und musste einen bescheuerten Umweg fahren, der auch noch an dem beschissenen Scheißsee vorbeiführte. Eine neue Umgehungsstraße war gebaut worden, hübsch am Wasser entlang. Dann konnten die beknackten Touristen noch schön paddeln gehen, wenn sie von der schiefen Kirche genug hatten.

Die Ausflugslokale hatten ihre Terrassen schon winterfest, die Tische und Stühle waren ordentlich gestapelt.

Alles ganz aufgeräumt und übersichtlich. Es war einfach zum Kotzen.

Als ich am Bootshaus vorbeifuhr, fiel mir ein, dass Jan mal mit mir paddeln gehen wollte. Hatte mir richtig in den Ohren gelegen. Gar nicht schwer, hat man sofort drauf, hatte er gesagt, und richtig beleidigt war er, dass ich mich partout weigerte. Er dachte, ich hätte das noch nie gemacht und traute mich nicht.

Der See zog vorbei, dunkel und tief. Mir ging auf, dass Jan recht hatte.

Ich hatte ihm nie erzählt, was hier passiert war.

33

Es war so dunkel, dass ich nicht sehen konnte, wo der Himmel aufhörte und der See begann. Das Gluckern der Paddel im Wasser und Evas weiße Jacke vor mir waren die einzigen Hinweise darauf, dass ich noch existierte. Ich legte mein Paddel ab und tauchte stattdessen meine Hand in die ölige, sich bewegende Dunkelheit. Das Wasser war kühl und beruhigte mich ein wenig.

Auch die anderen spürten es, das große Nichts. So still waren wir den ganzen Abend nicht gewesen.

«Alles o. k. bei euch?», fragte Eva leise.

«Klar», flüsterte Finn, «aber wollen wir nicht lieber zurück?»

«Wär ich auch dafür», kam es von Patrick. Er war kaum zu verstehen. Die Dunkelheit schluckte seine Stimme.

Aber Chris stieß einen Jubelschrei aus. Er schallte übers Wasser.

«Guckt nach oben, Leute!»

Ich legte den Kopf in den Nacken. Es waren keine Sterne zu sehen, aber hinter einer schwarzdunklen Wolke war ein Leuchten, das heller wurde.

«Es werde Licht!», jubelte Chris, und es wurde Licht: Ein silberner Glanz legte sich auf den See. Der Mond, der sich die ganze Nacht nicht hatte blicken lassen, war hinter einer Wolke hervorgekommen. Er machte uns sichtbar, dunkle Gestalten, die wie Fährleute auf dem Weg ins Jenseits in ihren Booten saßen und den Teppich aus Weiß durchschnitten. Das kühle Licht löste etwas in uns, eine Spannung, die sich aufgeladen hatte und jetzt freigesetzt werden musste. Wir alle spürten es, aber Sebi brauchte dafür sofort ein Ventil.

«Ich bin der Ritter der Unterwelt!», brüllte er und paddelte auf Patrick zu. Er hob sein Ruder wie ein Schwert in die Höhe und versuchte, Patrick zum Kentern zu bringen. Patrick parierte, wackelte gefährlich, aber hielt sich. Er wich zurück.

Sebi triumphierte. «Eeeeeiiins nuuuulll! Der Ritter der Unterwelt hat gesiiiieeeegt!»

Seine Albernheit steckte uns an. Sebis Ritterspiel fegte die Ehrfurcht vor der Dunkelheit weg. «Wer hat noch niiiiicht, wer wiiiiill noch mal!»

Finn machte den nächsten Versuch.

Sein Boot glitt auf Sebi zu, er versuchte zu bremsen mit dem Paddel, aber es war zu spät: Sie stießen frontal zusammen. Beide gerieten ins Wanken, konnten sich aber in letzter Sekunde ausbalancieren.

«Zwwwooo null!», brüllte Sebi.

Jetzt paddelte Chris los. Sein helles Hemd schimmerte im Mondlicht, als er sich das Paddel unter den Arm schob und es hielt wie ein Ritter seine Lanze. Überrascht von der Wucht, mit der Chris auf ihn zustieß, griff Sebi nach dem ihm entgegengestreckten Ruder und hielt fest.

Für einen kurzen Moment sah es aus, als würden Chris und Sebi sich gegenseitig im perfekten Gleichgewicht halten. Doch dann ließ Sebi los und stieß sich ab. Chris' Boot neigte sich zur Seite. Im Silberlicht der Nacht sah der Bogen, den das Boot beschrieb, vollkommen natürlich aus. Es machte fast kein Geräusch, als mein Bruder im gelb schimmernden Hemd in den See hineinglitt und sich die Silberdecke über dem hellen Fleck schloss.

Das gekenterte Boot trieb auf dem Wasser, ein paar Meter weiter das Paddel. Aber Chris tauchte nicht auf. Die Wasserdecke blieb geschlossen, als wäre Chris niemals auf unserer Seite der Wirklichkeit gewesen. Eva war die Erste, die sich rührte. Sie sprang ins Wasser und kraulte zur Stelle, wo Chris untergegangen war. Tauchte unter. Tauchte wieder auf. Tauchte unter.

Jedes Mal, wenn sie prustend an die Wasseroberfläche kam, mit leeren Händen, breitete sich in mir das große Nichts etwas mehr aus. Sie tauchte unter, und diesmal dauerte es richtig lange, bis sie wieder auftauchte. Sie spuckte Wasser und schnappte nach Luft, aber sie hielt etwas in ihrem Arm, einen durchtränkten, dunklen Schopf. Sie lehnte sich zurück, sodass der Kopf weiter aus dem Wasser gezogen wurde, Nase und Mund waren schon im Freien. Sie hatte ihn. Sie hatte ihn, aber atmete er? Wolken verschoben sich am Himmel und verdeckten den Mond, der uns in Dunkelheit zurückließ.

Die Paddelboote lagen am Ufer wie gestrandete Wale, wir hatten sie kreuz und quer an Land gezogen. Wir waren in einer kleinen Bucht an Land gekommen, umringt von meterhohen Büschen und Schilf. Dahinter erstreckte sich Weideland. Das Gras stand mir fast bis zu den Knien. Hier herrschte stickdüstere, menschenleere Nacht.

Chris lag in unserer Mitte. Er hatte die Augen geschlossen und rührte sich nicht. Aber er leuchtete. Sein Satinhemd klebte am Körper und strahlte kühles Licht ab. Ein helles Gelb, umringt von dunklen Schatten.

Luft musste rein in diesen Körper. Das konnte nicht so schwer sein, man sah das doch ständig in Filmen. Mund-zu-Mund, ein Schwall Wasser, und Chris kommt zurück ins Leben. Wahrscheinlich macht er dann einen dummen

Spruch über das Jenseits und wie er dem Tod von der Schippe gesprungen ist, und er wird diese Erfahrung für die nächsten hundert Jahre ausschlachten, weil niemandem von uns bislang etwas so Interessantes passiert ist.

Aber dafür muss da jetzt Luft rein.

Jetzt.

Eva, ja, Eva soll das machen, die kennt sich aus, aber Eva, Eva, Eva, die weint nur, die hockt da über ihm und hält ihm mit zwei zitternden Fingern die Nase zu, und dann legt sie ihren Mund auf seinen und pustet irgendwie, und das sieht überhaupt nicht aus wie im Film, sie macht das ganz zaghaft, sie traut sich nicht, und jetzt heult sie wieder, dabei muss man doch jetzt etwas tun.

Jetzt.

«Was ist noch mal mit dem Herzen, Massage oder so», sage ich, und Eva nickt hektisch, jaja, stimmt, genau. Sie macht das Hemd auf, und dann liegt da dieser Brustkorb, bleich und plötzlich schmal. Sie drückt darauf herum, aber sie weiß nicht genau, ob die Stelle stimmt, und ich weiß es auch nicht, ich weiß nur, dass mein Bruder nicht atmet und dass Wasser in ihm ist und wir das rauskriegen müssen.

Sebi, Patrick und Finn versuchten wankend zu begreifen, was passiert war. Das erste Adrenalin war abgeebbt und hatte dem Alkohol wieder Vorschub gegeben.

«Jetzt macht doch was, wir brauchen einen Notarzt, einen Krankenwagen!», schrie Eva. Finn tastete umständlich seine Hosentasche ab. Er hielt sich an Sebi fest, damit er nicht umfiel.

«Ich hatte doch mein Handy dabei.» Seine Zunge war schwer.

«Dein Handy liegt im Bootshaus», sagte ich, und meine

Stimme klang ganz komisch, denn ich wusste doch, wer es da abgelegt hatte, und es kam mir vor, als sei das in einem anderen Leben gewesen.

Eva, Rotz an der Nase, Tränen überall, warf mir den Schlüssel zum Bootshaus zu.

«Elli, renn!»

Und ich rannte.

Ich musste nur der Uferlinie folgen, aber es gab keinen Weg. Baumstämme, Sträucher und knorpelige Äste versperrten ihn mir. Ständig schrammte etwas an meinen Waden. Ich wich aus und hüpfte und sprang, und wenn der Weg ein paar Meter frei war, rannte ich, so schnell ich konnte. Ich rannte um das Leben meines Bruders, um das Leben meiner Eltern, um mein Leben; um unsere Jugend, um unsere Zukunft, um alles, was ich vom Leben erwartete. Aber ich sah das Bootshaus nicht, ich sah nur Konturen vor mir, die alles sein konnten, Bootshäuser oder Bäume oder hockende Riesen. Wie soll man jemals ein Ziel erreichen, das nicht in Sicht ist?

Ich roch den See, modrig, nach Erde und Algen und Tod. Gerade noch hatten wir auf ihm herumgealbert, und dann hatte er einen von uns gepackt, ihn tief in sich hineingezogen und widerwillig wieder ausgespuckt. Ich spürte seine Präsenz, als würde ich mich an einem schlafenden Drachen vorbeistehlen. Nur schlief dieser Drache in Wirklichkeit nicht, er lauerte. Ich keuchte, aber ich lief weiter. In der Ferne sah ich einen Schatten, das musste einfach das Bootshaus sein. Aber je schneller ich lief, desto weiter schien mir der Weg. Der lauernde Drache blies sich auf und verlängerte seine Uferlinie. Niemals würde der See gestatten, dass ich das Bootshaus erreichte.

Bitte, murmelte ich, bitte.

Bitte, bitte, lieber Gott, mach, dass das das Bootshaus ist. Bitte, lieber Gott, bitte. Bitte. Bitte. Bitte. Mach, dass der Schatten dahinten das Bootshaus ist. Bitte. Bitte. Bitte.

Meine Beine passten sich an, ich lief im Rhythmus des Bittens. Jede Bitte ein Schritt. Und die Schritte wurden leichter, der Rhythmus trug mich, und plötzlich tauchte vor mir der Steg auf und das Bootshaus. Ich riss die Tür auf und durchwühlte die Sachen, die wir hineingeworfen hatten, da war es, das Handy von Finn. Ich wählte den Notruf, erklärte, was passiert war, und erst dann fiel mir ein, dass der Weg, den ich hinter mir hatte, auf keinen Fall mit einem Rettungswagen befahrbar war. Der Mann am Telefon hatte dafür auch keine Lösung. Ich sollte am Bootshaus warten.

«Wie lange?», keuchte ich.

«Ein paar Minuten», sagte die Stimme.

Ich ging nach draußen und legte mich auf den Steg. Der Himmel über mir war immer noch dunkel. Aber die Baumreihe am Horizont hob sich pechschwarz ab gegen zartes Orange. War das schon der Tag? Wie viel Zeit war vergangen, seitdem wir Chris aus dem Wasser gezogen hatten? Seitdem ich angerufen hatte? Langsam war es heller geworden. Das Licht streckte seine zarten Arme aus und ragte in den Himmel, bildete Farbverläufe, die die Dunkelheit zu überlagern begannen. Wie viel Zeit blieb, wenn der Atem ausblieb? Ich hielt selbst den Atem an. Bis der Krankenwagen kam, wollte ich nicht mehr atmen. Als Erstes tat es im Hals weh. Ich schluckte, um mich davon abzulenken, dass mir Luft fehlte. Ich hielt mir die Nase zu, damit ich nicht aus Versehen doch einatmete. Ich nickte wie bescheuert. Alles fühlte sich zu eng an. Ich hatte ein großes, leeres Nichts in meiner Brust, das zu platzen drohte. Als der Krankenwagen vor dem Bootshaus hielt, explodierte ich von innen. Die Luft, die in meine Lungen strömte, tat weh.

Ich taumelte den Steg hinunter. Es war inzwischen so hell geworden, dass die Umgebung das Konturhafte verloren hatte. Alles war gleichzeitig zu sehen. Die Farbe am Bootshaus blätterte ab, unsere Fahrräder lagen am Boden, achtlos hingeworfen in einer anderen Zeit. Der Krankenwagen leuchtete grell in dieser Welt aus erstem Licht.

Ich stieg ein und versuchte zu erklären, wo wir hinmussten. Jetzt, im Hellen, sah die Uferlandschaft ganz anders aus. Weniger wild. Es hätte eine gut begehbare Straße gegeben, die nur ein paar Meter weiter landeinwärts am Ufer entlangführte. Wir fuhren ein Stück die Straße hinunter, dann querfeldein, und da waren sie, bunte Farbtupfer im Blau und Grau des Seeufers, gebeugt über gelben Satin.

Eva lag neben Chris. Sie hielt ihn fest umklammert, als gäbe es keine Schwerkraft und sie müsste ihn am Boden halten. Ich blieb am Wagen und beobachtete auf Abstand, wie die beiden Notfallsanitäter sie sanft wegzogen. Sie untersuchten Chris ganz ohne Hektik, dann reanimierten sie.

Kein Schwall Wasser. Keine Heldengeschichten. Nie mehr Geschichten. Ich sah, wie der eine unmerklich den Kopf schüttelte. Wie der andere Eva festhielt, die Chris anbrüllte, er solle dableiben. Wie Finn sich in die Uferböschung erbrach. Wie Sebi und Patrick sich an den Händen hielten. Ich wandte mich ab und ging ans Ufer.

Die Sonne hing rot über dem dunkelblauen See.

34

Wenn von sechs fünf übrig bleiben, schweißt das zusammen, könnte man denken. Für uns stimmte das nicht. Wir haben uns nie besonders Mühe gegeben, miteinander in Kontakt zu bleiben. Dennoch waren die Menschen, mit denen ich an jenem Abend zusammen war, mir über die Jahre hinweg sonderbar nah.

Ich freute mich, als ich Sebi in der Kirchenbank sitzen sah. Diesmal hatte ich ihn sofort erkannt. Er saß an der gleichen Stelle wie kürzlich, vorne links.

«Hi», sagte ich. «Darf ich?»

Sebi lächelte kurz.

«Klar.»

Ich setzte mich zu ihm.

«Kommst du häufiger her?», fragte ich.

«Seitdem mein Vater gestorben ist, vor sechs Monaten. Ich bin jetzt öfter in Edena, wegen meiner Mutter.»

«Das tut mir leid.»

«Ja.»

Sebi sah nachdenklich aus.

«Hier ist er mir irgendwie nah.» Er fügte schüchtern hinzu: «Geht dir das auch so? Mit Chris?»

Ich überlegte. In den letzten Wochen hatte ich mich so sehr um den Zustand des Bauwerks gesorgt, dass ich gar nicht mehr spüren konnte, was mir die Kirche als Ort eigentlich bedeutete. Wie viel von Chris fand ich hier? Oder von meinem Vater? Von meiner Familie? Von mir selbst? Es fühlte sich an, als hätte hier, in der Kirche, meine Kindheit geendet. Und gleichzeitig konnte ich mich an die wirklich schmerzhaften Momente kaum erinnern.

«Ich weiß fast nichts mehr von der Beerdigung», sagte ich.

«Sie war schrecklich. Aber auch gut. Beides», sagte Sebi.

Mein Vater weinte nicht, mein Vater ging an die Arbeit. Morgens hörte ich ihn leise durch den Flur gehen, bedacht darauf, niemanden zu stören, obwohl wir alle drei den Großteil der Nacht wach gelegen hatten. Mit einem sanften Klicken schloss sich die Tür seines Arbeitszimmers, und sie würde sich nicht mehr öffnen bis zum Abend. Er arbeitete an dem Trauergottesdienst, und er wollte nicht gestört werden. Die Bücher, mit denen er sich umgab, dämpften den Schall, den der Schmerz auswarf.

Meine Mutter hingegen erlebte eine Wutwoche. Wenn es einen Brunnen aus Wut gegeben hätte, sie wäre mitten hineingesprungen. Sie war wütend auf Gott, der ihr den Sohn genommen hatte, auf die Welt, die sich weiterdrehte, auf Chris, weil er tot war, vielleicht auch auf mich, weil ich lebte. Und sie war wütend auf meinen Vater, weil er die Beerdigung selber machen wollte. «Du klappst mir von der Kanzel!», schrie sie, aber sie brüllte nur die Tür an, und die blieb geschlossen. In der Woche zwischen Chris' Tod und seiner Beerdigung warf sie mit so viel Wut um sich, dass es kaum verwunderte, wie schweigsam sie danach wurde. Sie hatte auf den Boden des Brunnens geschaut, und alles, was übrig blieb, war luftleerer Raum.

Am Morgen der Beisetzung erwachte ich früh. In der Küche traf ich meinen Vater, der auch übernächtigt aussah. Er bat mich, beim Dienst eine der Kerzen anzuzünden. Mein Vater hatte sieben Kerzen. Sie waren Rettungsanker, kleine Inseln aus Licht, die ihm – und uns – helfen sollten durch diese Stunde totaler Dunkelheit. Nacheinander sollten sie während des Trauergottesdienstes angezündet werden.

«Die anderen machen auch mit», sagte er.

«Welche anderen?»

Und mein Vater zählte auf: Eva, Finn, Patrick, Sebi.

Die anderen, die auch dabei gewesen waren.

«Dann sind wir aber fünf, nicht sieben.»

«Und Mama und ich.»

Ich zuckte mit den Schultern und verließ wortlos das Haus. Bevor die Beerdigung begann, wollte ich noch zum See.

Das hohe Gras in der Bucht war platt getrampelt. Was eine Woche zuvor noch eine Wildnis gewesen war, hatte sich verwandelt in ein Meer aus Blumen, Kuscheltieren, Kerzen und Briefen. An unserer Schule hatte ein Betroffenheitskult um sich gegriffen. Er mobilisierte jeden, der Chris' Namen schon mal gehört hatte. Man traf sich hier, zum Weinen, aber auch zum Schwänzen, weil kein Lehrer etwas sagte, wenn man aus Trauer nicht zum Unterricht erschien.

Jeden Morgen fuhr ich in aller Frühe hierher, um die Memorabilia zu inspizieren und, wenn nötig, auszusortieren. Heute fand ich einen Supermarkt-Teddy, von Lilly aus seiner Stufe. Der Teddy hielt ein Plüschherz umklammert. Darauf, eingestickt in geschwungenen Buchstaben: I miss you. Chris hatte Lilly kaum gekannt. Wäre Chris nicht gestorben, sondern einfach weggezogen, hätte Lilly seine Abwesenheit gar nicht bemerkt. Ich begrub ihren Teddy tief unter anderen Kuscheltieren. Dann setzte ich mich aufs Rad und fuhr zurück, im Stehen, damit es schneller ging. Ich musste pünktlich in der Kirche sein. In der Kirche, in der mein Bruder wartete, in einer dunkelbraunen Holzkiste, mit schwarzem Samt ausgelegt.

Die Kirche war schon bis zum letzten Platz gefüllt. Die Trauer, die im Raum hing, vermischte sich mit Spektakel. Wer vorzeitig geht, macht den anderen erst bewusst, dass sie da sind, und diese vibrierende Gewissheit, am Leben zu sein, füllte den Raum genauso wie die Trauer.

Ich lief durch den Mittelgang und wurde links und rechts bestaunt.

Schaut her, das ist die Schwester, die dabei war.

Vor dem Altar stand Chris. Der Sarg, von Kerzen und Blumen umgeben, war glücklicherweise zu. Ich hatte Angst gehabt, dass meine Eltern ihn offen ließen. Dass ich Chris ins Gesicht schauen musste während des Dienstes. In der ersten Reihe saß meine Mutter. Eva, Finn, Sebi und Patrick neben ihr. Wir hatten uns nicht mehr gesehen, seitdem. Ich setzte mich dazu und nickte ihnen zu.

Ihre Gesichter waren bleich, die Kleidung schwarz.

Sieben dicke Kerzen in unterschiedlichen Farben standen nebeneinander auf dem Altar. Jede Farbe stand für ein Thema. Noch brannten sie nicht. Ich hielt die Kerzen im Blick, damit ich nicht aus Versehen den Sarg ansah oder, schlimmer noch: meinen Vater. Er stand auf der Kanzel, die irgendwo zwischen Oben und Unten hing, und lieferte sich schutzlos aus. Gerade eben hatte er etwas vom Himmelreich gesagt, genau wusste ich es nicht, denn ich ertrug es nicht hinzuhören. Ich stellte mein Gehirn auf stumm, und die Stimme meines Vaters wurde zum Hintergrundgeräusch, wie ein Radio, das man nur einschaltet, damit man sich nicht so alleine fühlt. Aber jetzt bemerkte ich, wie die Stimme langsamer wurde, wie die Worte sich dehnten, bis sie schließlich versiegten. Es war still in der Kirche. So still, dass ich mich umsah, um mich zu vergewissern, dass die Gemeinde wirklich anwesend war. Dann durchschnitt mein Vater die Stille mit einem Schluchzer. Er bekam ein warmes, schönes Echo, denn augenblicklich reagierte die Organistin, sie improvisierte. Es war ein opulentes Stück, das die Organistin sich ausdachte, laut und donnernd.

Meine Mutter stand auf und ging nach vorn, am Altar, an ihrem toten Sohn vorbei, sie wartete unten an der Kanzel, bis mein Vater hinabgestiegen war, und dann umarmte sie ihn, sie schirmte ihn ab mit ihrem Körper, vor den Blicken der Gemeinde, aber auch vom ganzen Rest der Welt, und nur an seinen bebenden Schultern sah ich, dass er sich jetzt gehen ließ.

Fünfzehn Jahre später sagte Sebi, er habe in dem Augenblick, in dem mein Vater da vorne die Fassung verlor, verstanden, warum er die Beisetzung selber machen wollte: «Dein Vater ist einfach ... durch seine Angst hindurchgewandert.»

Als das Orgelspiel verebbte, hatte mein Vater sich gefangen, und meine Mutter setzte sich wieder. Nacheinander bat er uns nun nach vorn, um am Altar eine Kerze anzuzünden. Ich wollte den Moment, da ich nach vorne musste, so weit wie möglich hinauszögern, und ließ den anderen den Vortritt. Eva ging zuerst und zündete die schwarze Kerze an. Mein Vater klang pastoral, wie ich ihn kannte. Nichts deutete mehr darauf, dass er soeben weinend in den Armen seiner Frau gelegen hatte.

«Die schwarze Kerze brennt für diesen Moment, in dem wir Abschied nehmen. Schwarz, das steht für *nie mehr.* Für die Erbarmungslosigkeit des Todes, der unseren Sohn, unseren Bruder, unseren Freund und Mitschüler aus unserer Mitte gerissen hat, so früh und so gänzlich unerwartet. Schwarz ist: schwarz!»

Ich wand mich in der Holzbank, sicher, dass ich keine weiteren sechs Kerzen aushalten könnte. Aber schon kam Finn nach vorne und zündete die lila Kerze an. Die Kerze für die Trauer.

«Sie brennt für das *immer noch nicht glauben können»*, sagte mein Vater heiser. «Sie brennt für euch und für uns alle hier. Für die Tränen, die wir schon geweint haben, und für die, die wir noch weinen werden.»

Hinter mir schluchzte jemand, und der Laut übertrug sich, bald schluchzte es links und rechts und nah und fern, es steckte an, so wie man mitlachen muss, wenn jemand richtig herzhaft lacht. Ich biss den Kiefer zusammen.

Patrick hatte den Kopf eingezogen und huschte nach vorn. Als er die gelbe Kerze entzündet hatte, sprach mein Vater von Schmerz, von dem, was schwer war, und da versuchte ich noch mal den Radio-Modus einzuschalten, aber ich konnte nicht verhindern, dass ich hörte, wie belegt seine Stimme klang.

Sebi entzündete die blaue Kerze, für die Weite des Himmels. Meine Mutter grün, für das Leben. Hier redete mein Vater lang, er ließ siebzehn Jahre Revue passieren. Ich wiegte mich im Rhythmus seiner Stimme. Seine Worte zerfielen in Silben, deren Klang den Sprachfluss rhythmisierte, und das war so wohltuend, dass ich hätte wegnicken können, wäre ich nicht als Nächste dran gewesen.

Mein Vater nickte mir sanft, aber auffordernd zu. Ich

wollte mich in die Kirchenbank hineindrücken. Mich so schwer machen, dass niemand mich vom Fleck bewegen konnte, und einfach hier sitzen bleiben, bis alles zu Ende war. Aber mein Vater nickte noch einmal, dringlicher nun. Ich ging nach vorn.

Meine Finger zitterten, als ich das Streichholz entfachte. Da war ein Aufblitzen und ein Zischen, und es roch nach Streichholzköpfen. Was war das, Schwefel? Die Flamme brannte klein und flatterig. Zögernd nahm der Docht das Feuer an. Ich blieb stehen und schaute zu, wie die Flamme sich nährte, voller Angst, sie könnte wieder ausgehen.

«Die rote Kerze brennt für die Liebe», hörte ich meinen Vater sagen, und damit ich nicht hören musste, wie sehr wir alle Chris geliebt hatten, konzentrierte ich mich auf die flackernden Flammen vor mir, sechs Kerzen, und keine von ihnen brannte richtig gut. Es bräuchte nur einen Windhauch, und sie wären tot, so kläglich brannten sie, sie mussten doch brennen, richtig brennen, mit warmen, großen Flammen. Hier, die grüne Kerze, es zischte der Docht, er war ganz verbogen, das war nur eine Frage der Zeit, bis diese Flamme erlöschen würde, aber das durfte nicht sein, wir hatten sie doch gerade erst entzündet, und sie enthielt doch das Leben und die Liebe, unser aller Liebe, auch meine, meine, meine Liebe für Chris. Und mit der Fingerkuppe ging ich hinein in den kleinen heißen See aus Wachs, ich rührte darin herum, um die Flamme zu retten, aber ich kriegte den Docht nicht zu fassen, er entglitt mir, jedes Mal, und mein Finger brannte vor Schmerz. Es fühlte sich an, als ob die Haut mit dem Wachs verschmolz und in die Kerze hineinfloss, und das war so erlösend, dass ich Tränen der Erleichterung vergoss. Meine Mutter war es, die auf mich zugeschossen kam, mich vom Altar weg und zurück in die Kirchenbank führte, wo sie ein Taschentuch aus ihrer Tasche hervorkramte und vergeblich versuchte, das Wachs von meinem Finger zu wischen.

«Das muss doch Hölle wehgetan haben», sagte Sebi.

«Weiß ich nicht mehr so», sagte ich, aber ich erinnerte mich plötzlich an überbrühte Füße, an heißes Wasser, das auf mich niederprasselte, und daran, wie vertraut der Schmerz mir gewesen war. Als sei er schon immer da gewesen.

«Dass die Beerdigung schrecklich und gut war, wie meintest du das eigentlich?», fragte ich. «Also, schrecklich versteht sich von selbst, aber wieso war es auch gut?»

Sebi dachte nach.

«Es fehlte ja noch die eine Kerze, die letzte, die hat dein Vater angezündet. Weißt du das noch?»

Ich schüttelte den Kopf.

«Das war die weiße Kerze. Sie brennt für Gottes Liebe, hat dein Vater gesagt, die Liebe, die stärker ist als der Tod. Die nicht zerbricht. Daran habe ich später noch viel gedacht. Dass Liebe den Tod überwinden kann.»

35

Ich fuhr an die Ostsee, um meinen Vater von der Reha abzuholen. Anschließend wollten wir gemeinsam meine Mutter einsammeln.

«Wenn sie denn mitkommt!», rief mein Vater, und das war nur halb im Scherz gemeint. Er saß schon auf gepackten Koffern, als ich ankam. «Hat jetzt gereicht», sagte er, und es war deutlich zu sehen, dass das stimmte. Bessere Farben, weniger grau. Und mehr, er war mehr geworden.

Wir vermieden die Autobahn und fuhren stattdessen Landstraße. Ich wollte genießen, dass wir zu zweit unterwegs waren. Als er neben mir im Auto saß und den tiefblauen Himmel betrachtete, der gemächlich an uns vorbeizog, ging mir auf, dass ich ihn nie gefragt hatte.

«Sag mal.»

«Hm?»

«Wie hast du das geschafft, damals? Die Beerdigung?»

Ein paar Zirruswolken schoben sich ins Bild. Sie sahen aus wie Federn.

«Das wirkliche Tief kam später», sagte er. «Dann aber mit voller Wucht. Ich habe mich vollkommen verlassen gefühlt. Von Chris, natürlich ... Aber vor allem von Gott.»

«Wie konntest du dann trotzdem Pastor sein?»

«Wenn man sauer auf den Arbeitgeber ist, kündigt man ja nicht sofort. Aber es hat mich immer tiefer hineingezogen. Wie soll man auch an einen Gott glauben, der einen so im Stich lässt?»

Ich konzentrierte mich auf den Verkehr, um nicht sofort reagieren zu müssen. Mein Vater hatte seinen Glauben verloren, und ich hatte nichts davon mitbekommen. Vor mir auf der Landstraße fuhr ein Trecker, der mir die Sicht nahm auf das, was vor uns lag. Ich traute mich nicht zu überholen.

«Was hast du dann gemacht?»

«Meinen Job», sagte mein Vater. «Man kann sich ganz gut um Menschen kümmern, wenn man die tiefsten Abgründe der Seele selbst durchlebt hat.»

«Und ... Gott? Was ist mit dem?»

Mein Vater zuckte mit den Schultern.

«Weiß nicht genau. Ich glaube, wir haben uns miteinander versöhnt, irgendwann.»

Er löste sich vom Blau des Himmels und schaute mich an.

«Als du dich doch noch für Theologie entschieden hast, hatte ich das Gefühl, dass alles richtig wird. Dass ein Kreis sich schließt.»

«Ich glaube, ich glaube nicht an Gott», platzte ich heraus.

Mein Vater musste lachen.

«Und ich glaube, dass Glaube wachsen kann.»

Ich grinste.

«Du solltest Kalendersprüche texten.»

«Brauch ich nicht, ich bin Pastor. Ich spreche so.»

«Gleich sagst du noch, Gott ist die Liebe.»

«Ist das denn so falsch?»

Mein Vater dachte nach.

«Wer würde schon behaupten, dass er Liebe wirklich versteht? Und doch ist sie da. Das spüren wir doch alle. So geht es mir mit Gott auch. Er ist für mich das, was zwischen den Zeilen steht. Was ich nie ganz begreifen werde. Etwas, das größer ist als ich und meine ... irdische Existenz.»

Ich blinkte, reckte den Hals und überholte endlich den elenden Trecker. Auf der Gegenfahrbahn hupte ein Wagen, der bremsen musste.

«Ich meinte damit nicht, dass du uns sofort ins Jenseits befördern sollst», fügte mein Vater hinzu und hielt sich am Handgriff fest.

«Nicht bevor ich Evas Kind getauft habe.» Ich ordnete mich brav in die richtige Spur ein.

«Ja! Das wird schön. Hast du die Predigt schon fertig?»

«Natürlich nicht.»

«Die Taufpredigten sind auch nicht leicht zu finden auf meiner Festplatte.»

«Frau Harms hat sogar ... bei dir in der Reha gepetzt?»

«Na klar, was denkst du denn?»

Er blinzelte mir zu.

«Sie war aber ansonsten zufrieden mit dir.»

Der Himmel wurde weiter, nahm mehr Raum ein. Wir fuhren direkt auf ihn zu. Gleich öffnet er sich und verschluckt uns, dachte ich. Aber dann waren wir schon angekommen. Offen und ruhig lag das Meer da, unendlich blau und grau und grün. Dunkle Holzbuhnen ragten ins Wasser und gaben der Weite Struktur. Am Horizont trennte sich das Meer mit einer scharfen Kante vom Himmel, der allmählich dunkler wurde.

Das Haus, in dem meine Mutter sich eine Ferienwohnung gemietet hatte, stand direkt am Strand. Es leuchtete weiß. Wir versuchten noch auszumachen, welcher der Balkone ihrer war, als sie uns von hinten, von Meeresseite aus, zurief.

«Hier! Hier bin ich!»

Mit forschen Schritten und rosig von dem kühlen Nachmittag im Freien, lief sie auf uns zu.

«Guck mal einer an», sagte mein Vater beeindruckt.

Sie umarmte uns beide gleichzeitig, etwas ungelenk, aber herzlich.

«Ich war noch ein letztes Mal am Meer», sagte sie, «wollen wir jetzt nach Hause?»

«Erst Pommes», sagte mein Vater.

Wir spazierten zur Pommesbude, die laut meiner Mutter die weltbesten Fritten servierte. Der Geruch von Fett und Fritteuse ließ mir das Wasser im Mund zusammenlaufen, auch wenn die Bude ziemlich heruntergekommen aussah. Hier würde kein Tourist haltmachen. Aber es war offenbar ein Geheimtipp, denn jetzt, außerhalb der Saison, standen die Leute hier Schlange.

Tatsächlich waren es herausragende Pommes. Ich überlegte, in welcher Stimmung Jan mir wohl weltbeste Fritten bereitet hätte. In jeder wahrscheinlich, dachte ich, als ich mir das Salz von den Fingern leckte. Wenn ich ihn nur darum gebeten hätte.

Auf dem Heimweg wurde es Nacht. Neben mir, auf dem Beifahrersitz, nickte mein Vater ein. Er sah friedlich aus. Meine Mutter saß hinten und erzählte leise von allem, was sie erlebt hatte. Wie sie jeden Tag am Strand gewesen war und sich erst da wieder erinnert hatte, wie sehr sie das Meer früher geliebt hatte, und dass es sie zuerst traurig und dann froh gemacht hatte, weil es zwar wehtut, sich an eine Liebe zu erinnern, aber zugleich macht es einen reicher.

Es war dunkel im Auto, in regelmäßigen Intervallen fiel das Licht der Straßenlaternen hinein. Wenn ich in den Rückspiegel sah, wurde das Gesicht meiner Mutter mal warm und gelb erleuchtet, mal verschwand es. Und ich lauschte ihrer Stimme, sie sprach weiter, wie ein Fluss, der lange trocken lag, aber nun, da in höchster Höhe Eis geschmolzen war, ohne Unterlass fließen konnte.

36

Es hatte die ganze Nacht geregnet. Der Regen sammelte sich in Pfützen, Kuhlen, in kleinsten Vertiefungen der Erdoberfläche. Die Außenwelt spiegelte sich darin, und so erweckten die Pfützen den Eindruck, als könne man durch sie hindurch in eine Innenwelt hineinschauen.

Ich überquerte die Straße zur Kirche und tauchte bruchstückhaft in verschiedenen Pfützen auf. Ein flüchtiger Blick, ein fast unmerkliches Nicken, und dann verschmolz mein Bild wieder mit mir, und ich schloss die Kirche auf.

Alles war still. Es würde noch dauern, bis die Gemeinde kam.

Aber ich, ich war da.

Endlich.

Die Fenster hatte ich reparieren lassen, der Riss in der Wand war noch nicht verspachtelt. Ich fuhr mit dem Finger daran entlang. Es fühlte sich etwas rau an, aber nicht unangenehm. Vielleicht sollten wir den Riss so lassen.

In meiner Tasche lag der Ausdruck meiner ersten eigenen Predigt. Ich hatte nächtelang Textfragmente hin- und hergeschoben, Bibelstellen gewälzt und an die Decke gestarrt. Der Versuchung widerstanden, meinen Vater um Hilfe zu bitten, der demonstrativ die Füße hochgelegt und sich hinter seiner Zeitung versteckt hatte.

Ich verließ mich auf mein Bauchgefühl und schrieb einfach los. Jetzt, kurz vor Beginn des Dienstes, wusste ich auf einmal, dass etwas Wichtiges fehlte. Ich holte die Predigt hervor, nahm einen Stift und kritzelte noch etwas hinzu, bis die Gemeinde eintrudelte.

Eva und Fiete begrüßten mich mit warmer Aufgekratztheit. Sie sahen geschrubbt aus, gewienert und gebohnert. Rote Wangen, hochgestecktes Haar, etwas Gel, Kleid, Krawatte. Voller Erwartung und Freude auf den Tag, an dem ihr Kind ins Leben begrüßt werden sollte. Eva trug ihren Sohn, der bislang noch nicht mitbekommen hatte, dass sich heute alles um ihn drehen würde. Sie setzten sich zu dritt in die erste Reihe und drapierten etwas umständlich das wegfließende Taufkleid um sich herum. Es war ein traditionelles Kleid aus Fietes Familie, das seit drei Generationen getragen wurde. Sogar für Taufkleidverhältnisse war das Kleid dem Kind zu groß. Aber das eigentlich Bemerkenswerte war die Farbe. Trotz seines hohen Alters war das Kleid blütenweiß. Wie ein unbeschriebenes Blatt Papier.

Die Kirche platzte aus allen Nähten. Zu einer Taufe kamen alle gern in den Gottesdienst, weil das Glück des Anfangs berauschend ist, auch wenn man das Kind, das getauft wird, gar nicht kennt. Frau Harms, Herr Bohlen, die beiden alten Damen von der Beerdigung, Udo Behrend, selbstverständlich meine Eltern – überall sah ich bekannte Gesichter. Ich fühlte mich wie auf einer Familienfeier und wunderte mich über das Glück, das ich dabei empfand.

Der Organist, voller Freude, das Instrument nun in all seiner Schönheit vorführen zu können, wartete auf mein Zeichen. Ich nickte ihm zu, und sein fröhliches Spiel hallte durch die Kirche.

Ich schritt die Stufen zur Kanzel hoch und ließ meine Hand über das Geländer gleiten. Es fühlte sich glatt an und kühl. Ich betrat den Kanzelkorb, den Chris und ich früher Pastorenhimmel genannt hatten, und zum ersten Mal spürte ich die Bedeutung dieser herausgehobenen Position. Meine vollgekritzelten Zettel legte ich beiseite. Ich wollte die Worte spontan finden.

«Liebe Menschen», sagte ich, und ich hörte, wie meine Stimme Widerhall fand. «Ihr habt sicher alle in den vergangenen Wochen den Riss an der Wand gesehen, der immer größer wurde.»

Einige Köpfe drehten sich zur Kirchenwand, nickten.

«Vielleicht dachtet ihr: Hoffentlich kracht die Kirche nicht zusammen. Sind wir eigentlich sicher, hier, im Hause des Herrn? Ich zumindest konnte mir diese Sorge nicht verkneifen. Würde Gott seine Kirche einstürzen lassen? Ich musste an das Gleichnis vom Hausbau denken. Kennt ihr die Geschichte?»

Die Tür der Kirche ging auf. Nadja glitt geräuschlos herein, in einem spektakulär knallroten, eng anliegenden Mantel. Ihre Gegenwart spornte mich an.

«In der Bibel heißt es, zwei Männer bauten ein Haus. Einer baut sein Haus auf Fels, und Wind und Wetter können ihm nichts anhaben. Ein kluger Mensch. Der andere baut sein Haus auf Sand, und beim nächsten Sturm sieht sein Haus noch schlimmer aus als unsere Kirche. Offensichtlich hat er sich das falsche Fundament ausgesucht ... Aber woher wissen wir eigentlich, was das richtige Fundament ist?»

Ich pausierte. Es war still in der Kirche.

«Wir sind heute hier, um Evas und Fietes Kind ein Fundament zu geben. Natürlich soll es ein Fundament aus Fels sein, eines, das dieses Kind sicher durchs Leben trägt. Es soll Liebe enthalten und Fürsorge und Vertrauen. Damit euer Sohn gewappnet ist gegen die Stürme des Lebens. Damit sein Haus hält, wenn Angst und Schmerz, Trauer und Verlorenheit an den Mauern rütteln und das Dach auszuhebeln versuchen.»

Ich schaute in die erste Reihe. Eva erwiderte meinen Blick. Er war so offen, dass ich tief hineinsehen und den Schmerz erkennen konnte, der noch in ihr war. Der Weg hierher, in diese Kirche, war für Eva ebenso schwierig wie für mich. Sie saß in der gleichen Bank wie fünfzehn Jahre zuvor, und wir beide spürten die Vergangenheit nachhallen.

«Das Gemeine ist, dass wir manchmal erst im Lauf unseres Lebens merken, ob wir auf Sand oder auf Felsen gebaut haben. Ob unser Fundament stark genug ist.»

Ich blickte hinüber zum Riss in der Wand.

Der Moment war gekommen.

«Ich selbst stehe hier vor euch, eher auf wackligen Beinen. Mein Fundament ... ich kann euch nicht sagen, ob es aus Sand ist oder aus Felsen. Wenn ich mir die letzten Monate so ansehe, kann ich sagen: Es sieht eher nach Sand aus.»

Herr Bohlen nickte. Er war sich ziemlich sicher, dass mein Leben hauptsächlich aus Treibsand bestand. Ich machte weiter.

«Es ist, als wollte Gott mir zeigen, dass mein Fundament nicht stark genug ist.

Aber, vielleicht geht es euch da ja wie mir. Ich frage mich: Wer genau ist das überhaupt, dieser Gott, der über die Grundfeste meines Lebens urteilt?

Gott, das ist doch ein abstrakter Begriff. Vier Buchstaben, die die Welt bedeuten können – aber keineswegs müssen.

Kürzlich sagte ich, ich finde Gott in den Dingen, die mich wütend machen. Und das ist auch wahr. Angst und Schmerz und Trauer und Verlorenheit, die haben an meinem Haus gerüttelt, es stand kurz vorm Einstürzen. Und ich war sicher, dass er dahintersteckt, dieser Typ, der mir vorwirft, auf Sand gebaut zu haben.

Aber es gehört mehr dazu.

Denn ihr wisst, was mit Sand geschieht, im Lauf von Jahrmillionen: Er wird zu Stein. Im Verlauf der Erdgeschichte wird Sand zu Stein und Stein wieder zu Sand. Das starke Fundament kann zerbrechen, aber das beutetet auch, dass ein schwaches Fundament wieder stark werden kann. Wir sehen oft nicht, in welchem Zustand das Fundament ist, auf dem wir gerade stehen. Denn unser irdisches Leben reicht nicht aus, um diesen Prozess zu überblicken. Das kann nur, wer alles sieht:

das, was war,
das, was ist,
und das, was sein wird.

Wenn wir uns in den Dienst der Ewigkeit stellen, können wir sehen, dass in jeder noch so dunklen Stunde Hoffnung ist. Weil aus einem schwachen Fundament wieder ein starkes werden kann. Aus einem zerrütteten Haus wieder ein festes Zuhause.»

Ich machte noch eine Pause.

«Ich weiß noch nicht, wie es um mein Fundament bestellt ist. Aber ich möchte mein Leben gern im Licht dieser Ewigkeit sehen. Die Ewigkeit, das ist ein guter Ort.»

Ich hatte so lange geredet, dass mein Mund sich trocken anfühlte. Aber ich war noch nicht fertig. Ich richtete mich direkt an das Kind, das in Evas Armen lag.

«Chris», sagte ich, und ich hörte, wie sanft meine Stimme klang. «Du hast schon jetzt ein starkes Fundament. Und deine Eltern und deine Familie werden alles dafür tun, dass das möglichst lange so bleibt. Aber es wird sich vielleicht nicht vermeiden lassen, dass dein Fels einen Sprung bekommt. Wenn das passiert: Schau dir den Riss genau an. Und gedenke der Worte, die nicht die Bibel, sondern der großartige Leonard Cohen gesagt hat.»

Ich sammelte meine Zettel zusammen und ging die Treppe der Kanzel hinunter. Für die letzten Worte wollte ich mit der Gemeinde auf Augenhöhe sein.

Ich nahm das Mikrofon von dem Ständer, der am Altar stand, und ging so weit wie möglich nach vorne, damit ich Eva, Fiete und Chris in die Augen sehen konnte.

«Genau genommen hat Cohen die Worte natürlich nicht nur gesagt, sondern auch gesungen. Aber das erspar ich euch.»

Der Organist spielte, leise und zart, auf mein Zeichen die ersten Akkorde von Cohens «Anthem».

Und ich sprach:

Ring the bells that still can ring
Forget your perfect offering
There is a crack, a crack in everything
That's how the light gets in

«Es ist ein Riss in allem, so kommt das Licht herein. Lieber, kleiner Chris, mögest du dieses Licht spüren, wann immer du es brauchst.

Amen.»

Nach dem Dienst gab ich am Ausgang jedem die Hand und bekam im Gegenzug ausführliche Rezensionen zur Predigt. Ein Oberstudienrat fand das doch weit hergeholt mit dem Fels und dem Sand und referierte über

Lehm-Sand-Gemische. Eine pensionierte Chorleiterin schlug einen Cohen-Liederabend vor. Ein junger Mann beschränkte sich auf «War cool, danke». Mein Vater umarmte mich. Er sagte nichts, aber als er weiterging, klopfte er mir anerkennend auf die Schulter, und ich schüttelte seine Hand nicht ab.

Eva fiel mir um den Hals. Als ich sie im Arm hatte, spürte ich, dass sie weinte. Ich drückte sie, fest, und weinte mit. Ich schnodderte ihre hübsche Frisur voll, und Eva wischte ihre Nase versehentlich an meinem Talar ab.

«Wir lassen ab jetzt nur noch Licht herein», schniefte sie.

«Ja», antwortete ich.

Die Letzte, die sich verabschiedete, war Nadja. Ihr Mantel umflog sie, sie war auf dem Sprung.

«Keine Ahnung, was Gott sagen würde, aber ich find's super, dass Cohen das letzte Wort hatte.»

Ich lachte.

«Schön, dass du gekommen bist.»

«Kommst du jetzt auch mal in meinen Dienst?»

«Vielleicht bin ich in deiner Yogastunde besser aufgehoben.»

Sie lachte auch und sprintete davon, in einer Wolke aus rotem Mantel.

37

Auf Nadjas Flohmarkt hatte ich eine Ente gefunden, die pink-grüne Streifen hatte. Ich drückte sie Frau Harms in die Hand.

«Danke für alles, Frau Harms.»

Sie war ratlos. «Solche Enten existieren doch nicht?»

«Aber ist doch schön, oder?»

Sie inspizierte das Tier von allen Seiten.

«Ja, schon», sagte sie.

Sie stellte die Ente zu den anderen.

«Sehen Sie, fällt gar nicht auf.»

Frau Harms kniff mir in die Wange.

«Ist lieb von dir!»

Sie dachte nach.

«Wieso duzt du mich eigentlich nicht?»

«Ich weiß gar nicht, wie Sie mit Vornamen heißen.»

«Andrea.»

«Darf ich dich trotzdem weiter Frau Harms nennen?»

«Umgekehrtes Hamburger Sie, was? Na gut.»

Ich spazierte nach Hause und fand meine Eltern beim Kaffeetrinken in der Küche. Sie schwänzten, genau wie ich, die Tauffeier bei Eva und Fiete. Wir hatten alle das Bedürfnis, zu Hause zu sein. Ich schenkte mir Kaffee ein und setzte mich zu ihnen, an den Kopf des Tisches. Es kam mir vor, als ob wir zum ersten Mal so zusammensaßen.

«Und du», fragte mein Vater, «was hast du denn jetzt vor?»

«Ich muss erst mal los.»
«Musst du schon wieder den Kopf freikriegen?»
«Nee, diesmal nicht.»
«Sollen wir dich zum Bahnhof bringen?»
Ich schüttelte den Kopf.
«Ich dachte, ich leih mir den Wagen.»
«Du kommst also zurück?»
Ich grinste.
«Mal sehen.»

Das Erste, was zu sehen ist, wenn man sich Köln nähert, ist der Dom. Auch wenn man noch kilometerweit entfernt ist und die Stadt sich erst langsam aus dem Vorland schält, sind am Horizont hinter der Autobahn die Spitzen der beiden Türme zu erkennen. Ich hatte sie schon vor mir, als das Rufzeichen erklang. Dann klickte es.

«Elke?»

«Hi.»

Es war still am anderen Ende.

Ich fuhr auf die Kathedrale zu, ihre Spitzen wurden größer, nahmen mehr Raum ein. Ich sagte nichts, und auch Jan schwieg. Die Stille trennte uns nicht, sie schaffte eine Verbindung. So klingt es also, bevor die wichtigen Dinge gesagt werden, dachte ich. Die beiden Türme hoben sich dunkel vor dem hellen Himmel ab. Sie wirkten wie ein entfernter Gruß.

Ein Willkommen, vielleicht.

SCHLUSSBEMERKUNG

Elke schwört zwar, dass sie die Taufpredigt selbst geschrieben hat, aber ein paar Ideen hat sie dennoch geklaut: Auf predigten.evangelisch.de findet sich eine hervorragende Auswahl, etwa die Predigt von Dörte Gebhard «Über Sand und Stein» zum Gleichnis vom Hausbau.

Katrin Hansen steuerte das Trauerritual mit den Kerzen bei.

Auch Nadja Scholz ist der Wirklichkeit entlehnt: Sie basiert auf Nadia Bolz-Weber, amerikanische Gründungspastorin von «House for All Sinners and Saints» und Autorin von «Ich finde Gott in den Dingen, die mich wütend machen».

DANKE

Sven Amtsberg, der am Anfang von allem stand. Für nüchterne Gelassenheit, präzise Kommentare und eine einzigartige Schreibwerkstatt, das Autorendock.

Katharina Schlott, für Gespräche über Gott und die Welt, Kaffee in Bahrenfeld und ein Lektorat, das aus dem Text genau das gemacht hat, was er sein sollte.

Julia Eichhorn, fürs Offensein, für feines Gespür, fürs Ausbalancieren.

Saša Stanišić, für die richtigen Worte zur richtigen Zeit.

Der Jury der Hamburger Literaturpreise, allen voran Judith Weber, für das Vertrauen in eine Geschichte, die noch im Werden war.

Sven Lenz und der Cafe Royal Kulturstiftung.

Friedrich Brandi, Circus- und Schaustellerpastor aus Hamburg, für inspirierende Gedanken.

Gaby Nemeyer, für einen vergnüglichen Nachmittag inmitten von 18 Graupapageien.

Katrin Hansen, fürs unermüdliche Beantworten aller Fragen zum Pastorenamt und für Anekdoten, mit denen sich noch drei weitere Romane füllen ließen.

Marie Hansen-Couturier, für behutsames Erstlesen ganz früher Seiten.

Ed und Inge Noort, für theologische und psychologische Einordnung, für anhaltende Begeisterung, Wärme und einen Schreibplatz mit Blick aufs Wasser.

Greta, voor koffie en koek.

Und, natürlich, Oli. Fürs Halten. Immer.

ZITATNACHWEISE

S. 8
Aus: John Maynard – Theodor Fontane
S. 8
Aus: Der Zauberlehrling – Johann Wolfgang von Goethe
S. 8
Aus: Deutschlandlied – Text: August Heinrich Hoffmann von Fallersleben
S. 33
Aus: Die Nacht ist vorgedrungen, Johannes Petzold – Text: Jochen Klepper
S. 59
Aus: Sacred Emily – Gertrude Stein
S. 137
Aus: Ich lobe meinen Gott – Text: Hans-Jürgen Netz
S. 142
Aus: History Repeating, Propellerheads / Shirley Bassey – Text: Alexander Michael Gifford
S. 249 / 250
Aus: Wünschelrute – Joseph Freiherr von Eichendorff
S. 296
Aus: Anthem, Leonard Cohen – Text: Leonard Cohen